影视剧本 创作技巧
YINGSHI JUBEN CHUANGZUO JIQIAO

主　编：江霄
副主编：李醒岚　樊昊　朱萌　王璐

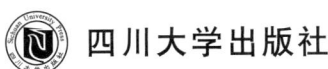

四川大学出版社

项目策划：梁　平
责任编辑：杨　果
责任校对：孙滨蓉
封面设计：裴菊红
责任印制：王　炜

图书在版编目（CIP）数据

影视剧本创作技巧 / 江霄主编 . — 成都：四川大学出版社，2019.9（2024.1 重印）
ISBN 978-7-5690-3062-4

Ⅰ . ①影… Ⅱ . ①江… Ⅲ . ①电影编剧－高等学校－教材②电视剧－编剧－高等学校－教材 Ⅳ . ① I053.5

中国版本图书馆 CIP 数据核字（2019）第 192886 号

书名	影视剧本创作技巧
主　编	江　霄
出　版	四川大学出版社
地　址	成都市一环路南一段 24 号（610065）
发　行	四川大学出版社
书　号	ISBN 978-7-5690-3062-4
印前制作	四川胜翔数码印务设计有限公司
印　刷	四川省平轩印务有限公司
成品尺寸	185mm×260mm
印　张	10
字　数	242 千字
版　次	2019 年 12 月第 1 版
印　次	2024 年 1 月第 4 次印刷
定　价	32.00 元

◆ 版权所有　◆ 侵权必究

◆ 读者邮购本书，请与本社发行科联系。
　电话：(028)85408408/(028)85401670/
　(028)86408023　邮政编码：610065
◆ 本社图书如有印装质量问题，请寄回出版社调换。
◆ 网址：http://press.scu.edu.cn

四川大学出版社
微信公众号

目　录

第一章　影视剧本创作的步骤　……………………………………………（1）
　　第一节　剧本创意阶段　………………………………………………（1）
　　第二节　剧本写作阶段　………………………………………………（5）

第二章　影视剧作的素材　…………………………………………………（11）
　　第一节　素材的研究与创作　…………………………………………（11）
　　第二节　如何搜集素材　………………………………………………（12）
　　第三节　如何研究素材　………………………………………………（14）
　　第四节　研究素材的步骤　……………………………………………（15）

第三章　影视剧作的题材　…………………………………………………（16）
　　第一节　按题材的时代划分　…………………………………………（16）
　　第二节　按剧情的内容划分　…………………………………………（18）

第四章　影视剧作的主题　…………………………………………………（22）
　　第一节　主题的定义　…………………………………………………（22）
　　第二节　主题的作用　…………………………………………………（28）
　　第三节　主题的落实：案例分析《洒满月光的荒原》　……………（29）

第五章　影视剧作中的人物　………………………………………………（32）
　　第一节　人物的分类　…………………………………………………（33）
　　第二节　如何塑造人物　………………………………………………（40）

第六章　影视剧作的结构　…………………………………………………（61）
　　第一节　结构的定义　…………………………………………………（61）
　　第二节　常见剧作结构　………………………………………………（67）
　　第三节　影视剧结构技巧　……………………………………………（97）

第七章　情节与细节　………………………………………………………（101）
　　第一节　情节　…………………………………………………………（101）
　　第二节　细节　…………………………………………………………（125）

第八章　影视剧中的悬念　…………………………………………………（132）
　　第一节　什么是悬念　…………………………………………………（132）

第二节　悬念设置的方法与技巧……………………………………（138）

第三节　案例分析——《盗梦空间》的悬念设置……………………（144）

附录　参考影视剧………………………………………………………（148）

参考文献…………………………………………………………………（154）

第一章　影视剧本创作的步骤

一般来说，如果想创作一个剧本，大体要经历剧本创意和剧本写作两个阶段。

第一节　剧本创意阶段

在剧本创意阶段还可以细分为故事梗概、分集梗概和分场景梗概三个步骤。

一、故事梗概

故事梗概，也就是人们所说的故事的主要内容、发展前提或故事提要，是描述故事基本情节的简要文字稿。将一个故事浓缩成几句话很困难，但在专业编剧心中，它却是提取中心思想、明确整个剧本写作方向的有效方法。

梗概并不是越详细越好。简略的梗概有它的好处，它可以预留一些弹性发展的空间，因为许多重要因素有时是在写戏时才临时决定下来的。只要沿着基本的框架走，也不会浪费笔墨。

详细的梗概也有它的好处。对于初学者而言，它可以增加创作者的信心。而且在强调人物心理的写实剧中，事先将人物性格及彼此爱恨关系的纠葛描述出来，是非常有必要的，因为人物的动机在此种戏剧中十分重要而且不能出错。

梗概所列出来的创意，并不是全部都要用上，有时为了整体的考量，许多创意必须舍弃。事先计划好让一出戏的每一部分都为作品的主旨或完整性服务，让整部戏成为一个结构严谨的有机体，是梗概工作最主要的目的之一。

下面我们就以电视剧《战长沙》的前五集为例，向大家展示一下其故事梗概。

　　1938年初秋，日军大举进攻，人民流离失所，无数难民顺着长江西下来到长沙，但长沙装不下这么多人，一时物资短缺，生活艰辛。紧张的局势让长沙掀起了"战争婚姻"的浪潮。

　　茶园巷胡家二女儿胡湘湘和弟弟胡小满逃避身为保安队队长的姐夫安排的相亲，无奈被姐夫抓住。

　　胡湘湘与国民党军官顾清明见面，两人都无意相亲。胡湘湘把顾清明羞辱了一番。

　　薛君山气急败坏地将龙凤胎带回家，不顾一家人的阻拦，要收拾不听话的

湘湘。

日军飞机突然袭击，胡家被炸，裁缝铺也被烧了，一家人不得已入住薛君山家。

胡家表哥刘明瀚来看望胡家老小，在饭桌上被薛君山嘲讽，不欢而散。

原来刘明瀚早年参加学生运动被薛君山逮捕，薛君山看上了前来探视的湘君，提出了如果湘君嫁给他他就释放刘明瀚的无理要求，湘君被迫答应，这才与薛君山结了婚。

为了让湘湘嫁给顾清明，薛君山使尽各种招数，一方面让妻子湘君去游说湘湘；另一方面又给长官徐权施以厚礼，让他从中再撮合一番。

为了能有机会让湘湘和顾清明见面，薛君山让长沙的工商联出面力邀顾清明参加宴请，然而顾清明本人没有到场，却让自己的副官小穆带上自己的衣服和亲笔书信赴宴，对工商联的人一顿羞辱。

不死心的薛君山又带着湘湘来到城防处寻找顾清明，没说两句湘湘和顾清明又像冤家一样争执起来，薛君山只得带着湘湘败兴回家。

湘湘对顾清明瞧不上自己非常不服气，决定给骄傲的顾清明一点颜色看看。她看到一群小孩把修城防用的洋灰往自己家搬，便和小满一道用糖果诱惑小孩儿使劲往家运洋灰，给顾清明捣乱。顾清明查证后得知是湘湘和小满这对双胞胎在捣鬼，便以破坏军事设施罪上门抓湘湘。胡家人见状，奋力阻拦顾清明带走湘湘，薛君山也连忙赶到恳求，顾清明还是执意带走了湘湘。

为给湘湘一个教训，顾清明在茶园巷举行全体市民大会，用实物掩体和真枪实弹做示范，当众指出洋灰和泥土城墙在抵御炮火上的巨大差距，在让长沙市民意识到团结抗日的重要性的同时，也让湘湘清醒地意识到自己破坏军事设施行为的严重后果，心甘情愿地向顾清明认了错。

薛君山开始意识到湘湘和顾清明也许并不合适，便让岳父胡长宁另给说了一门亲事，对方是在长沙城家大业大的盛家。湘湘为了把亲事搅黄，在相亲时故意装成麻风病人吓唬盛老板，盛老板一怒之下准备抬手走人。没想到盛家少爷盛承志其实早就对湘湘心生爱慕，当着父亲和薛君山的面，他表明自己一定要娶湘湘为妻。

湘湘无奈，开始和盛承志正式交往，天天一起吃饭逛园子。胡父为此非常不满，而胡奶奶却盼着盛家能安排孩子们尽快离开长沙。

小满出去找湘湘的路上碰到从湘潭老家来的胡小秋和胡湘水，湘水此次是奉湘潭老家胡老太爷的命令前来请长沙胡家回去避难。可是由于过去的种种过节，胡奶奶一直对长房的胡老太爷怀有不满，便让湘水转告老太爷自己一家不会回湘潭。

薛君山为此向湘君打探，湘君说大伯当年死在湘潭，奶奶为此一直难以释怀，肯定不会回去。薛君山则表示自有办法说服奶奶。

湘水想要找到参军的哥哥湘宁，由于不知道哥哥的番号，湘湘和小满带着湘水还有盛承志在岳麓山军营外大喊一通，被守卫驱赶，不小心跑入军事禁区，差点被练习投掷手榴弹的战士炸死。

被抓起来的四人与抓人的张连长一通交涉，小满情急之下报上顾清明的名号。

第一章 影视剧本创作的步骤

张连长不敢轻视，找顾清明汇报，湘湘和顾清明两个冤家再度碰面，湘湘还故意把盛承志拉到身边以壮士气。顾清明最终作保把他们放走，并告诉他们湘宁的部队已经开拔。

湘湘告知小满他的梦中情人金凤来到了长沙。小满兴奋地跑去战地医院找金凤，可金凤的态度让小满觉得奇怪。一厢情愿的小满把金凤骗出来求婚，却听到了金凤一家全部死于日本人屠刀之下的噩耗，金凤发誓不赶走日本人不会成家，并告诉小满他杀一百个鬼子当聘礼才会考虑嫁给他。

在医院中，一位伤员由于缺少药物忍不住疼痛而自杀，其他伤兵愤怒地围住金凤，金凤无助。这时湘湘站出来，将愤怒的矛头指向了来到医院的顾清明。

湘湘想帮忙弄到管制药物磺胺，结果跑遍整个长沙城也没有买到。顾清明逼迫管理药物的张科长拿出了私藏的磺胺，并悄悄派人送了一些给湘湘。湘湘拿着磺胺去找金凤，金凤告诉她顾清明也送来了药。

湘湘向金凤说起小满的心意，却发现经历过生死离别的金凤已经和他们没有了共同语言。小满为此表示不能接受，而湘湘则对金凤的话若有所思。

表哥刘明瀚因为曾经在日本学医，被国民政府怀疑和日本人有勾结而被警察局抓走。胡家上下不知所措，只能求助薛君山，指望他在警察局上下打点。而薛君山因为湘君和刘明瀚的过往起了嫉妒和报复之心，表面上装着在帮刘明瀚，暗地里却把挪用军用物资的罪名安在了他的身上。刘明瀚在狱里被严刑审问。在湘君前来探监的时候，刘明瀚悄悄告诉她是薛君山栽赃诬害的他，湘君惊诧不已。

正在绝望之时，刘明瀚突然被一群不明身份的人强行带到医院。原来，一位师长在岳阳战役中被炸断腿，手术只有刘明瀚才能做。经过手术，刘明瀚保住了师长的腿，师长为了答谢刘明瀚，便以自己的名义替他担保把他救出监狱。薛君山见状，忙把自己栽赃刘明瀚的证据撕得干干净净，瞒过了一家人。

为了多赚点外快，薛君山打起了军用火车皮的主意。他拉着顾清明的大旗说是湘湘和他已经订婚，带着喜糖来到火车站四处活动。盛家老板听说湘湘又被许配给顾清明，认为薛君山脚踏两只船，火气冲冲地找到他，但是被薛君山以帮盛家转移物资为幌子给忽悠了过去。

从这份梗概中我们可以看出，该剧主要以抗日战争时期的长沙城为背景，围绕胡家展开情节，多线并进，顺序叙事。在前五集中，展示了保安队长薛君山唯利是图和胡家知识分子重信守节的家庭矛盾、胡湘湘和顾清明的个人矛盾、薛君山拆散胡湘君和刘明瀚的前史矛盾、胡家奶奶和胡家老太爷的家族矛盾以及小满和金凤的价值观矛盾等，但以上这些矛盾都以日军入侵与国人抗日这对矛盾为中心。从前五集的梗概中，我们还可以看出全剧写实的风格基调。

剧作者在写梗概的同时，需要注意剧情整体的结构安排：开端何时建置？故事怎样展开？冲突如何安排？情节点怎样铺陈？高潮何时推向……剧作者根据梗概对整出戏进行估算，便可以在写作展开时使剧情有条不紊地发展，整出戏的长度也尽在掌握之中。

二、分集梗概

完成了故事的整体梗概后,接下来进入分集梗概的阶段。对于电视剧来说,分集梗概是必不可少的。分集梗概较之于总体梗概更加细化,更具有可操作性。在分集梗概阶段,情节点要进行更详尽的设置。有的电视剧采用集体创作的方式,因此分集梗概显得尤为重要。我们继续把目光聚集到《战长沙》,以其第一集为例,对其进行解剖。

1938年初秋,日军大举进攻,人民流离失所,无数难民顺着长江西下来到长沙,但长沙装不下这么多人,一时物资短缺,生活艰辛。紧张的局势让长沙掀起了"战争婚姻"的浪潮。

茶园巷胡家二女儿胡湘湘为了躲避时任保安队队长的姐夫安排的相亲,混进了抗日宣传的队伍。姐夫薛君山怒气冲冲地到了她双胞胎弟弟胡小满的学校,逼他招出湘湘的下落。

湘湘在街头碰到了抓逃兵的国民党军官顾清明,也正在此时,不幸被姐夫逮到。

顾清明来到饭店,舅舅受其父亲之托给他安排相亲,顾清明却说自己前来只是为了给前线战士筹集三百套棉服。舅舅官职小,无能为力。顾清明拂袖而去。

两行人在楼梯上撞见。胡湘湘以为顾清明只是个公子哥,在大庭广众之下把他狠狠数落了一顿,场面尴尬无比。顾清明也因为湘湘戳到了自己不能上战场的痛处,转身离开。

薛君山气急败坏地将龙凤胎带回家,不顾一家人的阻拦,要收拾不听话的湘湘。

日军飞机突然袭击,胡家被炸,裁缝铺也被烧了,胡家一家人不得已入住薛君山家。

胡长宁认为薛君山的房子来路不明,为保全气节,坚决不入住。胡家的人好言相劝,并告诉他,没有薛君山的庇护,一家人便会失去生活保障。恰逢此时,胡家表哥刘明瀚又来看望胡家老小,胡长宁便在众人的推搡中勉强入住。

饭桌上,刘明瀚提出要把妹妹秀秀带到自己的医院住,认为她在这里继续住不方便。薛君山挽留,认为刘明瀚尚且养活不了自己,何来养活秀秀。一家人很是尴尬,这件事也因此不了了之。

胡湘君和妈妈多慈、爸爸胡长宁为席间的尴尬懊悔。胡长宁后悔没有把湘君早早嫁给刘明瀚。原来刘明瀚早年参加学生运动时被薛君山逮捕,薛君山看上了前来探视的湘君,提出了如果湘君嫁给他他就释放刘明瀚的无理要求,湘君被迫答应,这才与薛君山结了婚。

薛君山头疼湘湘的婚事,认为只是自己出力还不够,关键是湘湘要配合。他让湘君找机会劝劝湘湘。

三、分场景梗概

所谓分场景梗概，是按顺序编排剧本中的所有场景，并对每个场景中的事件做简短说明，将梗概中的故事情节分配到各个具体的场景之中。它无须对白，也不必进行详细叙述，是剧作者将文学思维转换为画面思维的重要一步。分场景梗概可以用来分析剧情发展的脉络，检验每场戏之间的关系，有助于情节的推动和对人物的刻画。分场景梗概不用事无巨细地将每一场都写出来，但推动情节发展的重要场次一定要标明。这是剧作者对自己的提示，以便提醒自己逐步完善剧本。下面是《战长沙》第一集的分场景梗概。

1. 影像资料　背景介绍。
2. 街头　胡湘湘躲避相亲。
3. 学校　薛君山逼胡小满招供。
4. 街头　胡湘湘偶遇顾清明。
5. 街头　胡湘湘被姐夫逮到。
6. 饭店　顾清明向舅舅要棉服。
7. 饭店　顾清明和胡湘湘争论。
8. 茶园巷老房子　薛君山收拾胡湘湘。
9. 茶园巷老房子　一家人躲警报。
10. 茶园巷老房子　胡家被炸毁。
11. 薛君山的小洋楼　胡家入住，胡长宁为保全气节不从。
12. 饭桌　刘明瀚被薛君山嘲讽。
13. 房间内　道明胡湘君、薛君山与刘明瀚三人的关系。

在这一步，情节叙述上虽做了减法，但却更好地对剧本做出了规划。

第二节　剧本写作阶段

有了以上的这些准备，接下来就要进入正式的剧本写作阶段。

在剧本写作阶段，由编剧完成的主要是文学剧本，除此之外，还有由导演完成的分镜头脚本，以及场记在最后影片拍完后汇总的完整台本。

一、文学剧本

写文学剧本，是一部影片总体创作过程的第一个环节。文学剧本是影视剧的基础，对影片的主题、人物、情节、结构及风格、样式等都有明确的规定。导演在把一个文学剧本呈现在银幕上的时候，对上述内容通常是无法作根本改动的。例如他不可能把本来

在文学剧本中顺序讲下来的故事改成插叙或回叙式的结构,他也不可能把一个喜剧剧本导演成一部悲剧。除非在拍摄之前他重新改写文学剧本,但这样的做法反而更加说明文学剧本乃"一剧之本"。

文学剧本是一部影视剧成功的保障。一个导演只有在拥有一个好剧本之后才有可能组织创作班子展开他的工作;一家影视公司的领导部门只有在审定了文学剧本并对它的思想艺术价值做出充分评价之后,才有可能下达生产命令,投放摄制经费。

文学剧本最重要的特点就是可视性,语言要有画面感,不可和小说的语言类同。作为一个编剧初学者,可以先拿经典影片进行画面描述练习,为自主创作打下良好的基础。编剧在撰写文学剧本的时候,要时刻想到自己的剧本是否有利于导演的二度创作,把一切想表达的都要落实在剧中人物的行动上。比如,表现一个人很"尴尬",可以写他"低着头,眼睛看着脚尖",也可以写他"用手挠了挠头,不自然地笑"。总之,要用客观的画面语言来写作。

此外,剧本的格式也需要十分注意。首先,用阿拉伯数字标明场景号,在场景号后面限定是内景还是外景、在哪里、是日景还是夜景。接下来,进入画面描写部分,一个镜头描写一行。如出现人物的对话部分,要与画面描写间隔一行,居中设定,主要人物姓名第一次出现时应加粗。如对此句话语气有特别说明,可在人物名字下面加括号修饰,但尽量减少使用,应试着明智地在对话内容中体现。一切剧本创作皆为拍摄可操作性及给演员、导演留创作空间服务。

下面,我们对《战长沙》剧本进行进一步的细化。

1. 日军侵华影视资料

旁白

那天,是1938年的初秋。都城南京早已沦陷,花园口决堤,开封也丢了,日军开始围攻武汉。无数难民沿着长江西下来到长沙。但长沙城根本装不下这么多人。粮食、棉花、医药,样样吃紧。日渐短缺的物资,使生活倍加艰辛。人们不得不纷纷逃往重庆,或者桂林。紧张的局势让长沙城的街头开始了一场又一场的抗日游行,更掀起了"战争婚姻"的浪潮。适龄少女们在家人的主持下迅速嫁给外省人,离开长沙,躲避战争。我的一生,好像从这天开始,走上了完全不同的道路。

2. 外景、街道、日景
民众举着标语在进行游行。

民众

驱除日寇!还我河山!让民族独立自由!为抗战到底!打倒日本帝国主义!

人群中的胡湘湘随着民众在挥舞着拳头,但她心不在焉,像在躲避着什么人。
薛君山站在卡车上从民众中驶过,目光在搜寻着。

> 薛君山
> 不好好上课在这儿折腾什么，让一让，让一让。找死哎。

薛君山一边嚼着槟榔，一边拿白手套驱赶着人群。
薛君山驾着车渐渐远去了。
胡湘湘从人群中挤了出来，笑着舒了一口气。
湘湘走到小吃摊前。

> 胡湘湘
> 老板，给我来一份。

胡湘湘举着吃的走在马路上，迎面来了一队迎亲的队伍。

> 路人
> 快点，还看什么稀奇呢，赶紧嫁人走吧！日本鬼子来了！这兵荒马乱的，该走的人都走了。找个老倌不错了，赶紧找个人嫁了。

3. 外景　学校门口日景
薛君山开车驶进学校。
薛君山弯腰把双脚分别踏在车沿，拿布擦他的长靴子。

> 小弟
> （O.S.）
> 哥，咱那个。
> 薛君山
> 闭嘴。

薛君山把嘴里的槟榔一吐，走进了学校，他的小跟班跟在后面。

4. 外景　学校内日景
薛君山气势汹汹地朝楼梯走去。

> 小弟
> 哥，大哥，别把孩子们吓到了。

薛君山在楼梯口停住了脚步，把手中的皮带交给了身后的小弟。

5. 内景　班级日景

薛君山一脚踢开了门。

班级内老师正在给同学们上课。

　　　　　　老师
　　哎！你谁啊！你怎么进来了，你出去！

胡小满迅速蹲下，把头埋在了凳子上，神情慌张地朝周围的小伙伴打手势，让他们不要作声。

薛君山锁定了教室中的空位。

薛君山来到了小满的座位面前，一下子掀了小满的桌子。

薛君山咬牙切齿地拿手套打着小满的头，紧接着抓起了他的脖领子，揪着他往教室外面走。

　　　　　　小满
　　救命啊！残害进步学生！救命啊！
　　　　　　老师
　　你放开他！你放开他！

二、分镜头脚本

　　分镜头脚本也称"导演剧本"或"导演台本"，是将文学剧本的内容切分成一系列可以摄制的镜头的剧本，由导演根据文学剧本提供的思想与形象，经过总体构思，将影片中准备塑造的声画结合成银幕形象，通过分镜头的方式予以体现。导演以人们的视觉特点为依据划分镜头，将剧本中的生活场景、人物行为及人物关系具体化、形象化，体现剧本的主题思想，并赋予影片独特的艺术风格。分镜头剧本是导演为影片设计的施工蓝图，也是影片摄制组各部门理解导演的具体要求、统一创作思想、制订拍摄日程计划和测定影片摄制成本的依据。分镜头剧本内容包括镜号、景别、镜头运动、角度、画面、声音等项目。分镜头剧本一般以表格的方式呈现。下面，我们以《战长沙》的文学剧本为依据，设置其分镜头脚本。

第一章　影视剧本创作的步骤

镜号	景别	镜头运动	角度	画面	人声	其他声音
1	全	跟		民众在游行。	民众："驱除日寇！还我河山！让民族独立自由！为抗战到底！打倒日本帝国主义！"	
2	全	跟		薛君山站在卡车上从民众中驶过，目光在搜寻着。薛君山一边嚼着槟榔，一边拿白手套驱赶着人群。	薛君山："不好好上课在这儿折腾什么，让一让，让一让。找死哎。"	
3	中			胡湘湘挤进人群中，时不时回头看着薛君山。	民众："打倒日本帝国主义！"	
4	全	跟		薛君山驾车离去。	民众："把日本人赶出中国！抗战到底！"	
5	中	跟		胡湘湘一边用手比画着姿势，一边回头追随着薛君山的车。她从人群中钻了出来。	民众："让民族独立！抗战到底！"	
6	中		正	胡湘湘舒了一口气，在街道上一边溜达，一边四处看着。胡湘湘走到了小吃摊前。	胡湘湘："老板，给我来一份。"	轻松活泼的音乐
7	中	跟		胡湘湘看着迎面走来的迎亲队伍。	路人："快点，还看什么稀奇呢，赶紧嫁人走吧！日本鬼子来了，这兵荒马乱的，该走的人都走了。找个老倌不错了，赶紧找个人嫁了。"	轻松活泼的音乐
8	全			一辆军用卡车呼啸而过，驶入了学校。		卡车的引擎声
9	中			薛君山从车上迈了下来，小弟跟在身后。		
10	特		正	薛君山用布擦他的长靴子。	小弟："哥，咱那个。" 薛君山："闭嘴！"	

三、完成台本

完成台本，常被称作镜头记录本。这是在整部影片拍完之后，由场记完成的工作。导演在拍片过程中并不总是按照分镜头剧本进行，他经常灵机一动改变自己在分镜头剧本中订下的方案，做一些改动。完成台本的任务就是把拍成并定了稿的影片中的一切技术、艺术内容原原本本地记录下来。这样，影视剧理论工作者可以把它作为一种研究资料，比如通过它与文学剧本、分镜头剧本的对比，看看其间有了哪些改动，琢磨一下改动的原因。

通过以上讲述，我们一起见证了一个剧本由最初准备到完成的全过程。一个成熟的编剧，除理论的学习和技法的掌握之外，关键还要进行大量的练习，以达到炉火纯青的境界。

思考与练习

1. 剧本创作分为几个阶段？
2. 你如何看待影视剧文学剧本、分镜头剧本之间的差异？
3. 任选一段描述性文字，将其改编为分镜头剧本。

第二章　影视剧作的素材

素材的搜集和整理是创作一个好剧本的第一步。如何寻找好的素材，如何对好的素材进行研究和使用，是本节要探讨的问题。

影视的世界并不是我们凭空想象出来的，它深深植根于我们的现实生活。连接现实世界和想象世界的桥梁就是素材。马尔克斯谈创作与现实时曾说，我认为作家的唯一承诺和任务就是面对现实。想象归根结底只不过是加工现实的工具，但一切创作的源泉总是现实。我不相信虚构，我反对虚构。麦基也表示：一切陈词滥调的根源都可以追踪到一种情况，而且这也是唯一的状况，作者不了解他的故事世界。"想"是"写"的第一步，一个作品的好坏，一定程度上在挖掘素材的时候就被决定了。

第一节　素材的研究与创作

研究素材是基础，创造是升华。只有素材，而不进行加工创作的故事只能是信息的堆砌和罗列。只凭空想象，而不以现实生活为根基的创作，也只能是空中楼阁。正确的态度是有了触动剧作者心灵的素材后，对素材进行加工，通过对人物的塑造、情节的设计、结构的建置、高潮的安排、结尾和开端的思考等，让一个完美而生机勃勃的故事从千头万绪中脱颖而出。当然，在创作过程中，时常也会发生进行不下去的状况。这时，我们就要回过头，重新研究素材，让干枯的"灵感之源"重新涌流。

一个剧作家作品个性的形成也是从研究素材开始的。我们是否可以看到别人看不到的点，挖掘出别人思考不到的角度，这足以考验剧作者的功力。在动画片《狮子王》中，剧作者以莎士比亚著名的悲剧《哈姆雷特》为原型，将其移植到了狮子统治的王国中，思索了成长、爱情、友情等人类的话题，使17世纪古老的英国故事焕发了新的活力。在《蝙蝠侠大战超人：正义黎明》中，由于超人强大的能力，人们不再只是在身处险境时祈求他的帮助，他逐渐成为凡间之神，受到人类的膜拜。所谓"木秀于林，风必摧之"，人类在敬仰超人的同时也逐渐产生了恐惧——超人，会不会成为下一个独裁者？这些影视作品凭借对已有素材的挖掘和重组，使作品有了独特的标签和定位。

第二节　如何搜集素材

世界每时每刻都在发生着日新月异的变化，影视的创作也呈现出井喷式的发展。当今社会已经进入"互联网+"时代，信息的传播不再受空间和时间的制约。热门的素材一出，很多人也跟风进行着创作。可以说，发现新颖素材的机会越来越渺茫。这就需要当今的剧作者从"想"的层面下功夫。换一种眼光、换一种价值体系重新认识同一个素材，发现和别人不同的兴趣点。

关心时事，关心社会，关心同行。编剧搜集素材的方式和新闻记者不同，新闻追求的是事件的真实，而剧本创作追求的是人性的真实。除纪实类、人物传记类的影片外，大多数影片不需要原模原样地复制生活的真相。在这一阶段，我们要注重自身感受能力、体验能力、思维能力的培养。

一、感受能力

人的感受能力需要正常的心态才能建立，它需要树立人与人的平等意识、体贴他人的意识、自我反思的意识、与自然共生的意识、追求个人情感独立的意识等。从个人的立场出发，不只是对其生存的世界进行摸索、勾勒、描绘，更要努力去把握、剖析和解释世界与个体之间的联系，对人生的真相进行本质性的解答。

美国现代著名剧作家奥尼尔称自己的剧本不写人与人之间的关系，而是写人与社会的关系、人与自然的关系，写人与上帝或人与自身的关系。在现代社会以前，剧作家的感受主要在人的自然层面展开，如古希腊的《俄狄浦斯王》探讨亘古未决的命运之谜。在现代社会，剧作家的感受主要聚焦有关个体的生理、心理层面。如奥尼尔的《榆树下的欲望》，探讨被资本压抑以至扭曲的人性。霍普特曼的《日出之前》揭露了工业化时期贫富的两极分化，指出颓废、道德沦丧、酗酒等工业时期不健康的社会产物。斯特林堡的《父亲》反映了独立的个人欲望导致家庭解体的悲剧主题。

剧作家正是因其敏锐的感受能力，把握住自己所处时代的社会脉搏，创作出了永恒的艺术作品。

二、体验能力

每个人从出生起，就介入对这个世界不断的体验活动中。但无论如何，每个人只能经历一次不可复制的人生。这就需要剧作家在生活中不断地进行不同生活的体验，用以积累自己的创作素材。奥尼尔早年的剧作，如《安娜克里斯蒂》《琼斯皇》都是发生在海上的故事，这与他做过海员这一人生经历分不开。我国剧作家李龙云的《小井胡同》中就有他童年时期在北京胡同生活的点滴；中年创作的《洒满月光的荒原》，则呈现了他在北大荒垦荒队时对个人与宇宙关系的思考。也许我们会对此产生偏见：是不是生活经历不丰富的人注定当不了剧作家？实则不然。曹禺为了创作《日出》，曾专门深入底层社会进行调查，了解小人物们的所思所想、所哀所痛，才使《日出》以真切的悲剧力量感染了观众。除以上通过亲身体验的方式获得体验能力外，阅读也是一个很好的补充。那些湮灭在历史长河中的钩沉点滴如今我们已经无法亲身感知一二，但我们可以通过史书、文献来把握那个时代的风貌和人们的生活状态，为我们的创作提供素材。

三、思维能力

现在一些剧作家只会用因果关系去看待事物，认为世界一切都是由因果关系决定的，其他的思维不被他们看重或认同，如逆向思维、极端性思维、意识流等。不同的思维方法直接影响着剧作家把握和理解事物的能力。他们涉及特殊人格、变形社会、个体的极端性、放纵意识、现实与非现实的界限等许多领域，这些都决定着一部剧作是否具备本质上的新鲜感。

特定的文化模式会固化特定的思维模式。下面我们就通过对《赵氏孤儿》和《麦克白》这两个中西方的悲剧的对比，来审视其体现的不同的中西方的思维模式。

《赵氏孤儿》是元代作家纪君祥的著名悲剧。剧本记述了春秋战国时期晋国朝廷内发生的一起正义和非正义的对决。晋灵公朝中文臣赵盾和武将屠岸贾权重一时。屠岸贾在权力和野心的驱使下，陷害赵盾，诛杀赵门三百余人。连灵公驸马赵盾之子赵朔也未能幸免。公主有孕在身，产期临近，屠岸贾把她囚禁府中，令大将韩厥把守，只等婴儿产下，即刻斩草除根。公主产下男婴，嘱托门人草泽医生程婴救孤，自己自缢身亡。程婴将婴儿藏于草药箱中出门，不料被把守韩厥发现，程婴晓之以忠义之理，韩厥动容，自刎放孤。程婴将孤儿带到太平庄隐退老宰辅公孙杵臼处，与其和议，由自己首告公孙杵臼藏匿婴儿，把自己的儿子与赵氏孤儿偷天换柱。屠岸贾遂杀死赵氏孤儿，公孙杵臼为保守秘密撞阶而亡。屠岸贾因此把程婴收为心腹，把赵氏孤儿当作义子抚养。二十年后，孤儿长成，文武兼备，程婴告知以原委，赵氏孤儿报仇，正义经历种种磨难，终于战胜了邪恶。

《麦克白》是莎士比亚四大悲剧之一。剧本讲述的是古代苏格兰大将麦克白在平息了国内叛乱与外敌入侵后，被邓肯王封为考特爵士，权倾朝野，欲望和野心逐渐膨胀，受了女巫的诱惑后，杀害了邓肯王并嫁祸他人，自己当上了国王。紧接着他杀害了忠勇的大将班柯，又杀害了麦克德夫一家老小。最后他众叛亲离，内外交困，被邓肯王的合理继位人马尔康率领的正义之师消灭。

从这两出悲剧中可以看出，《赵氏孤儿》塑造了一系列类型化的英雄人物，他们围绕着"救孤"这一行动展现了自身的人格魅力，成了信仰的化身、思想的楷模。而《麦克白》则是以制造血腥灾难的麦克白为英雄人物的。在中国，自古有一个固有的观念，正义之师只反贪官而不反皇帝，文学作品中更是如此，如奸邪之辈屠岸贾陷害的也只是忠臣而不是皇帝。皇帝往往只是一个傀儡，而麦克白这个人物，恰恰被塑造成因野心的膨胀，杀害了忠勇善良的邓肯王。可以说，中国的悲剧是一种外在的否定，邪恶势力不会自我悔恨，放下屠刀，立地成佛，需要正义力量的制裁。而西方的悲剧人物是深深的

自我反思，对自我罪恶进行扬弃和批判。麦克白受了女巫的蛊惑后，从诞生篡位念头的那一刻起，思想就无时无刻不在进行着挣扎。他一方面认为邓肯是一个好国王，忠诚的将领不应该行篡位之举；另一方面，他毅然选择直面自己的欲望。人物的悲剧魅力就在此展现。莎士比亚给我们塑造了文艺复兴时期巨人型的英雄：他们不以社会规范的道德为评价自身的标准；他们异军突起，禀赋才学，在行动中彰显着自我的人格特质，完成着人类的自我建构。

同是正义与邪恶的较量，但不同的思维方式，便可以使经典的素材组成不同的故事，传达两种截然不同的价值观。但同时，两者都因其悲剧的永恒魅力引起了人们的怜悯，净化了人们的心灵。

第三节　如何研究素材

这些人物的性格是什么？他们要达成什么样的目的？为了达到这个目的，他们依据各自的性格会如何行动？在行动中他们会遇到什么样的阻碍？他们会怎样应对这些阻碍？阻碍过后，他们的性格得到了怎样的改变？研究素材，就是一步一步地回答这些问题。研究素材的开始就是构思剧本的开始，只是构思是在充分研究素材的基础上系统而详实地回答这些问题。

研究素材，宁可复杂，不可简单。要为写作做好充分的准备，才不至于在正式开始写作时手忙脚乱，无从下笔。正如我们每个人之所以成为现在的样子，是和童年生活、人生经历、家庭背景等因素的影响分不开的。我们每时每刻都与周遭的环境发生着相互作用，它们塑造着我们的人格。剧本故事的展现只是剧作者塑造的人物生活的冰山一角，但要是想让笔下的人物活起来，就要在研究素材的阶段尽可能地挖掘他的生活细节。

下面，我们通过一个实例来看看素材是怎样被挖掘的。

> 大城市。高档住宅内。王赎生让儿子陈城起床上学。妻子杜丽在睡觉。王赎生把早饭摆到桌子上。
> 哪里的大城市？是哪一年？王赎生的工作是什么？
> 怎样的高档住宅？是否夫妻都有工作？他们一定都有一份不错的工作。王赎生是一位法官，杜丽是新闻栏目的记者。
> 除了工作的原因，是否王赎生小时候在农村长大，所以有早起的习惯，而杜丽是在城市里娇生惯养长大的？
> 夫妻两人的感情好不好？现在是很好的，在结尾时两人的感情出现了裂痕。
> 早餐吃什么？不是牛奶和面包，而是馒头和咸菜。王赎生认为小孩子吃这样的饭菜健康。
> 王赎生虽然是法官，但承担着做饭的任务。可见他很关心家庭。
> 家里的装修风格很现代化，灰色调，可以看出杜丽是一个女强人。
> 王赎生的儿子姓陈！但确实是他的亲儿子。他为什么让自己的儿子姓陈呢？这与本剧的大悬念有关。
> 电视开着，声音很小，放着早间新闻。

就这样，任凭自己的灵感之源迸发，直到你认为这个素材已经榨干了你所有的想象力。这时你会发现，你已经融入剧中人物的头脑中和生活中。

第四节　研究素材的步骤

一、确定感动点

问问自己这个素材能不能打动你。只有打动自己的素材，才有可能打动制片人和观众，你才有继续创作下去的动力。

二、分析感动的原因

一个素材感动你的原因是什么，是悲惨的人物？是伟大的人格？是对逝去岁月的追忆？是对乌托邦生活的终极向往？抓住这些点，让它们成为你创作的重心。

三、分析这个素材能不能做成剧本

分析素材，一是对外部市场的分析，二是对作品自身的分析。

对外部市场的分析，就是看此类题材最近是不是泛滥成灾。例如不要在抗日剧热播的时候写一个抗日剧，也不要跟风创作穿越剧。接下来，在记忆库中搜寻与你准备创作的素材同类型的作品，分析自身的优势、劣势和投拍的可能性，找准自身的定位。除自身的经验外，也可以与相关人士如投资人、行业管理人员等进行沟通。

对作品自身的分析，就是要理智地分析此类素材适合不适合写成电影、电视剧剧本。有时，仅仅是你头脑中一个细节打动了你，进行分析后，发现并没有更多可以继续挖掘的素材，那么就要暂且忍痛割爱，把这个细节储存在你的大脑中。还有，有的素材也许不适合电影的表达，但更适合舞台剧的写作，你要为你精心找寻的素材寻求最适宜表达的媒介。

思考与练习

1. 请你谈谈研究素材的几个步骤。
2. 选择本周内的一则新闻素材，根据本章所学习的方法，将其转换为影视素材，在课堂上与同学和老师讨论可行性。

第三章　影视剧作的题材

匈牙利的电影理论家巴拉兹曾说过，题材已经是从某种艺术形式的角度处理过的东西，我们已经把它从繁复多样的现实生活中提炼出来并赋予了它某种形式的鲜明特征。题材有别于素材，素材是未经加工的原始艺术材料，属于客观的东西。而题材已经渗透了作者的个人色彩，是主观和客观相结合的产物。可以这样比喻：素材如果是葡萄的话，题材就是葡萄酒。

题材对于作品的思想和艺术都有重要的意义。每个人都有自己擅长的题材。小津安二郎的影片常常表现日本的家庭，邹静之擅长刻画历史，严歌苓擅长历史题材和女性题材，六六的作品则大多是现代题材。当然，每个人擅长的题材类型也不是单一的，影视从业人员也要以发展的眼光看问题，努力接受不同的题材，丰富自身的创作经历。

对于影视编剧而言，题材的问题尤其重要。不但要找寻自己擅长的题材，还要让自己擅长的题材符合市场的需要。目前，题材按时代划分，主要是历史类和现代类；按剧情内容划分，则有言情类、武侠类、喜剧类、神话类、家庭伦理类、青春偶像类、涉案类等。

第一节　按题材的时代划分

一、历史类

20世纪90年代以来，历史类题材的影视剧大量出现。一方面，历史本身的"陌生性"给影视创作提供了较为自由的空间。另一方面，历史不意味着和现实的隔绝，而恰恰成了沟通古今的桥梁。

其中，有以历史真实事件为背景进行创作的如电视剧《汉武大帝》《雍正王朝》等，被称作历史正剧；电影有《末代皇帝》等。受布莱希特叙事体戏剧影响的文献剧，兴起于20世纪60年代，代表作有根据奥斯维辛集中营集体屠杀的战犯审判记录写成的《调查》，还有以1954年美国原子能委员会设立的雇员安全部的听证记录写成的《奥本海默事件》。

名著改编类型是其中较为特殊的一类，由于原型小说本身不朽的艺术魅力，加上大投资保证的精良制作，得到了观众的普遍关注。20世纪80年代，四大名著改编的电视剧陆续上演，有1987年版的《红楼梦》、1988年版的《西游记》、1994年版的《三国演义》和1998年版的《水浒传》。在21世纪这些影视剧被重新翻拍。这一现象在当时实则是一次重大IP转移。名著本身已有了固定的欣赏人群，这一点无疑是质量和收视的保证。但在名著改编的过程中，如何把握"忠实原著"与"创新发展"的关系，一直是我们要思考的问题。

历史题材的影视作品既有"正说"也有"戏说"。"正说"偏重于历史，"戏说"偏重于情节。"戏说"多取材于野史、民间故事等，不注重还原历史、再现历史，而是力图以游戏化的态度消解历史、重构历史。掀起"戏说"浪潮的是20世纪90年代我国港台地区出现的"三戏"，即《戏说乾隆》《戏说乾隆续集》《戏说慈禧》。与正剧注重传达正确的历史观的态度相反，"戏说"注重娱乐性。90年代后期一部"戏说"电视剧火遍了大江南北，那就是《还珠格格》。此外，还有《宰相刘罗锅》《铁齿铜牙纪晓岚》等。在电影领域，《唐伯虎点秋香》也成了一代人心中的"戏说"经典。

二、现实类

现实题材的最根本特征就是要求立足于现实，正视现实，忠于现实。英国纪录片学派的创始人约翰·格里尔逊认为，电影的首要原则就是从现实中挖掘素材，从熟悉的材料中自然而然地形成故事，并通过细节的描绘对生活进行各种阐述。他说："我们相信，天生的演员、自然的场景，更能引导银幕表现现代世界。它们给电影提供一个更深厚的素材储备，提供无穷的形象资源，提供一种驾驭现实世界中更复杂更惊人事件的表现能力，这远比摄影棚影片拼拼凑凑或者机械师们重新创造的那个世界要复杂生动得多。"约翰于1929年完成了纪录片《漂网渔船》，影片表现的内容十分简单：漂网渔船从灰雾蒙蒙的港湾驶向茫茫大海，渔网从颠簸摇曳的船上撒开，渔夫们紧张繁忙地劳作，同汹涌的恶浪搏斗，日复一日，年复一年。这样的影片在今天看来已是习以为常，但在当时所产生的冲击，犹如大海掀起的波涛一样猛烈。下面我们就一起来梳理一下世界电影史上现实主义创作手法的几个重要节点：

1934年苏联召开了苏联作家代表大会，通过并确立了社会主义现实主义的创作方法。随即在1935年召开了全苏第一次电影创作会议，为电影发展提出了明确的规划。社会主义现实主义的创作方法，要求苏联电影工作者，特别是蒙太奇学派的大师们，更真实、更具体地去描写苏联的社会现实，去创造一种"为大众的艺术"。20世纪30年代是苏联电影走向成熟的年代，曾拍出一大批深受国内外观众喜爱并取得了辉煌成就的影片。这一时期最有名的影片是1934年瓦西里耶夫兄弟导演的《夏伯阳》，它是苏联社会主义现实主义电影创作的里程碑之作。

诗意现实主义是20世纪30年代以后法国出现的一种电影创作倾向。其主要特征是表现法国的现实生活，特别是下层人民的生活，影片多数为悲剧。影片手法细腻，多用实景拍摄，而且含有某种诗情画意。让·雷诺阿是法国诗意现实主义电影的象征。巴赞曾称他为诗意现实主义的真正领军人物。其代表作有1937年的《大幻灭》及1939年的《游戏规则》。

新现实主义电影运动是第二次世界大战后在意大利兴起的一次具有社会进步意义和艺术新特征的电影运动。新现实主义电影突破了传统电影，尤其是以好莱坞为代表的梦幻电影的传统和规矩，在内容和形式上进行了一次彻底的美学革命：在内容上它主张反映抵抗运动和战后的现实生活；在形式上主张用纪实手法，将摄影机扛到大街上，直接拍摄发现的事件。新现实主义电影运动的发展一般被划分为三个阶段：1942—1944年是新现实主义电影运动的萌芽时期；1945—1950年是全盛期，由《罗马，不设防的城市》开始，历时6年；1951—1956为衰落时期，以《屋顶》结束。

据悉，在中国，2001年国家广电总局批准播出国产电视剧428部，现实题材占到53.2%。现实题材影视作品立足现实，分析社会现状，揭示社会问题。我国的影视作品历来有尊重现实主义的传统，20世纪三四十年代有反映百姓生存状态的《神女》《马路天使》《渔光曲》等。进入新时期，《渴望》成了这类影视作品的范本，随之出现了大量关注普通人生活的影视作品。这些作品深深地扎根现实，与老百姓同呼吸共命运，成了其感情宣泄的渠道。

第二节　按剧情的内容划分

一、言情类

古装言情是言情类一个重要的分支。历来帝王将相、才子佳人的故事总是为百姓津津乐道。在戏剧发展史文明新戏的后期，民鸣社编演了一批以新式布景和旗袍为号召的清宫戏，以招徕观众，获取经济收益；后又排演了三十二本连台戏《西太后》，以宫闱秘史为卖点，一时十分叫座。在清朝康熙年间，由洪昇创作的《长生殿》讲述了唐明皇和杨贵妃的爱情故事，扭转了昆腔在京城处于劣势的地位。近些年，国内电视剧市场播出的《步步惊心》《美人心计》也争相从古装言情类的角度出发，获得了不错的收视效果。由导演李仁港拍摄的电影《鸿门宴》，也上演了一场楚霸王和虞姬间唯美又荡气回肠的爱情故事。

现代言情剧以细腻爱情戏为主线，力求淋漓尽致地表达男女主角之间的情感纠葛，剧情普遍较为缠绵唯美，又比较简单，因此也被叫作肥皂剧。

言情片在一定程度上满足了人们对于理想爱情的向往，使观众在精神上得到了愉悦。如《杉杉来了》《何以笙箫默》《双面胶》都是近些年来盛极一时的言情剧。

二、武侠类

武侠类题材是中国独有的题材类型。此类作品融合了动作片的武打之美，展现行侠仗义、劫富济贫的"武侠精神"。这类影视作品寄托着人们对社会公正的向往、对古代"侠客精神"的膜拜和对风花雪月、浪漫爱情的追求。武侠电影的源头可以上溯到1920

年商务印书馆活动影片部的影片《车中盗》，题材为义士武打，这是武侠电影的萌芽。1927年末，友谊影片公司推出影片《儿女英雄》，集武侠英雄与武功打斗于一体，标志着中国武侠电影的正式诞生。武侠电影为中国电影的商业运作积累了最初的经验。20世纪60年代初我国香港地区的"邵氏"等电影公司又一次掀起拍摄"新武侠片"的浪潮，胡金铨的《侠女》获1975年戛纳电影节最高综合技术奖，中国武侠从此走向了世界。1979年，楚原的《英雄无泪》成为香港地区新武侠电影的代表作；21世纪以来，李振藩、成龙、李连杰的功夫片又为中国电影进入国际市场开辟了新机；20世纪90年代初，新武侠电视剧也开始成了最有号召力的电视剧类型，金庸小说改编而成的武侠电视剧，成为银幕收视的常胜将军。

三、喜剧类

古装喜剧和"戏说"历史在娱乐的宗旨上是不谋而合的，但古装喜剧可以不以历史故事为原型，只是套着一层古代题材的外壳，其精髓还是喜剧。古装喜剧中朝代的背景比较模糊，主要以朝中或民间人们的风流轶事为故事骨架。典型影片有张国荣、关之琳主演的《花田喜事》，这部影片讲述了富家子女周通、周吉因误会巧合钦定姻缘的故事。相同类型的还有王岳伦导演的《十全九美》，电视剧有《上错花轿嫁对郎》和近些年大热的《武林外传》等。古装喜剧类题材的模式是轻松搞笑、戏谑武打、男扮女装或女扮男装、乱点鸳鸯谱、才子配佳人、傻男配靓女等。现代喜剧类作品，多以生活情景剧为代表，展现生活中的幽默事件、搞笑场景，如《闲人马大姐》《炊事班的故事》《家有儿女》等。

四、神话类

神话类影视作品根植于中国古老的神话传说故事，包括神鬼的故事或英雄传说。由于神话故事本身就是远古人类为了抵御自然灾害、树立精神信仰而创造出来的，没有过多的现实依据，所以，影视作品的创作实则是再创造的过程，相对有较大的发挥空间。例如《宝莲灯》《封神榜》等影视作品曾活跃在银幕。近些年，又新兴起一类玄幻类的题材的影视作品。此类作品可以看作是神话类题材的变种，由网络游戏或者网络小说改编而成，融合了神话、武侠、魔幻等众多元素，如《仙剑奇侠传》《花千骨》《轩辕剑》等，深受年轻一代的欢迎。

五、家庭伦理类

近年来，家庭伦理题材的影视作品越来越受到观众的喜爱和追捧。其贴近百姓的创作特质引起了大众的共鸣。此类题材通常围绕亲情、夫妻矛盾、婆媳矛盾、代际冲突展开叙述。细致地刻画当下社会人们对于婚姻生活、贞操观念、经济纠纷、家庭责任等问题的思考。20世纪90年代初，一部《渴望》感动了千家万户。该片讲述了两对年轻人

复杂的爱情经历，揭示了人们对爱情、亲情、友情以及美好生活的渴望。此剧一经播出便得到了社会的广泛关注，温柔善良的惠芳、憨厚老实的大成，这些形象深入人心，直到现在还被很多人津津乐道，影响了几代人的思想和生活。该剧将人生和人性有机地融入社会大时代的背景中，加上演员的出色表演，具有较高的社会审美价值。它也向中国观众展示了"真实"的力量，被称为中国电视剧发展历史性转折的里程碑。

21世纪以来，家庭伦理题材的影视作品进一步发展壮大，平民化、日常化的叙事方式更加深入人心。例如电视剧有反映房价飞涨和家庭危机的《蜗居》，有关注都市年轻人婚恋生活的《媳妇的美好时代》，有展现大众热议的"裸婚"现象的《裸婚》和"二孩政策"的《二胎时代》；电影有反映中年婚姻危机的《万箭穿心》，关注空巢老人问题的《闯入者》等。

六、青春偶像类

青春偶像剧起源于日本，被称为"趋势剧"或"潮流剧"。日本著名电视剧制片人大多亮曾说："所谓趋势剧，就是由年轻的工作人员、年轻的编剧、年轻的演员合作完成的面向年轻人的电视剧。"1990年，港台地区电视剧引进"趋势剧"的概念，并对其进行本土化的改造，创作了诸如《流星花园》等一大批风靡华语世界的作品，才有了如今的"偶像剧"。

1990年，由中央电视台影视部、上海台联合拍摄的《十六岁的花季》在全国播出。该剧以不同性格的中学生为叙事视点，从他们的角度反映了成长和教育的问题。启用本色学生演员，人物和情节贴近现实，此部电视剧的成功预示着一个新的观剧群体的崛起。

1998年，由张一白导演的《将爱情进行到底》正式播出，此部电视剧把叙事焦点放在当代青年人的爱情和梦想上。该部电视剧反映出很多的社会问题，如大学生找工作难、大学生心理素质差、第三者的出现等，虽然这并非是该剧的主线，却十分完美地契合了整部电视剧，让人在观看完后有更多的想法，尤其是对于刚刚毕业和即将毕业的大学生们。该剧不仅让我们看到那一种刻骨铭心的爱情，同时也让我们看到了一个真实的、广阔的社会，拼搏、激扬与奋斗的青春。

进入新时期，中国在青春偶像剧的发展过程中，逐渐形成了独具特色的类型。如军旅版青春偶像剧有《与青春有关的日子》《麻辣女兵》等，行业版的青春偶像剧有《都是天使惹的祸》等，校园版青春偶像剧有《匆匆那年》《最好的我们》等。

中国的偶像剧历来被称为影视界的"弱势群体"，但随着新一代观赏群体的崛起，青春偶像类题材的作品越来越受到电影、电视人的青睐，逐步呈现出以下态势：首先，题材越来越多元化，有了红色青春偶像剧诸如《恰同学少年》的问世。其次，内容更加贴近当下生活，有反映医疗内容的《青年医生》、反映当下年轻生活群像的《爱情公寓》《欢乐颂》等。再次，从制作手段来看，审美也越来越趋向于精致化。如由郭敬明小说改编的系列电影《小时代》，选用俊男靓女作为演员，场景的设置美轮美奂，剧中演员的服饰奢华靓丽，一时间引领了当下的时尚潮流，主题曲邀请当红的青年歌手演唱，使其未播先热，为影片造势。

七、涉案类

在 2000 年前后，出现过一次警匪片的浪潮，呈现出与言情片不相上下的热播态势。警匪剧和警匪片的剧情内容通常是刑事案件侦破、反恐案件侦破、打击黑社会犯罪等，警匪剧和警匪片中警察和匪徒之间的斗智斗勇，动作、追车、爆炸等场面也是主要特点。这类影视作品可以聚焦社会最严峻的冲突，因此虽然展现的不是百姓日常的生活，但是极有可看性。代表作品有电视剧《永不瞑目》《重案六组》《黑洞》等，电影有《警察故事》《烈日灼心》《西风烈》《寒战》等。在此类影视作品中，值得一提的还有谍战类这一特殊的类型。荧幕上火热播放或上映的谍战片继承了新中国成立后一系列的"反特片"的传统，并在其基础上增加了更多看点。谍战剧是以间谍活动为主题的一类影视剧，包括卧底、特务、情报交换、悬疑、爱情、暴力刑讯等元素。其以强情节、高悬念等特殊优势深受广大电视观众的喜爱。代表作品有《暗算》《誓言无声》《潜伏》等电视剧和《风声》《听风者》《东风雨》等电影。

思考与练习

1. 调查采访二十位同学或者老师，看看他们平时最喜欢看什么题材的影视作品，制作成一份调查报告，并说明你的想法和观点。

2. 结合你自己的亲身经历，谈谈"青春偶像类"题材的影视作品为什么受到青年观众的喜爱。

3. 自我选定某一题材，观看五部此题材的影视作品，找出该题材影视作品的共同特征。

第四章　影视剧作的主题

第一节　主题的定义

一、对主题不同的理解

我国清代文艺理论家刘熙载在他的《艺概》中曾将"主题"称为"主脑"。这一理论到明末清初戏曲理论家李渔那里又得到了发展。李渔在《闲情偶寄》中指出:"古人作文一篇,定有一篇之主脑。主脑非他,即作者立言之本意也。传奇亦然。"李渔又解释如下:"其初心止为一人而设……又止为一事而设。此一人一事,即作传奇之主脑也。"如"重婚牛府"就是《琵琶记》的"主脑"。"白马解围"则是《西厢记》的"主脑"。仔细研究李渔的理论便可发现,其中"立言之本意"强调的是剧作的主题思想,而"一人一事"则强调的是剧作的主题。

而悉德·菲尔德则认为,当大家在谈论电影剧本的主题时,大家实际谈的是剧本中的动作和人物。他列举说,《邦尼和克莱德》的主题便是大萧条时期克莱德·巴巴罗匪帮在美国中西部地区抢劫银行以及他们终于落网的故事。从美国电影史发展的角度来看,就很容易理解这种认识。美国电影业的腾飞是以类型片的创作为标志的。在类型片时代,美国电影以生产线的方式进行投拍和制作。这类影片大多数以情节取胜,观众通常把它作为一种娱乐或消遣,不要求影片承载较深刻的思想内涵。

高尔基则指出:主题是从作者的经验中产生、由生活暗示给他的一种思想,可是他聚集在他的印象中还未形成。当他被要求用形象来体现时,他会在作者心中唤起一种欲望——赋予他一种形式。高尔基关于主题的认识体现了大多数欧洲艺术家的看法。欧洲电影为反对好莱坞式电影的入侵,奋起直追。他们摒弃了类型片的剧作模式,在电影中挖掘较为深刻的思想内涵。由此,电影也得以摆脱通俗娱乐的固有印象,在艺术上逐渐取得了与小说和戏剧同等的地位。

二、主题的分类

通过总结以上三种对影视主题的认识，我们可以归结如下：第一种为"动作主题"，第二种为"思想主题"，第三种为"动作—思想主题"。

（一）"动作主题"的影片

其一般注重讲好一个故事，充分运用拍摄手段和叙事手段，写尽悲欢离合，使观众获得或高兴或悲伤的心理和情感需求。如《罗马假日》《卡萨布兰卡》《关山飞渡》等影片可以归属在此类。

（二）"思想主题"的影片

其与"动作主题"的影片所追求的恰恰相反，力图打破常规人物、情节构建的叙事模式，表现剧作家、导演渗透在其中的人生体验、个性特征，并传达深刻的思想内涵。由此演变的"哲学电影""理性电影"则是相当一部分艺术家的终极向往。如伯格曼的《野草莓》和让·雷诺阿的《大幻灭》《游戏规则》都是此类作品的翘楚。

（三）"动作—思想"主题的影片

这是在借鉴前两种经验的基础上，力图将故事的叙述与思想的传达完美地结合起来。此类影片在让观众接受的同时，适时传达了思想内涵，如《雁南飞》《玛利亚·布劳恩的婚礼》等。

三、明确主题的要求

在主题确立的过程中，还应明确有关于主题的几点要求。

（一）主题的立意要单纯

匈牙利电影理论家贝拉·巴拉兹在其所著的《可见的人类》中明确指出，大多数文学作品改编电影之所以失败，主要是编剧拼命地把过多的素材塞在一部长度有限的电影里。电影的长度是有限的，它只是一部可以让观众欣赏两个小时的作品而已。在两个小时中，创作者要竭尽全力给观众留下印象，这就需要细致地描写、生动地刻画、全面地阐释，从而引发观众的联想，引起共鸣。如果加入了太多创作者想要表达的东西，故事则没有办法顺着主线合理展开，这些思想如游丝般漂移、分散，还有可能相互缠绕、干扰。相反，若主题单纯，删除与其无关的因素，观众的接受程度就会越高，他们充分理解了你所表达的内容后，还会结合自己的人生经历和生活体验，进行生发和联想，达到"再创造"的效果。

（二）电影的主题要明确

电影是"一次性的艺术"，欣赏活动都是在"当下"完成的。电影不像小说，其欣赏不受时间空间的限制，小说可以反复阅读，而且随着阅读者不同时期不同的情感变化，小说的主题也会得到不同的阐释。但这里所指的主题明确，要和生活的复杂性、情

节的曲折性区分开来。普多夫金曾结合自己的创作经历说：主题明确，就必须能把整个剧本组织起来，因而也必定能使创作出来的作品有力量。必须严格注意：要明确地确定主题，否则作品就不会获得任何艺术作品所必须具备的思想性和统一性。

（三）电影的主题要深刻

深刻的主题立意来源于创作的真诚态度，并不是艺术家看到了生活的不幸就去创作了悲剧，看到了生活的快乐就去创造了喜剧。作品需要真实，但不能是生活的复刻，而应该是艺术家创作时心像的真实传达。艺术家的创作动机也不应该只停留在功利主义的层面，无论功利是经济的还是政治的或者是社会的。一旦功利性侵蚀了创作者的灵魂，他们便很难创作出思想深刻的作品。

四、常见母题

为了使编剧初学者在寻找自己作品的主题时更容易操作，我们接下来为大家介绍几种常见的母题。如果说主题是一部作品中体现出来的具有个性色彩的思想，那么母题则是多部作品中体现出的共同主题。

（一）寻找（追寻）

人的欲望一般是很难满足的，这也是人类进步的动力和本能，是人生过程中必有的状态。欲望的无止境性诞生了"寻找"的母题。

意大利导演德西卡导演的《偷自行车的人》便反映了这一母题。

> 故事发生在第二次世界大战后的罗马。职业介绍所前人群涌动，无数人在等待工作。赋闲达两年之久的安东终于被介绍到广告张贴所工作，但有个条件，他必须有自行车才能工作。妻子当掉了家里所有的床单才赎回被当掉的自行车。第二天一早，一小伙子乘安东工作之时，骑上他停靠在路边的自行车飞驰而去。安东跑去追赶，却被眼线干扰，失去目标。安东向警察报案，却得不到任何帮助，只得向好友求援。好友建议第二天一早到自行车市场去找，因为偷车人可能在那儿脱手。次日清晨，安东带着儿子和好友来到自行车市场。一阵寻找后毫无结果。他们又来到另一个自行车市场继续寻找。不想一场大雨，把市场冲散。父子挤在屋檐下避雨时，发现了那个偷自行车的小伙在不远处和一个老乞丐交谈。安东追了过去，那人骑着自行车逃走。安东急忙回来寻找老乞丐，盘问他小伙的下落。老乞丐拒绝回答，安东父子紧盯他来到一座教堂，安东再三要求老乞丐陪他去找小伙。无奈之下老乞丐只得告诉他一个地址，但不肯陪他去。他们的争吵声引来教堂工作人员，老乞丐趁机溜掉。
>
> 按老乞丐提供的地址，安东父子来到一个贫穷的居民区，在那儿碰到偷车的小伙。小伙看到他们撒腿就跑，安东把小伙揪到大街上。没想到围观的居民都是他的邻居，偏偏这时小伙抽搐起来。居民们纷纷为小伙开脱，指责和恐吓安东，尽管儿子布鲁诺找来警察也无能为力。面对一双双充满敌意的眼睛，安东只得知难而退。
>
> 父子俩沮丧地往回走。路过街口时，安东看到街边无人处停靠着的一辆自行

车，一个念头在他的头脑中闪现。他急忙打发儿子回家，自己偷偷骑上那辆自行车，不料被车主发现，并被路人抓住，要将他送往警察局。街边等车的布鲁诺看到这一切，跑了过来，哭喊着"爸爸"拼命地拉着父亲。车主看到哭泣的布鲁诺，让大家放了安东。

安东木然地行走在大街上，布鲁诺紧紧地拉着父亲的手。看到身边的儿子，安东流下了眼泪，握紧了儿子的手。父子俩消失在茫茫人群中。

（二）漂泊（旅行）

漂泊的母题异常深刻，表达出人类深层次的生存状态：从宇宙中看，地球悬浮于太空，在轨道中运行着，周围无数亿光年都没有生命存在，地球一直孤独地漂泊。从地球表面上看，地球上十分之三是陆地，十分之七是海水，人类生存在几块分散的小陆地上，这也是一种漂泊状态。漂泊的表现也可以说是一种旅行，为了一种目的或者没有目的。当然，有目的的旅行或漂泊，就是追寻，两者有着相通的地方。

《家在水草丰茂的地方》是李睿珺自编自导的影片。

阿迪克尔和巴特尔是一对兄弟，哥哥巴特尔出生一年后，阿迪克尔出生了，因为忙不过来，父母只得将哥哥送去爷爷家抚养。到了上学的年龄，父母与爷爷商量决定送兄弟二人去同一所学校上学，借此建立手足情谊，可他们却从不说话。

爷爷去世了，暑假来了，其他孩子都被接回家，父亲却没有出现。阿迪克尔决定和巴特尔一起上路，寻找在草原上的家。他说父亲曾教过，放牧时如果迷路，一定要顺着河流走，只有在有水的地方水草才会茂盛，牧民的家一定在水草丰茂的地方。

两人骑着骆驼上路了，一路经历奇特的风景，也屡屡陷入困境和冲突之中。这趟路途，和他们记忆中的已完全不同。在未知的旅程里，兄弟间的心结逐步解开。他们一起寻找着在水草丰茂处的家。

（三）抗争

辩证唯物主义哲学认为，矛盾时时在、处处在，万事万物都包含着矛盾。抗争是矛盾激化的状态。叙事类作品一般都强调戏剧化的冲突，于是对抗争主题的反复运用即形成了"抗争"母题。

这类作品数量众多，通常设计出两大对立的派别，贯穿着正义与非正义、善与恶等冲突。

《勇敢的心》由梅尔·吉布森执导，影片以13—14世纪英格兰的宫廷政治为背景，以战争为核心，讲述了苏格兰起义领袖威廉·华莱士与英格兰统治者不屈不挠斗争的故事。

影片从威廉·华莱士的角度进行叙事。在威廉·华莱士还是孩子的时候，他的父亲——苏格兰的英雄马索·华莱士在与英军的斗争中牺牲了。幼小的他在父亲的好友的指导下学习文化和武术。光阴似箭，英王爱德华为巩固在苏格兰的统治，颁布法令允许英国贵族在苏格兰享有结婚少女的初夜权，以便让贵族效忠皇室。年轻

的华莱士学成回到故乡，向美丽的少女梅伦求婚，愿意做一个安分守己的人。然而梅伦却被英军无理抢去，并遭杀害，华莱士终于爆发了。在广大村民"英雄之后"的呼喊声中，他们揭竿而起，杀英兵宣布起义。

苏格兰贵族罗伯想成为苏格兰领主，在其父布斯的教唆下，假意与华莱士联盟。华莱士杀败了前来进攻的英军，苏格兰贵族议会封他为爵士，任命他为苏格兰护国公。华莱士却发现这些苏格兰贵族考虑的只是自己的利益，丝毫不为人民和国家前途担心。爱德华为了缓和局势，派伊莎贝拉前去和谈。但由于英王根本不考虑人民的自由和平等，只想以收买华莱士为条件，和谈失败了。伊莎贝拉回去后才发觉和谈根本就是幌子，英王已经汇合了爱尔兰军和法军共同包围华莱士的苏格兰军队。她赶紧送信给华莱士。大军压境之下，贵族们慌作一团，华莱士领兵出战，混战一场。短兵相接中，他意外发现了罗伯竟与英王勾结，不禁倍受打击。伊莎贝拉为华莱士的豪情倾倒，来到驻地向他倾吐了自己的真情，两人陶醉在爱情的幸福之中。英王再次提出和谈。华莱士明知是圈套，但为了和平着想，他依旧答应前去。在爱丁堡，布斯设计了阴谋抓住华莱士，并把他送交英王。罗伯对父亲的诡计感到怒不可遏，华莱士终于被判死刑。伊莎贝拉求情不成，在英王临死前，她告诉英王她怀的不是王子的血脉，而这个孩子不久将成为新的英王。

华莱士刑前高呼"自由"，震撼了所有人。几星期后，在受封时，罗伯高呼"为华莱士报仇"的口号，英勇地继承华莱士的遗志对抗英军。

（四）拯救

在"抗争"这一大的母题下，又可以分出"拯救"这一母题。抗争中弱势的一方要战胜强者存在着困难，这时，就需要有拯救者的出现。

超人系列电影可以很好地突出这一母题，由皮克斯动画公司制作的动画电影《超人总动员》讲述了这样一个有关拯救的故事。

鲍勃是一个超人特工，他惩恶扬善，深受街坊邻里的爱戴。"不可思议先生"就是他的光荣外号。他和另一个超人特工"弹力女超人"相爱，两人结婚后过上平静的生活。

15年过去了，鲍勃已经像普通人一样生活，当上了保险公司的理赔员。然而他心中还是有着技痒之时。当他知道有发明家要展开攻击超人特工队、毁灭人类的计划时，鲍勃终于按捺不住了。他要重出江湖，挽救人类，护卫地球。

（五）皈依（回归）

人类的漂泊、寻找、抗争、拯救等母题的表现，最终都指向一种平静的皈依状态。如对爱情、理想的一番表现后，无论是大团圆结局，还是凄美的结局，都是以正面或反面的方式表达了对皈依的需求意图。另外，一些作品以主人公的死亡来作为结局，这也表现了另一种形式的皈依。当然，艺术作品会在死亡的原因上添加政治、社会以及其他内容，对死亡的表现，正是对附加在死亡上的理想等内容的皈依。

《落叶归根》是张扬于2007年导演的电影。

老赵是个五十多岁的农民,他南下深圳打工,因好友老刘死了,不得不走上背对方尸体回家安葬之旅。他先把老刘伪装成醉鬼,混上长途车,却不幸在途中遇上劫匪。救了一车人钱财的他反而被乘客赶下了车。

老赵只好在路上拦车。晚上住店,钱却被偷。他到别人的葬礼哭丧,混得饭吃……一路上,老赵遇到形形色色的人。目标在望之际,他累晕了,在医院中苏醒后,警察告诉他,要按规定把尸体火化。

老赵带着老刘的骨灰回到他的家乡,那儿却已经拆迁了。门板上,写着老刘儿子的留言。

(六)情感

"情感"母题范畴有亲情、友情、爱情三个,这三个母题是属于全人类的永恒母题,无论何时何地都会散发出灼热的光芒。

由徐静蕾自编自导的《我和爸爸》真诚阐释了亲情这一母题,也成了她的成名作。

小鱼一直跟妈妈生活在一起,直到高中时母亲意外去世,她才第一次见到自己的父亲老于并和他生活在了一起。老于是个典型的北京油子,经常夜不归宿,小鱼十分没有安全感,但倔强的她坚持自己照顾自己,从来不张嘴跟父亲抱怨。小鱼长大了,谈恋爱了,和男朋友结婚了。小鱼把丈夫带回家吃饭,饭桌上老于不留情面地数落小鱼的丈夫。小鱼爆发了,把多年来对父亲不关心自己的积怨和伤痛骂了出来。老于让小鱼离婚后直接回家,不要留恋。小鱼忍无可忍,拉起丈夫就走了。一年后,抱着小小鱼的小鱼回来了。为了不让女儿这么辛苦,老于去打麻将想给女儿挣点钱,但世道和以前不一样了,已经不是当年老于叱咤风云的时代了。这天老于打麻将时被喊抓赌的人吓着了,成了痴呆。小鱼把父亲接回家,像照顾小孩那样照顾他。

(七)成长

每个人都要经历成长,也会在成长中收获欢笑和泪水,因成长变得更加成熟,抑或为成长付出代价。

《阳光灿烂的日子》根据王朔的小说《动物凶猛》改编而成,由姜文执导。

影片讲述了20世纪70年代初的北京,忙着"闹革命"的大人没空理会小孩,加上学校停课无事可做,以军队大院男孩为突出代表的少年人便自找乐子,靠起哄、打架、闹事、拍婆子等方式挥霍过量的荷尔蒙。马小军就是这样的少年,他的爱好之一是趁别人家无人时用万能钥匙将锁打开,溜进去耍玩一番。也正是因为这样,少女米兰的照片先于其人入了马小军的双眼。通过院里的"头儿"刘忆苦,马小军见到之前偶然瞥见过一眼的米兰,开始正式将其当作梦中情人,然而在米兰眼中,马小军不过是毛孩一个,她中意的人是成熟、稳重、帅气的刘忆苦。自此,马小军迎来了五味混杂的青春期生活。

(八) 灾难

灾难片以自然灾害、人类灾难或幻想的外星生物给人类社会造成的大规模灾难为题材，是以恐怖、惊慌、凄惨的情节和灾难性的景观为主要观赏内容的电影类型。这一类型是20世纪50年代后才大量摄制的，而这一词语是在70年代开始盛行的。

此类影片有反映龙卷风引发毁灭地球灾难的《后天》，有反映沉船灾难的《泰坦尼克号》，有表现末日题材的《2012》以及因气候异常导致巨型怪兽复活的《哥斯拉》等。

(九) 苦痛

人生在世，痛苦和快乐总是相伴相生的。"苦痛"因其悲剧力量引发观众的同情和怜悯，进而思考自己于自己、于世界、于人生的价值，或者从苦难中使自己不良的情绪得到排解和疏散，进而意识到生命的可贵和生活的意义。

韩国影片《素媛》由李俊益执导。该片于2013年10月2日在韩国上映，上映后好评如潮，获2013年第34届韩国青龙奖最佳影片、第50届韩国百想艺术大赏最佳电影剧本奖等奖项。

> 影片讲述了韩国小女孩素媛，她笑容灿烂，古灵精怪，和父母一同生活在街角的杂货店中。她的母亲整日忙碌在以她的名字命名的杂货店里。父亲则是一家工厂的工人，在汗水中维持着一家的生计。在一个阴云密布、细雨淅沥的早上，素媛一人打着她的小伞去上学，就在离学校的不远处，一个长相猥琐、酒气冲天的大叔截住了她的去路，悲剧发生。医生告诉素媛的家人，由于素媛的直肠到大肠的顶端有多发性的创伤与撕裂，要想活命，必须动手术做一个人造肛门。这一场突如其来的变故改变了素媛一家人的生活，刚刚怀孕的素媛妈妈痛不欲生。素媛爸爸抱着素媛躲避媒体采访时，粪便沾满了素媛的下半身。爸爸想给素媛擦拭，但是性侵的画面不可遏制地在素媛的头脑中闪过，素媛哭闹着躲避，因为窒息险些丧命，从此，也不愿意再面对自己的父亲。在法庭宣判时，罪犯以酗酒意识不清为由进行辩护，最终法院判处其获十二年有期徒刑，民众群起而愤。素媛的爸爸抄起桌上的台签欲砸向罪犯，突然，素媛细细的胳膊拼命地抱住爸爸的腿，一边哭一边说："爸爸，不要，不要这样……"
>
> 影片最后，素媛放学回家，把制作好的手工飞机举到新生弟弟的头顶，镜头出现了这样一句话："最孤独的人最亲切，最难过的人笑得最灿烂，这是因为，他们不想让其他人遭受同样的痛苦。"

第二节　主题的作用

对于剧作者来说，主题并不是在剧本完成时用来总结其"社会意义""思想价值"的。剧作的主题，是剧本开始的源头，一切的情节都由主题进行生发。主题是创作过程中的目标和指南，影响着剧本的创作方向。面对同样的素材，剧作者想要表现的主题不同，便会在事件、人物关系和结构形式上有不同的选择。剧本的主题对于剧作者来说，接近于创作的"动机"，即作者为什么选择这个主题、怎样表现这个主题、想传达什么样的看法等。

如果剧作者在一开始选定了"一男一女相爱"的主题，便有以下多种情况。

1. 富家女和穷小子打破阶级的阻碍大胆相恋，如《泰坦尼克号》，表明了爱情的永恒魅力可以打破一切的陈规旧俗。
2. "高富帅"和灰姑娘相爱的故事，可以满足无数少女的幻想，着重展现女主角积极向上的人生态度。
3. 忘年恋，如《饮食男女》《姨妈的后现代生活》，关注当下老年人的婚姻、情感生活。
4. 艺术家的情感生活，如讲述济慈人生和情感经历的《明亮的星》，窥探艺术家浪漫的生活，使爱情在艺术的笼罩中更加隽永、意味深长。
5. 校园恋情，如《致我们终将逝去的青春》《初恋那件小事》《那些年我们一起追的女孩》，运用怀旧元素，集体追忆青春时光。
6. 刻画重点放在婚后生活，如《双面胶》，展现婚姻矛盾、生活琐事，立足现实，于平凡中见真情。
7. 古装爱情，如《鸿门宴》《王的女人》，解密历史人物的风流往事，展现时代的爱情风貌，品味古典爱情的魅力。
8. 跨国恋情，如《我的娜塔莎》《有一个地方只有我们知道》，展现爱情跨越国界的故事，歌颂爱情这一全人类共通的情感。
9. 特殊时代的爱情，如《归来》《恰同学少年》，展现了共同理想构筑的爱情。

由此可见，主题的确立是一个影视作品的"灵魂"，只有在写作开始前明确创作的主题，才如航行有了航标，可以顺利地驾驭情节走在正确的航道上。

第三节　主题的落实：案例分析《洒满月光的荒原》

剧作者在确定了自己的作品主题后，该如何将抽象的主题具体落实到作品的人物、情节、冲突、情境、细节等可以外化的元素中呢？

下面，我们就以李龙云的话剧《洒满月光的荒原》为例，分析其多义性的主题是如何落实的。

李龙云在1985年到过一次黄土高原，在那里，他回忆起了在黑龙江建设兵团的日子，于是，他决定创作一部"知青"题材的戏剧。

在我以往的作品里，我很少正面描写"知青"，即使出现他们，也只是全篇的小点缀。但在这部戏里，我好像写了知青，实际上，我不过借用了他们身上一些反映人类生活共同本质的东西，否则这个戏在现在发表毫无意义。这个戏是写给整个世界的。我力图接触一些人类自身无法解决的问题：人在命运面前的倔强与悲壮，

人在大自然面前的自尊与自卑,人与其自身与生俱来的弱点的对抗与妥协,人在重建理想过程中的顽强与苍凉,人在寻找归属感时的茫然无措……

接下来,我们便选取其中有代表性的主题,结合文本分析主题是如何一步步变得有血有肉的。

一、人在命运面前的倔强与悲壮

为了展现此主题,李龙云在剧中一开场便设置了战争。

> 十五年后的马兆新:(始终痛苦地望着他们)那个年头,边境线上不大太平。(走过去,抱住苏家琪和李天甜的肩膀)在当时,我们看不见这些。不知为什么,我们都想去打仗……
>
> 远处传来了隆隆的炮声。一台拖拉机牵引着一乘巨大的爬犁驶了过来。履带滚动的隆隆响声让人想起了正在行军的坦克军团。爬犁上巨大的但又空荡荡的红布横幅标语在风中抖动。远处传来了嘹亮激昂的歌声。这是那种为某些特定年代所创作的刺激性很强的歌。马兆新、细草、李天甜、宁姗姗几个年轻人身背半自动步枪在爬犁边站成整齐的一横排。他们"一、二、三、四"响亮地报着数。他们的胸脯剧烈起伏着。

战争反映了人类灵魂的躁动不安、群体无意识的冲动,一切人性在战争中扭曲地发展。于大个子因为战争成全了他内心的控制欲,他的童年始终笼罩在父亲的阴影中。有一次,他因为灯笼挂得比有地位身份的邻居高,遭到了父亲的毒打,妹妹在惊慌失措中落入了马葫芦中。中年的于大个子,战争赋予了他权力,他成了"落马湖王国"的国王,又强行霸占了细草。

之后便是死亡。

李天甜最终选择了以死亡的方式进行皈依。她原本热爱文学、向往爱情,在这个特殊年代的压抑中,一切合理的愿望都不可能实现,她被无情地批斗,曾经象征美丽和理想的长发可怕地脱落了。她走向了死亡,但存活在了婚礼上、达子花瓣和歌声中。

因为对命运的无力掌控,人们开始寻找宗教。

马兆新在放火后逃跑,江对岸教堂的钟声在此时敲响。马兆新在钟声中获得了心灵的宁静和归属,这里的钟声变成了宗教的符号。但马兆新最终还是回来了,宗教只能在短时间内给人的心灵以抚慰,但仍起不到寄托的作用。

二、人在大自然面前的自尊与自卑

李龙云设定了"荒原"这个情境,故事在此情境中展开。这里的荒原,不再仅仅是一个空间地理的概念,它还象征着心理层面的荒芜。人的原有信仰缺失后,新的信仰还没有确立时,心理上便会产生一个荒原。人在这个荒原中企图寻找人与宇宙之间的平衡。时间在本剧中笼统的定义为"那个秋天以后",秋天,于万物萧索中孕育生机,也暗合了失落与重建的主题。

在表现自然与人的关系这个主题上，剧作家还设立了"大茶壶"李长河这个人物。他不信神灵、不畏鬼怪，年轻时风流倜傥，但也因此染上了脏病。他以宰割大自然来满足内心的空虚。喝过酒后，他便用皮鞭抽打公狗，直到其下半身鲜血淋漓，以此来发泄自己的欲望。在最后，他天天在恐慌中度日，最终被一只公狗咬死了。大自然在此处反噬了人类。

三、人与其自身与生俱来的弱点的对抗与妥协

该主题可以集中展现在剧中主人公马兆新的身上。该剧设定了十五年前的马兆新和十五年后的马兆新，让两者实现了跨时空的交流和对话。在马兆新的情感世界中，始终有两种对立的力量在撕扯着他。在对细草的态度上，他一方面受理性的支配认为自己应该像大哥哥一样呵护她、理解她。但另一方面，他无法克制自己的嫉妒和占有欲，在于大个子占有了细草后，男人与生俱来的自尊将马兆新的理性击得粉碎。十五年后的马兆新，重新回到了落马湖。马兆新想要放弃争斗，使自己的心灵获得平静和解脱。但同时，一种对于人生的无力感占据了他，他不知道此次前来是找寻什么，抑或是放弃什么。过往已经定格，生命的车轮滚滚向前，永远不可能回头。

思考与练习

1. 谈谈你对电影主题的理解，并且选择一部电影，分析其主题的设定。
2. 如果你要完成一部剧本，你认为是"主题先行"还是"情节先行"？为什么？
3. 根据"成长"这一主题，完成一篇十分钟的短片剧本，要求主题鲜明，人物真实，情节动人。

第五章　影视剧作中的人物

在叙事艺术里，中心任务就是"写人"。别林斯基说：人是戏剧的主人公，在戏剧中，不是事件支配人，而是人支配事件。这在影视剧中同样适用。事件不可能脱离人物存在，人物是一部作品的核心，但这个"人物"不单单指人，也可以是动植物等，比如《大白鲨》中的鲨鱼、《狮子王》中的动物。试想一下，是不是很多影视作品，剧情我们不会记得特别清楚，但是人物形象却能够留下深刻印象？比如《乱世佳人》中的斯嘉丽、《秋菊打官司》的秋菊、《骆驼祥子》中的祥子和虎妞、《李米的猜想》中的李米等。

在西方好莱坞的电影中，故事是依靠情节来推动的，人物设计出来只是用来完成影片故事叙述的，人物沦为了情节的产物。但是，这种叙事方法不会让观众有更好的精神体验，观众不会通过这样的情节认识到一个复杂性格的人物。如今，观众看过了那么多的影视剧，简单的银幕形象已经不能被观众所接收，他们对于人物的复杂性有了更高的要求。观众往往希望能看到一个"不假"的人物，而"真实性"其实就是要求人物要符合真实生活，真实生活中的人物往往是性格、心理都比较复杂的人物。所以要想人物真实可信，首先要考虑他的复杂程度。人物应该是有生命力的，人物应该作为控制剧本的主要力量，这样的人物才会有复杂的人格。比如《落水狗》《低俗小说》《哭泣的游戏》《寻找一只猫》等都是强调故事要返回人物本性，依靠人物来发展情节的影片。

从前的一些研究人物的艺术作品中，通常都会强调人物的属性，这个属性是指人物性格的阶级属性。如果你的人物是工人阶级，他一定要符合工人普遍的性格特点，就像团结、踏实肯干等；如果你的人物是地主阶级，他一定要阴险狡诈，作恶多端。在这样的阶级属性为主的创作下，塑造出来的人物也是带有明显的符号和标签的，这样往往会让人忽略掉人物的其他属性，比如自然属性。我们在反对样板戏的时候，其实就是在反对创作的公式化、概念化、简单化，艺术的创造应该是无限的，不应该被条条框框所封闭。涉及人物就会涉及感情，尤其爱情是人类永恒的话题，但感情却有着极大的不稳定性，所以会出现这样那样的各不相同的问题，即使是完全相同的一件事，放到不同人的身上，结果也会不同。

叙事的首要任务就是塑造人物，下面我们从人物的分类以及塑造人物的手法方面进行分析。

第一节　人物的分类

一、按照功能进行划分

在影视剧里，按照功能进行划分，可以分为三种：主要人物、次要人物和辅助人物。我们先来看《孔雀》中的一段：

33. 街头·黄昏·外·夏

下班的人流上面，飘扬着一只彩旗做的降落伞。

降落伞系在姐姐的自行车后座上。她在车流中奋力地蹬着车，直视前方。降落伞飘在上空（剧照如图5-1）。

图5-1

旁边骑车的人诧异地仰头望着降落伞。

街道两边的人骚动起来，有几辆自行车撞在一起。

迎着姐姐的降落伞，一个高大的青年刹住自行车，一只脚撑着地，匪夷所思地盯着迎面而来的姐姐和那只伞。他脸长得很硬，很冰冷。他是个工人，叫果子。他穿着上班用的劳动布工作服，屁股后面挂着电工包。岁数比姐姐大一两岁。

眼前的景观让果子百感交集，他自言自语道：我操他奶奶的！

姐姐带着她的降落伞从果子面前迅疾而过。

这一瞬间，果子眼睛里光彩顿生。

他抓起自行车调了个头，好比调转战马，飞身跃上自行车座。一支火枪夹在他的车

座上。

果子骑车跟在姐姐旁边。

他骄傲地随从姐姐，迎接四周杂乱的目光。他真心认为自己是个勇敢的骑士。

姐姐忽然扭头看了果子一眼，又担心地回头看了一眼降落伞。

果子对姐姐会心地一笑。

姐姐没什么反应，回头目不斜视地朝前骑去。

妈妈和邻居阿姨提着菜、油瓶什么的走在路上。

两个人同时看到了迎面而来的姐姐和降落伞。

她们都愣住了，站在原地不动。

妈妈回过神儿来，扔掉手里的菜，拔腿向姐姐跑去。

妈妈迎面使尽全力拦住姐姐的车把，姐姐栽倒在地。

果子吃惊地瞪大眼睛。

人群围上来。

妈妈难堪地带着抽泣，疯了般把降落伞从自行车上撕扯下来，狠狠地扔到地上。

姐姐站起来，拍拍身上的土，镇定地从人群中挤出去。

这段描述中，主要人物是姐姐，剧情以姐姐的行为为主线发展。姐姐骑自行车想要降落伞飞起来，在车流中奋力地蹬着车，体现出了姐姐性格中的倔强和对梦想的追求。次要人物是果子和妈妈。果子被姐姐吸引，骄傲地陪她一起骑着车子。"百感交集""眼睛里光彩顿生"一方面体现出果子的率真性格，另一方面也侧面显示出了姐姐的与众不同。妈妈的反应激烈，"扔掉手里的菜，拔腿向姐姐跑去""使尽全力拦住姐姐的车把""难堪地带着抽泣，疯了般把降落伞从自行车上撕扯下来，狠狠地扔到地上"等都显示出了妈妈是一个保守好强在意别人眼光的人，对于姐姐不正常的行为，她竭力阻止。辅助人物就是街道周围的路人，他们投来的异样的目光，侧面突出姐姐的行为怪异，非常人能理解。所以说，叙述一件事最关键的就是主要人物，但次要人物、辅助人物的描写也是非常重要的。下面我们讨论一下这三类人物。

（一）主要人物

主要人物，就是具有叙事功能的人物，是矛盾冲突的焦点。这样的人物相互构成冲突，推动情节的发展。主要人物也是剧作者表达主题的载体，主要人物做了什么事、结果如何，都会影响着主题。比如影片《斗牛》的主要人物就是黄渤扮演的牛二，所有的剧情都是围绕着牛二的所见所感和行为举动来发展的，主题也是建立在牛二这个主要人物的形象上的。如果没有了主要人物，很难想象剧情将如何发展。

在电视剧中，主要人物会比较多，情节比较复杂，经常采用多线叙事。比如电视剧《奋斗》讲述了一群刚刚从学校毕业进入社会的大学生的工作经历以及感情生活，剧情比较烦琐。但我们还是记住了典型的几个主要人物，例如陆涛、向南和华子，杨晓芸、夏琳和米莱等。总之，影视剧中，主要人物是最不可缺少的。

（二）次要人物

次要人物一般不参与大的冲突和对抗，但也对剧情的发展起到了重要作用。比如

《喜宴》中出现的饭店老板，这个人物只出现了这一次，可是他提出要给伟同大办婚礼，开始伟同只是想要假结婚，现在因为这个饭店老板的出现，要把这桩假婚姻弄假成真，这个就直接造成了伟同的新麻烦，推动了剧情向后发展。有的次要人物是以携带信息的方式推动剧情的。比如影片《四十不惑》里孩子的生母，她并没有真正进入叙事时空，而是以在幻灯片上的影像的方式出现，她所携带的信息对剧中的主要人物产生了巨大的影响，从而也推动了叙事发展。

如果次要人物要作为和主要人物对立的一方，注意这个时候的次要人物一定要可以持续与主要人物进行抗争，而且最好选择实力与主要人物相当的人物形象。试想一下，如果一个实力非常强大的人，和力量微薄的人进行对抗，这种不均衡的对决是几乎没有悬念的，不会引起观众的兴趣。真正意义上的对抗要么一对一实力相当，要么一对多实力相当，这样才有可能有对抗的精彩过程、有悬念。

（三）辅助人物

辅助人物所占的篇幅是最少的，他们不具备叙事功能，他们的出现对于主体叙事不产生影响。一般来说，影视剧中的丫鬟、侍卫、流浪汉等不起眼的人物就属于辅助人物。辅助人物可以帮助我们更加接近主要人物，多角度地展现出主要人物的性格特色。他们就像养育着红花（主要人物）和绿叶（次要人物）的土壤一样，其作用主要是交代环境背景、烘托气氛等。比如《黄土地》中构成特殊风格的两个经典场面就是依靠这些辅助人物来撑起的：一个是无数个腰鼓手腰上别着鼓，在黄色的尘土里热情地舞动着，形成了一个壮观的、生机勃勃的"腰鼓阵"；另一个是在烈日炎炎下，无数个赤裸上身的农民，为了庄稼的收成朝着圣水瓶和神牌不停地跪地磕头。正是有了这两个典型的象征性场面，让该影片主题更加深刻，内涵更加丰富。

有时辅助人物会是一个有趣的闪光点。比如《海上钢琴师》中在1900跟黑人钢琴演奏家比赛弹奏钢琴的过程中，会给几个观众特写，比如不知道怎么区分输赢、下了赌注担心输钱的两个男人；在1900震惊全场后一个男人听得入神，发愣中把雪茄掉了烧到了裆部；同样被琴技震惊的富贵老太太被服务生一下碰掉了假发，很滑稽地露出了光秃秃的脑袋（剧照如图5-2）等。

图5-2

再比如在希区柯克导演的《三十九级台阶》中，安娜蓓拉和哈奈从杂耍剧场跑出来，从他们面前走过一个胖胖的先生，这个人就是希区柯克本人。类似情况还有《孔雀》中姐姐提着菜篮子在街上走，由导演本人顾长卫扮演的盲人从侧面入画。这些小人物的出现往往不对叙事造成影响，但是他们带着幽默和乐趣出现，增加了影片的情趣。

电影中，常常还有另外一种人物，即概念化人物，这类人物是作者立场的传声筒，作者毫不把性格描写放在心上。比如《阳光灿烂的日子》中古伦木这一角色，他出现的次数并不多，每次出现都骑着一个木棍，唯一的互动就是别人喊他的名字"古伦木"他回"欧巴"。导演也没有对他进行人物形象的刻画。但在结尾，成年马小军一行人在豪车上虚伪寒暄的时候，车窗外的古伦木还是骑着那根木棍在街上走。他们冲他喊："古伦木！"他却冲他们回了一句："傻逼！"（剧照如图 5-3）

图 5-3

这是他对行尸走肉般的、成年的、今日的马小军一行人的蔑视和痛骂，影片制作者借他表达了对精神领域的渴望。古伦木就像是影片中的一个"神"，注视着影片中每个人物的悲欢离合、命运变迁。他也见证了影片中每个人物的"阳光灿烂的日子"。古伦木是高于影片其他人物之上的象征，是上升到哲学层次的人物。

辅助人物有时也会帮助观众接近主要人物，让观众可以多侧面地了解主要人物，让观众看到主要人物不为人知的特殊一面。比如剧中的乞丐在乞讨，而主要人物过去给了他一些钱，乞丐这个人物就展示了主要人物善良的一面。比如《阳光姐妹淘》中处处跟任娜美她们七个作对的女生，围堵了娜美，韩俊浩最终解救娜美，也从侧面丰富了俊浩勇敢的人物形象。

二、按照性格进行划分

英国文艺理论家福斯特在《小说面面观》中依据人物性格差别,将人物分为了圆形人物和扁平人物。其实就是我们平时说的典型人物和类型人物。圆形人物一般都是主要人物,而扁平人物在次要人物或者辅助人物的位置。但也有例外的时候,比如西部片中英雄救美的西部牛仔、我国样板戏里面的主人公,均属于扁平人物。

(一) 圆形人物

圆形人物即典型人物、性格人物,是指性格比较复杂、有多个侧面的并且会随着剧情的变化而变化的人物。因为这类人物比较贴近生活并且比较有"深度",所以在"艺术片"中会比较多地设置这类人物。狄德罗认为:说人是一种力量与软弱、光明与盲目、渺小与伟大的复合物,这不是在责难人,而是为人下定义。所以说圆形人物比扁形人物更加贴近生活,因为他更加真实。

黑格尔指出了性格的主体性和丰富性。我们在生活中经常会碰到这样的人:他平时做事懒懒散散但是遇到紧急的事表现得临危不惧,泰然处之;他学习成绩很差,在学校老师经常批评他,但是在生活上他却十分独立,并且很会照顾家人;他有理想有抱负,但是做起事情总是一拖再拖;他经常打架斗殴,但是对小动物却十分有爱心;他平时平易近人,但一旦对方提及他酗酒的父亲,他就会发脾气;她学习成绩优异,但是却有考试作弊的习惯;她长得漂亮,工作也有能力,但是总故意交有钱的男友等。主要人物一定要有性格的主体性。你塑造的人物一定让观众明确地知道他想要什么。如果主要人物缺失了主体性,剧作者将无法思考后面的剧情。时刻思考他笔下的人物要去做什么,他真实想要的是什么,其实就是在思考人物性格的主动体性。

但是,只有主体性的人物是不真实的,也是没有意思的。人物性格还需要有丰富性。心理学家荣格认为,每个人都有一个或者几个"人格面具"。一个人面对不同对象时会表现出不同的情感和态度。比如我们上面说的提到他父亲就会发脾气的人,如果换作是他的母亲,跟他倾诉内心苦闷时提及他酗酒的父亲,他或许就不会发火,反而会以更平静的心情安慰母亲。这就是这个人物性格的丰富性。

比如影片《伊万的童年》中的主人公伊万,德国法西斯将他的父亲母亲都杀死了。一个年仅12岁的小侦查员,心中充满了仇恨,活着的唯一目的就是复仇,这就是他性格的主体性。平时的小伊万总是有着老兵一样的沉着的表情,战争已经使他的性格发生扭曲。但是在他的梦里,在有妈妈和小伙伴的世界里,他重新有了属于他这个年纪的面容。当他看到霍林大尉时他表现出的俨然是一个纯真孩子的欣喜若狂。这些又构成了伊万性格的丰富性。

由上面的例子可以看出,人物性格的主体性和丰富性并不是水火不相容的两面,恰恰相反,他们是相互渗透、相互统一的两个特性。而塑造人物时,只有围绕着人物性格的主体性以及丰富性去考虑,才会创造出一个真实可信、性格鲜明、复杂的人物。

圆形人物的性格复杂,往往带有矛盾性。但是即使矛盾,也还是有其偏重的一方,就是其性格中更加鲜明的特点。而怎样体现人物偏重于某一特性呢?这就要把人物设置

在某种压力之下，不得不做出选择的时候，人物才会显露出真正的自己。对此列夫·托尔斯泰发表了这样的看法：有一种极为常见而且流传很广的迷信，认为每一个人都有它独特的和确定的品性，认为人有善良的，有凶恶的，有聪明的，有愚蠢的，有精力充沛的，有冷漠疲沓的，等等，其实人不是这样。我们谈到一个人，可以说他是善良的时候多于凶恶的时候，聪明的时候多于愚蠢的时候，精力充沛的时候多于冷漠疲沓的时候，或者相反。

这种矛盾性通常有两种形态：

一种是表现同一性格中的正反面。比如一个人性格温柔，但另一面来讲就是软弱；自信的另一面就是骄傲；倔强的负面是偏执；等等。比如电影《乱世佳人》中的斯嘉丽，她在乱世中用坚强和勇敢支撑起整个家族，但在这个过程中，她毁掉了妹妹的幸福，而且伤害了很多人。她的这种强悍，一方面是坚强，一方面就是心狠手辣。再比如影片《斗牛》中，村子里的八路军紧急撤退，临行前把奶牛托付给村民喂养，立了字据之后再来取。村民们通过在绿豆里抓红豆的方式选出养这头奶牛的人，小寡妇九儿风风火火地帮牛二抓了阄，却抓到了那颗红豆，牛二要养着这头奶牛，直到八路军回来。经过残酷的日本军血腥的扫荡后，村民们全被杀害了，只有牛二和奶牛成为幸存者。但是另一队日军部队又路过此地，安顿伤员。牛二为了躲避日军跑到了山上，日军发现了奶牛。牛二想逃走但是看到了当初八路军立下的字据，牛二还是没有离开。他想尽办法和日军、土匪、难民们周旋，哪怕自己受伤，牛二最终保护了奶牛。影片最后，几年过去了，牛二在山上等来了解放军。他要把牛还给解放军，解放军不能收牛，要把牛转送给牛二，牛二听后还要解放军立个字据，最后跟牛为伴留在了山上。牛二性格里有固执、愚昧的一面，但是他有他的原则。在保护牛的过程中，我们看到了一个有血有肉的、善良守信的牛二。

另一种是在同一个人物身上具有的多重性格。电影《黑天鹅》中的 Nina 自幼练习芭蕾舞，希望能竞争上领舞的位置。然而，在竞争中，她发现自己有一个心机颇重的竞争者 Lily。在选拔中，她的白天鹅表演得无可挑剔，但是黑天鹅不及 Lily。她感到身心俱疲，经常出现自己的背部有红斑、脚上有伤的幻觉。她一个人找到总监，希望能争取到这个角色。但舞蹈中总监趁机亲吻她，却被她强硬拒绝，并咬了总监。结果，总监却因此选了她。总监想要启发她释放出自己的激情，表现出属于黑天鹅独有的诱惑。在强大的心理暗示中，她挖掘出了自己心灵里面的黑暗面，她最终似乎也滑进了黑天鹅的角色中去了……这就是在一个人物身上展现的多重性格，黑天鹅和白天鹅这两个完全矛盾的性格特质在 Nina 身上同时体现出来，使她成为一个性格极其丰富的人物。

电影《岁月神偷》中的人物，涉及了父母辈式的典型人物：

乐观派：罗太太。她是一个乐观且幸福感很强的家庭主妇，是协调家庭矛盾的桥梁人物，是一个很真实的20世纪60年代的主妇，勤俭持家，爱夫爱子。她总是很乐观，对于生活没有那么多的抱怨，她说"难的一半是佳"，她劝丈夫"难完不就佳了"！她对生活充满期待，并努力地生活，同时深深地爱着自己的丈夫，她说"做人要有信念"，对生活什么时候都不能失去信念，对待事物总能从不一样的角度来看。在物资匮乏的年代，一家人有两个月饼就可以满足。她对孩子说，我们还有两个月饼，我们一家四口正够分。

悲观派：罗先生。努力工作，为了让全家人能够过上好日子，但是仍然捉襟见肘，他对于生活有着悲观的情绪，他说"鞋的一半是难"。但是他对妻子细心疼爱，对于孩子有属于父亲式严厉深沉的爱。

还有 20 世纪 60 年代的年轻一代：

奋斗派：罗进一。他懂事聪明，理解父母，疼爱弟弟，对于生活有着很高的追求，上的是港式的精英学校，样样都要争第一，要通过自己的努力打造属于自己的天地，有着积极奋进的精神。

务实派：罗进二。身为小弟的他得过且过，不爱学习，要小聪明，关注自己的需求，而且用自己的努力去实现自己的需求。他崇拜自己的哥哥，但是并没有向哥哥学习，他有属于自己的天地。他觉得世界很奇妙，对于一切充满着好奇。影片通过对于这一家两辈人的四种生活态度的集中展示，揭示了 20 世纪 60 年代生活在香港永利街小人物的生活状况，更真实地表现主题。

再比如苏联影片《两个人的车站》中，男主角普拉东是一位普通的钢琴师，他准备代替开车撞死人的妻子去监狱服刑。在服刑前，他与车站餐厅的女服务员薇拉短暂的邂逅，并产生爱情。这部片子是苏联著名喜剧片导演埃利达尔·梁赞诺夫拍摄的爱情三部曲中的一部。影片摒弃了传统意义上的喜剧片的巧合与夸张，是一部处处流露出幽默的生活喜剧片，所以故事设计的人物都是十分贴近生活的。影片的男女主人公以及次要人物都是日常生活中随处可见的普通人，产生的故事也是日常生活中的小事件，减少了人物和观众的距离感，这样让观众对人物的感受更加亲切，更容易投入故事中。导演设计人物时将男主角普拉东设计成一个水平一般的钢琴师，薇拉是一个普通的餐厅服务员。刚开始影片向我们呈现出的是薇拉性格的负面，比如作为服务人员却服务态度恶劣，欺负老实巴交的人，不讲道理也不懂情理。但是随着影片发展，我们开始了解薇拉，得知她担负着家庭的重负，婚姻生活也不幸，每天有很多脏活累活要处理等。我们会同情薇拉，也开始看到她性格中的正面：她不肯拿酒鬼多塞给她的小费，心地善良、淳朴，面对困境很乐观，面对生活积极向上，为了爱情可以奋不顾身……所以说，你的人物性格一定要具有复杂的多面性，这样剧情才会发展，故事才会精彩。

所要注意的是，当你的人物趋于完美的时候，一定要给他设置另一面。成功的人物不会只有一面，比如巴顿将军的个人魅力不光来自他的军事天赋和意志坚韧，当然还有他的一意孤行和专横狂放。同样的，如果你的人物过于负面，你要想办法让他有某些正面的因素，比如情感和人性方面。

（二）扁平人物

扁平人物即类型人物，指性格比较单一、固定、平面化，几乎不会发生戏剧性发展和变化的人物。即使在剧情发展过程中人物形象显露出不同，但这些特征都是人物本身就有的，是本来就存在的。这样的人物的特点是容易辨认和记忆，性格有明确的指向性，也容易得到观众的认可。在类型片中，就得以验证这类人物的受欢迎程度。这类人物对于创作者来说很容易把握，我们不需要再去塑造复杂的人物形象，也不需要为了使人物性格发展变化去设计事件，这样就可以把更多的精力投入故事和情节的编排中去。

我们要知道的是，主要人物是我们叙事的核心，所以次要人物和辅助人物都可以用类型人物来设置，因为塑造人物的重心要放在主要人物上，没有过多的时间去留给不重要的人物去发展复杂的性格。所以在影视剧中，类型化人物还是占有一席之地的，比如《水浒传》中的梁山好汉、《英雄本色》中的小马哥、《上海滩》中的许文强、《围城》中的赵辛楣、《红高粱》中的"我爷爷"和"我奶奶"等。

影像的功能，诚如果戈里所说，是在表现生命本身，而非生命的理念或论述；他并不只是象征生命，而是将他具体化，表现他的独特风貌。那艺术作品中原创和独特有什么关联呢？就这个问题塔可夫斯基在其电影著作《雕刻时光》中谈道：吊诡的是，艺术影像中的独特元素很不可思议地转变成典型；因为典型很奇妙地变成和独立、特异、与众不同直接相关。我们所认为的典型并不是记录一些千篇一律的现象（尽管那是大众所认为的典型所在），而是独一无二的现象。平凡可说是造就了独特，然后退居幕后，滞留于复制的表面架构之外。一般认为它是独特现象的下层结构。

第二节　如何塑造人物

构建大师悉德·菲尔德在《剧本写作的基础》中将人物的生活分为两个时空：在影片之前已经存在的，属于人物的内在属性；影片中所表现的，属于人物的外在属性。人物的内在属性应当从其出生就具备并一直延续到影片呈现之时；其外在属性则是在影片中通过他的行为动作体现的，影片结束即宣告完成。这样的划分使人物可以随时选择出场。塑造人物，其实就是要在人物的特殊性与普遍性之间寻找某种平衡。因此，人物除了被确定普通的社会身份之外，还有一个特殊的内心愿望。在这个人物普通的身份之下，必须要找到他精神层面的东西。

塑造人物的基本原则是要准确塑造"现实中的人"。要塑造一个"现实中的人"，而不是把现实生活中的一个人不分巨细地硬搬到你的剧本中去。塑造"现实中的人"要求我们基于一种现实的逻辑关系以及一种现实的因果关系。"现实中的人"之所以可以成为塑造人物的一个基本原则，其实是源自电影观众的接受心理。电影和电视的影像的逼真性使得观众对影视中的世界充满了现实期待，理解与接受一部电影的条件，其实就是电影所要表述的故事、人物合乎观众自身的经验习惯。所以，是否"真实"构成对一部影视剧的重要评价标准。

其次，要让人物有一个符合其性格的心理逻辑，也就是这个人的性格和他的戏剧行动要非常匹配。不是我们在安排情节，而是剧中的人物在自然地展开他们的故事。就像《被嫌弃松子的一生》中，剧情的发展其实是依靠松子本人的行为去发展的。而且人物的行为要具有心理真实性，或者说要具有艺术真实性。我们对人物要求真实，并非让它符合生活真实，而是要符合心理真实，也就是让人物有一个符合性格的心理逻辑。所谓"现实中的人"的真正内涵，其实就是一个合乎基本的、大多数生活经验的人物的心理逻辑。

此外，给人物设计的动作与事件要"准确"。"准确"是"真实"之上更高的要求。

"准确"指的是人物在自己的戏剧动作中，不仅仅每一个动作都必须按照自己的性格实现，更进一步，这个动作的实现还是这个人物在规定情境中按照他的性格最合适的行为方式。一个性格极度怯懦的人，逼得无路可走，不得不杀人了，那么他会采取怎样的杀人方式？一般他不会处心积虑去杀人，而是在极度冲动下去杀，或者去还击，结果导致他人意外身亡。电影《甜蜜蜜》中塑造人物性格的时候所设计的事件就非常准确。黎小军给李翘和他在老家的女朋友送了一模一样的手镯，这其实能看出黎小军在二者之间的感情是难以抉择的，他对待感情并不是果断的。也能从中看出黎小军的木讷和单纯。因此人物创作的基本要求就是准确地塑造"现实中的人"。这种准确的把握来自我们对现实生活的切身体验。

那么如何去塑造人物呢？下面我们从人物的环境和塑造人物的具体方法等方面来讨论如何塑造出一个成功的人物。

一、所处环境

人物一旦出场，就会自然地与他的环境产生深刻的联系，观众在人物出场后，一般就会按照环境给人物一个定位。人物性格的展开是以一定的环境为背景的，而环境也在一定程度上会对角色的行为举止有所影响。法国启蒙思想家狄德罗认为人物的性格要根据他们的处境来决定。因为人自始至终会生活在各种各样的环境中，环境的不同也会影响着我们的心境，有人物必须有环境。罗伯特·麦基认为：故事并不是凭空产生的，而是脱胎于已经在历史上和人类经验中存在的素材。从对第一个影像的第一瞥开始，观众便对你的虚构宇宙进行考察，进行一番去伪存真的工作。无论自觉与否，他们都想知道你的"法则"，想明白在你的具体世界中事情如何及为何发生。你通过你个人对背景的选择以及你在这一背景中的工作方式而创立了这些可能性和局限性。在发明了这些束缚之后，你便签订了一份必须严格遵守的合同。因为，观众一旦掌握了你的现实法则，如果你对这些法则稍有违犯，他们就会有一种被侵犯的感觉，认为你的作品不合逻辑、不可信，从而拒不接受，即你的人物要符合你设定的环境，要符合逻辑。人物所处的环境一般包括两方面，一个是自然环境，一个是社会环境。

（一）自然环境

自然环境是指人物所处的空间环境，从大的方面来讲就是各种自然条件，比如当地的气候；从小的方面说即人物所处的活动的这部分空间，是人物生活的具体空间。当然更小更具体的空间可以更好地刻画人物性格。影视剧本中的环境描写一定要真实可信，让观众信服你的人物是生活在现实生活中的。但在追求真实的基础上还要注意环境的独特性，用环境来烘托人物心情、渲染气氛等。优秀的影片往往会赋予环境以艺术性，即使环境构成诗意的意境。苏联电影艺术家杜甫仁科在《杜甫仁科选集》中谈道："应当这样来写作电影剧本，就是要使得情景说明即使长些，也要确切而富有创造性，不仅能帮助导演，而且能帮助刚来参加拍摄工作的演员正确地理解剧本作者的意图。"

比如影片《黄土地》中开篇对景物的描写：

> 山峁苍凉而又空旷，看不到人迹，却有一条发白的小路在褐色的土地中曲折而上，消失在峁顶。那里有一棵孤零零的杜梨树。
>
> 高亢而又悲怆的信天游的长吟："哎——"它像升腾而起，又像是出自深深的土地……

这里的景物描写就是人物的活动空间，通过描绘西北黄土高原的苍茫和悲怆，也从侧面突出了翠巧等人的渺小。影片《大红灯笼高高挂》中张艺谋用了32个全景俯拍被高墙围着的陈家大院，展现了人物在这个近乎封闭的空间中的活动，突出了主题。

再比如影片《出租车司机》中对特拉维斯生活的小空间做了描述：

> 特拉维斯的住所在一栋年久失修的楼房里。他坐在桌旁写着什么，咖啡杯下面是一包揉皱了的香烟盒。笔记本是常见的有格子的便宜货。特拉维斯用铅笔头写下了那些我们已听到的话。他的字写得笔直、整齐、有棱有角。我们看见了他的房间：靠墙有个很旧的床垫，地上散放着旧报纸，破烂不堪的市区路线图，一些色情画片——裸体女人的黑白照片，她们身上缠着黑皮带和内衣的带子。屋里除了一把摇摇晃晃的椅子和一张桌子之外，没有任何家具。一台旧电视机放在装水果的木箱上。墙角挂着一块皱皱巴巴的红绸布，使人联想到越南的旗帜。在未经粉刷的光秃秃的墙壁上歪歪扭扭地写着一些令人费解的数字和文字。墙上有过电话机，现在只剩下了被扯断了的黑色电线头。

苏联电影理论家格·巴·查西里发表过这样的看法：造型形象的这种附加的、并不能一下子就"读出来的"纯文字上的意义，我们把它叫作造型形象的潜台词，即它的第二含义。《出租车司机》这部影片的成功之处也在于它能够很好地表现人物的性格。人物的性格和内心揭示不是仅仅依靠演员的表演来完成的，而是可以利用环境造型来表现人物的情绪节奏，环境造型可以成为人物内心世界的外部展现。

（二）社会环境

社会环境不像自然环境，它是无形的。社会环境也包括两个方面：大的方面是指某个历史时期下社会现实关系的总体形势，如社会风气、政治思想、风土人情、宗教信仰等；小的社会环境是指人物所处的具体的环境，比如家庭、学校、公司等。在艺术创作中，主要反映的是以人为主的社会环境。在现实生活中，独立的一个人是很难让人全面地了解到他的性格特点的，因为他孤身一人，不会有表现自己的机会。人物一定是在某个环境中，身处某些人物关系当中，才会有相应的语言和行动，才可以通过他在这些人物关系中的具体表现来推测他的性格特征，了解他的心理。同时，社会环境还可以驱使人物行动。

在贾樟柯的影片中会出现很多时代符号，我们来看《小武》的开篇：

1. 洪南村外公路边，上午

小武站在公路边等车。

早晨八九点钟，太阳刚刚升起。初春的田野里有一层淡淡的薄绿。远处寸草不生的山坡下是村办炼铁厂的全景，两座高大的烟囱冒着浓厚的烟雾。

小武穿着一条肥大的草绿军裤，一双平底板鞋露着白边，旧西服搭在肩上。他用火柴点着公主牌香烟，猛吸几口。他显然对公路上还不来车有点儿不耐烦。

远处炼铁厂的高音喇叭放着歌曲，几面红旗向东飘摆。

汽车由远而近的声音。

小武伸出胳膊，一辆风尘仆仆的东风牌旧式客车停在了路边。

司机助手把头伸出窗外大声吆喝着：去哪儿？

小武：进城。

75. 村子里，中午

小武在路上气愤地走着。村广播站正在广播新闻：县里准备以全新的面貌迎接香港回归和党的十五大全会……

小武到了村口，向村子里又望了一眼……

"炼铁厂""绿军裤""公主牌香烟""东风牌旧式客车"等都是展示时代的道具，一上来就把观众代入了那个社会环境中去。片中出现的香港回归和党的十五大全会等都是影片中丰富的时代符号。用这些道具营造出的时代背景就是小武生存的社会环境。

黑格尔说，叙事艺术无一不是通过对不断变化的各种社会关系及寓于其中的人物命运的描写，来塑造艺术形象、反映特定现实的。所以，社会环境和人物性格都不是一成不变的，他们都是流动的。人物总是处于某种环境当中，人物性格的变化也会受到环境的影响，同时又能显示出社会的发展变化。

二、人物特征

德国著名文艺批评家莱辛在《汉堡剧评》中提道："一切与性格无关的东西，作家都可以置之不顾。对于作家来说，只有性格是神圣的，加强性格，鲜明的表现性格，是作家在表现人物特征的过程中最当着力用笔之处。"此外，你塑造的人物的一言一行必须要符合他的性格特点，就是说你塑造出来的性格一定要符合其本身的性格逻辑，也有人将其称为"性格轨迹"。如果人物形象千篇一律，那么人物塑造无疑是失败的，不能给观众留下深刻印象。亚里士多德在《诗学》中提道："刻画'性格'应如安排情节那样，求其合乎必然律或可然律；一桩事件随另一桩事件而发生，须合乎必然律或可然律。"我们一直强调你的人物要真实可信，要符合现实生活，切忌使人物脱离人物的性格轨迹，一味地去迎合情节，这样只会让影片显得不真实，你的人物也没有说服力。所以要先认真全面地了解清楚你要下笔写的人物的社会身份的普遍特点。要能够写出人物的普遍性，这在影视剧本写作中是很必要的。要符合现实主义的需要，也是你的人物"真实"的前提。但是，不能因为关心人物的普遍个性而使其进入"类型"的误区，设计的人物毫无特点，千篇一律。这样的人物发展的故事是不会吸引观众的，要把握好这之中的分寸，使人物独特又有现实意义。

电影《出租车司机》的编剧保罗·施拉德在剧本开端就为主人公做了简要的介绍：

特拉维斯·贝克尔有二十六七岁。他身穿牛仔裤、牛仔靴、方格衬衫，还有一件穿旧了的棕黄色军上衣。衣袖上有个部队标志——金刚连1968—1970。他虽瘦削，但挺结实，乍看上去好像很招人喜欢，甚至还颇为英俊。他的目光平静而专注，他的微笑是诚恳的，这种微笑会出乎意外地使他容光焕发。不过，在这微笑的背后隐藏着的却是生活给他带来的野兽般的紧张神情，主导这种紧张神情的是神秘的恐惧感和孤独感。

特拉维斯像一个阴郁的幽灵一样同其他幽灵一起在纽约的夜生活中游荡。他已经完全同这种夜生活融为一体，你甚至很难立即认出他来，何况，又有谁要认出他来呢？

在他身上令人感觉到有一种无处发泄的性苦闷，有一股未被发现的、不可遏制的男子汉的精力。无人知晓这种力量会把他带往何处。然而，钟表的发条不可拧得过紧，就像地球必然要围着太阳转一样。特拉维斯·贝克尔不可避免地正走向残忍和暴力。

从上面我们可以得出主人公的形象外貌、职业、性格等基本要素，这是一个人物所必须拥有的要素。悉德·菲尔德把人物的生活分为三个基本组成部分：职业的（Professional）生活部分、个人的（Personal）生活部分、私生活（Private）部分。众所周知，交朋友时，第一印象很重要。那么在影视作品里也一样，要为观众准确地塑造你的人物。

职业能影响一个人的日常生活、性格以及价值观念等，所以在塑造一个人物时，一定要对他的职业进行设想，而且还要对与职业有关的生活进行设想。如果设定为他是一名医生，那么还需要知道具体是哪个科室的医生，他跟同事的关系怎么样，以及他是否是一个工作狂，等等。个人的生活状态也是决定人物的重要因素。一般个人生活包括两个方面：社交生活和家庭生活。你要为你的人物设定好他的家庭大致是什么样的，以及他在家里的时间，在家一般都做些什么，等等。还有描绘他的社交圈，他是否是一个热情交友、经常出去聚会的人，他的人缘如何，他跟朋友出去都做些什么，等等。所谓"私生活部分"实际上就是这个人的身体状况、爱好、生活习惯等。

我们先看《孔雀》中开篇对于一家五口的特征描写：

爸爸、妈妈、哥哥、弟弟都在，空着一个座位和一副碗筷。四口人吸吸溜溜地喝着玉米粥。天热粥也热，喝粥的声音很大。哥哥肥胖，但一望便知，他的胖不健康。哥哥的吃相很贪，几乎是暴饮暴食。正常人不会这等吃相的，不过他们一家人早已习惯。哥哥戴着一副老式眼镜。姐姐挑动竹帘从屋里出来，坐到小桌前的空位上。她穿着白衬衣和深蓝的裙子。姐姐秀气得很，整个人显得清淡，有一种清教徒式的气质。姐姐、哥哥年岁不差上下，二十岁左右。弟弟十七八岁，处在最飘忽不定的时光中。爸妈五十多岁的模样，庸常而善良，容颜劳顿。一个邻居推着自行车从这家饭桌边走过。一家人专心地喝粥，没人讲话。街上隐隐传来游行的鼓声，不仔细听以为是雷声。爸爸、妈妈不约而同地抬头看天，以为要下雨了。那鼓声近了，整齐隆重地响着，不知道又是什么群众活动。楼上的邻居们三三两两亢奋地从这家人饭桌旁杂沓而过，下楼去奔赴那鼓声。妈妈、爸爸也起身离去，哥哥、弟弟跟着站起来跑下楼。姐姐沉静地喝着粥，像什么也没发生。

从上面这个选段中可以看到，人物的特征描写一般会涉及年龄、外貌、性格、行为举止等基本元素。职业、爱好、衣着、发型等也是我们塑造人物时要考虑的元素。好的剧作应该具有现实精神，而现实是丰富多彩的，是多样化的。现实中的每一个人都具有自己的个性，都是独一无二的。比如一个高薪白领和一个出租车司机说话的方式就会是完全不同的，就算是出租车司机，不同地域也会有所不同，即使同样是北京的出租司机也不可能个个都是"侃爷"，能说会道，自来熟，跟车上的乘客大谈政治、交通或天气等问题。所以我们在塑造人物时，一定要使人物有他自己的个性特点，使你塑造的每一个人物都不同

（一）外形、神情

贝拉·巴拉兹在《电影美学》中提出"微相学"（Microphysiogonomy）的概念：（电影特写）它不仅使人的脸部在空间上同我们更加接近了，而且它超越空间进入另外一个领域，即心灵的领域——"微相学"的世界。意思就是我们可以通过特写在银幕上看到人物细微的表情变化，可以更好地体会到人物的内心活动。他说：面部的无声独白，面部表情的无言的抒情诗篇，能够表达出许多其他部分无法表达的东西。面部表情不仅能告诉我们某些非言语所能表达的东西，而且面部表情的变化节奏和速度也足以说明非言语所能传达的情绪上的波动。面部肌肉抽动一下也许就可以表达出需要很长一句话才能表达出来的一种感情。人物在说完一句话之前，他心情的变化可能不止一次，也许他说出后半句时，已经心口不一了。即使最快的说话速度，也要落在情感变化的后面，但是面部表情却能够永远跟它保持一致，并为它找到忠实的和易懂的表达方式。所以我们在刻画人物时，要注意对其面部表情的刻画。

我们先来看《钢琴课》中对主人公艾达的一段描写：

7. 内景，夜晚，苏格兰住宅/客厅

女人站在被月光照亮的窗前。她白皙的皮肤给人一种冷峻的感觉。她沉思着，任凭手指在窗框、窗帘和窗台上的小摆设上慢慢滑动。她似乎没有意识到她的手在完成一种告别仪式。旋而她离开窗户，来到周围堆满包装箱的一架大钢琴旁。借着淡淡的月光，她开始极其认真地弹奏。她神情专注，沉浸其中，完全意识不到自己发出了异样的正奇特地陪伴着琴声的喉音。

一位身穿长睡衣的老年女仆从门上的小窗口探出脑袋。突然，女人停止了弹奏。她的脸上已不见了激情，变得煞白严峻。（渐隐）

这段对于艾达的外貌以及神情的描写，准确地显现出艾达在遭遇了丈夫去世、自己变成哑巴的惨剧之后，郁郁寡欢的神态。"白皙的皮肤""脸上已不见了激情，变得煞白严峻"等语句突出了艾达的悲哀。

再来看《出租车司机》中编剧对特拉维斯的两段外形描写：

特拉维斯穿着衬衫，敞着怀，身上挂着手枪皮套，但马格努姆手枪握在他手里。特拉维斯自说自话地表演着使用武器的高超技巧，他力图更快地从手枪皮套里

掏出斯密特维森式手枪并立即开枪。接下来他把玛格努姆手枪藏在背后并从背后掏出那只别在腰带上的手枪。他又伸直胳膊，紧握住马格尼特手枪，绷紧全身筋肉。他还特制了一个金属链子并把它固定在手臂上，再拴上0.25口径的柯尔特手枪，只要按一下弹簧，手枪就滑进手掌了。特拉维斯还在小腿上别了一把军人搏斗用的匕首，他把牛仔裤割开一条缝，这是为了更快地把匕首拿出来。他站在镜子前，试图把3只手枪藏得更严实些，藏在衬衣、绒衣和短外衣里面，看上去像个从北极来的猎人。他坐在桌前，正把马格尼特手枪子弹头交叉切开。他透过斯密特维森手枪的瞄准器瞄着屋里的各种物体。他端详着墙上的那些关于帕拉坦的剪报，双眼变得冷峻了。

会场的嘈杂声越来越清晰了。特拉维斯一个人站在那里，与人群保持着一定距离。很难设想有比他更可疑的人了。他的头发剪成朋克的样式，太阳镜遮住了眼睛，镜片闪闪发光（剧照如图5-4）。他两颊苍白，毫无血色，双唇紧闭。看上去他像个身体虚弱的病人。虽然已是暖和的六月天，可他穿着衬衣和绒线衫，而且把军人夹克衫的扣子都扣得严严实实。夹克衫的几个部位明显地鼓着，因此上半身就显得不合比例的臃肿肥大。特拉维斯微驼着背，双手插在衣兜里站着。您只要望一眼人群，就一定会注意到他，并且自忖："瞧，这就是杀手。"

图5-4

（二）动作

动作分为两个方面：外部动作和内部动作。外部动作其实就是我们常说的人物外在的动作以及语言动作；内部动作是指人物的内心活动也就是心理，指人物的意志、情感等。

人物的性格选择动作，个性化的动作是揭示人物性格、刻画人物形象的重要手段。要习惯用动作而非语言来说明人物性格，因为有时候动作说明问题要比语言更有力度。

比如《城南旧事》中对英子有这样一段描写："胡同里，几匹骆驼卸下了煤，正在吃草料。站在自家门口的英子看着骆驼吃草，上牙和下牙交错地磨来磨去。英子模仿着，她的上下腭也交错地动着。"英子模仿骆驼吃草的动作，就很生动地展现了她的天真和稚气。

黑格尔说：能把个人的性格、思想和目的最清楚地表现出来的是动作，人的最深刻方面只有通过动作才能见诸现实。动作可以直观地增加观众的视觉冲击力，很多时候仅仅是一个细小的动作就可以体现出人物的性格。在电影中动作的作用更加明显，因为银幕上会把一切动作都放大，相比之下电视屏幕的动作影响的效果就没那么大了。美国剧作家尤金·维尔认为：一个画面顶一千句话。现代人的心理特点是沉迷于视觉效果而厌倦于倾听。所以，在塑造人物的时候，对人物的动作描写也要充分、具体。

悉德·菲尔德在《电影剧作写作基础》里面说道："动作就是人物！"他还指出："推动故事向前发展的方法是侧重于描写人物的行为动作以及他（她）在故事线的叙事过程中所做的戏剧性选择。""我们必须展现人物是如何采取行动应对他（她）在故事发展过程中所遇到并克服（或者未克服）的事件或活动。"亚里士多德认为："有动作，就会有执行动作的人——他一定会具有某些明显的性格上和思想上的品质；因为我们正是借助于这些品质来分辨动作本身的。思想和性格是产生动作的两个重要原因，而动作又是一切成功与失败的决定关键……所谓性格，我认为就是通过它，我们可以赋予动作者某种品质的那种东西。"亚里士多德还认为"性格只是动作的辅助物"，所以即使思想和性格有着重要的作用，没有动作，他们也将无法体现。我们想一下，在我们谈论起某个人或者介绍某个人的时候，即使我们概括了他的性格特点，我们更有力的说法是不是要举出这个人他做过什么事的例子？这样别人才能更好地判断他的性格。

我们来看《出租车司机》中经典的最后一个段落，几乎都是对人物的动作描写：

特拉维斯从衣兜里取出装有红色药粒的小瓶，吞下了两粒。

站在看台旁边的保安员观察着人群。这个保安员就是在第一次大会开会时同特拉维斯谈过话的那个人。整整齐齐地穿着制服的汤姆站在旁边。

帕拉坦即将结束自己的简短演说——

帕拉坦：而在你们的帮助下，我们将于星期二取得胜利……（掌声）

特拉维斯在人群中穿行着。

帕拉坦：然后，再过一个月将取得迈阿密海滩上的胜利（掌声更响了）。还将取得11月的胜利！

帕拉坦在掌声中微笑着，他朝保安员点头示意之后，就走下看台。

特拉维斯解开上衣的两个纽扣，手枪已唾手可得。他用另一只手检查着玛格努姆手枪。

帕拉坦微笑着同人们握手。保安员审视着周围群众，发现了穿行在人群中的表情紧张的特拉维斯。帕拉坦也在人群中缓慢地移动着。保安员向另一个保安员示意，要他注意特拉维斯。特拉维斯的手抚摸着手枪皮套。

另一个保安员走近了特拉维斯。特拉维斯和帕拉坦正在彼此靠近。

跟在帕拉坦身后的保安员拽住他的双手把他拖到身后。帕拉坦怒视着保安员，而保

安员引导他应该走另一个方向。

特拉维斯发现了这一情况。他的眼光与保安员的眼光相遇，他明白了是怎么回事。他在自己的右侧发现了另一个保安员。

特拉维斯注视着帕拉坦的眼睛。总统候选人和未来的杀手短暂地交换了一下目光。特拉维斯迅速地转身后退，他听到保安员的喊声："抓住他！"

特拉维斯逃出人群时，追捕他的保安员们还在人群中挣扎。挣脱开追捕者以后，特拉维斯在人行道上飞跑，他纵身一跃跳进汽车，汗流满面。

特拉维斯的汽车驶向曼哈顿。

特拉维斯看了看信箱，他给爱丽丝的信已被邮差取走。

他脱光上衣，在房间里走来走去，用毛巾搓着上身。他开始穿衣服：把军用匕首绑在大腿上，把右臂上的手枪链子固定好。

华灯初上。斯波尔特站在老地方——曼哈顿下城的东区。一个私人侦探走到他跟前。两个人笑着，互相拍着肩膀，握手致意。侦探同斯波尔特聊了聊自己的工作之后，就朝爱丽丝住的那座楼房走去。

特拉维斯背好手枪皮套，把斯密特维森手枪装了进去。

私人侦探沿街走着。

特拉维斯把玛格努姆大型手枪别在皮带上，穿上军上衣，走出房间。

私人侦探走上通向爱丽丝房间的光线暗淡的楼梯。

夜。特拉维斯的车朝下城疾驰。夜市的黄红两色灯光的反光从旁闪过。

斯波尔特依然站在原地。他向过路的姑娘招手，她也向他招手。

特拉维斯急刹车时汽车发出了一声尖叫。

特拉维斯走近斯波尔特，好像表示友善似的把手放在他肩上。

特拉维斯：你好，斯波尔特，生意怎么样？

斯波尔特（耸了耸肩）：正常，牛仔。

特拉维斯（挑衅地）：拉皮条的活儿好干么？

斯波尔特：什么意思？

特拉维斯：我来看看爱丽丝。

斯波尔特：爱丽丝？

特拉维斯：是啊，爱丽丝，这个名字不能使你想起任何人么？

斯波尔特：不，你听着，你给我滚开，越快越好，如果你不想惹麻烦的话。

特拉维斯（强压下怒火）：有枪么？

斯波尔特盯住特拉维斯的双眼，一言不发——他明白了情况的严重性。特拉维斯掏出斯密特维森手枪瞄准了斯波尔特，把他逼到墙角。

特拉维斯：交出来。

斯波尔特（顺从地）：我说，先生，我可有点儿不懂，这儿出了什么事儿？有什么了不起的嘛。

特拉维斯（严肃地）：拿出来。

斯波尔特不情愿地掏出了 0.32 口径的手枪，无精打采地把它攥在手里。

特拉维斯把枪口对准斯波尔特的肚子，开了枪。在斯波尔特倒下之前特拉维斯就走开了。特拉维斯走进爱丽丝住的那座楼房昏暗的大门。上楼梯时他掏出玛格努姆手枪，而把斯密特维森手枪架在左胳臂上。他双手持枪，一个阶梯一个阶梯地往上走。上了楼以后他见到老爷子坐在走廊的阴暗角落。他用玛格努姆手枪对准老爷子射击。气浪震撼着前庭，有一股火药味。这一枪打断了老爷子的胳臂。

在特拉维斯背后响起了震耳欲聋的枪声，他痛得抽搐着脸，子弹打中了颈部，鲜血流到肩膀上。玛格努姆手枪从特拉维斯手中滑落。他看了看楼下，在那里，快咽气的斯波尔特躺在血泊中。他使出最后一点儿力气，以便走到他跟前射出最后一颗子弹。特拉维斯又用自己的斯密特维森手枪朝斯波尔特背部射了一颗子弹，不过，斯波尔特早就死了。

第 2 号房间砰的一声打开了，从房间里传来爱丽丝的喊叫声。门口被私人侦探的胖身体挡住了。他的蓝色衬衫敞着怀，握着手枪。私人侦探朝特拉维斯射击。特拉维斯倒在地板上，肩膀上血流如注。他的斯密特维森手枪沿着楼梯滑落下去。

特拉维斯用右手使劲推了一下墙壁，于是就像变魔术似的，袖子里小小的科尔特手枪就顺着胳臂出现在他手掌之中。他把私人侦探的脸打伤了几处。侦探喊叫着倒进了房间。老爷子扑向特拉维斯，科尔特手枪从他手中掉下，这两个全身是血的人跌进爱丽丝的房间，她吓得面无血色地藏在红色天鹅绒沙发后面。被老爷子沉重的身体压在地板上的特拉维斯终于摸到匕首并把它从裤子里取出来了。正当老爷子举起自己的手准备打特拉维斯时，特拉维斯及时地用匕首把老爷子的手掌刺穿。

远处传来了警车发出的警报声。

特拉维斯吃力地把老爷子从身上推开之后翻过身来，只见血淋淋的匕首就插在老爷子手掌上。

特拉维斯拿到已死的私人侦探的手枪，把枪口放进老爷子的嘴里。

老爷子：别杀我！别杀我！

爱丽丝：您别杀他，特拉维斯！别杀他！

特拉维斯开了枪，打碎了老爷子的后脑勺。

汽车急刹车的声音。警报声消失了。传来了警察跑上楼梯的脚步声。

特拉维斯用最后一点儿力气站了起来，颓然倒在沙发上。他那血迹斑斑的身躯与红色天鹅绒融为一体。爱丽丝吓得躲在墙角里。

一位警察冲进房间。特拉维斯疲惫不堪地抬起眼来，他用血淋淋的手指做了个手枪的手势并把这只假枪对准了太阳穴。他用因疼痛而沙哑的嗓子发出了枪响声——特拉维斯：砰砰！啪啪！

在叙事一件事情时，我们要注意运用一些动作描写，而且要生动具体，有画面感。从上面的例子中可以看出，动作的连贯性对剧情的发展有着重要的意义。

有一些人物的动作是含有戏剧性的。比如影片《三峡好人》中千里寻夫的沈红在有

了丈夫的消息后,在等待第二天到来的炎热的晚上,她的内心百感交集。这个时候有一个动作,她站在电扇前面,用手撩着衣服吹电扇,身体也一直缓慢地转动着。通过吹电扇这一动作,把沈红内心的焦躁和不安体现得淋漓尽致。而第二天见到她的丈夫后,她的丈夫已经跟她没有什么感情了,也不知道说什么,于是拉起了她的手进行他经常同别人做的一个动作——跳舞。之后沈红跟他提出了离婚。再比如沈红经常拿着一瓶矿泉水在喝,也隐含着她的生活无滋无味,就像白水一样。戏剧性的动作不是指人物活动的强度,而是指人物活动的性质,取决于这个动作对于人物的情绪有什么影响以及对剧情有什么意义。

有一些人反对电影中的心理描写,比如德国电影理论家克拉考尔认为:"电影所攫取的是事物的表层。一部影片越少直接接触内心生活、意识形态和心灵问题,它就愈富于电影性。"但这样的观点是片面的,很多时候,我们无法通过简单的动作去描绘人物复杂的性格特点,所以我们需要对心理的描写来更全面地刻画人物。著名电影剧作家柯灵在《电影文学丛谈》中认为:"在电影里,如果要观众了解片子里的人物是什么性格,抱有什么样的思想,那只有请人物用自己的行动和语言(主要是行动)来表现,让观众从他们的行动和语言中得出明确的印象。"柯灵还提道:"小说里对人物的心理描写部分,也是电影所不能胜任的。"小说可以描写人物的内心世界,影视剧不能直接描述人物的内部动作。人物的情感变化、内心冲突等心理活动其实是其外部动作的原因,反过来,外部动作又体现出了人物的内部动作。通常,影视剧中会采用意识流的手法将人物的内部动作转为直观可见的外部动作。

影片《大撒把》的结尾,两个月后,顾颜陪周云去机场,广播通知登机,周云希望顾颜能开口留下她,可是顾颜竭力掩饰自己什么也没说。当周云依依不舍地走向登机口时,却突然说自己护照找不到了。顾颜非常着急地翻着包帮她找,最后却在自己的口袋里摸到了护照,他愣住了,意识到是周云放进去的。周云眼含泪水说:"你本可以把我留下的。"(剧照如图5-5)然后两个人相拥在一起。这一场戏其实是在描述周云的矛盾内心,她一直以来的目标就是想出国和老公团聚,而经过和顾颜的相处,此刻她的内心非常矛盾,她的外部动作让观众看出来她的内心其实是不想离开的。观众就是通过她的做法和神情,才了解到她的内心状态。

第五章 影视剧作中的人物

图 5-5

还有几种方法可以帮助我们描写人物的心理：利用抒情蒙太奇进行人物心理的暗示，在一段叙事之后插入象征性的画面来描绘人物的心理；还可以加入人物的回忆、想象、梦境的内容画面。即使电影可以使用"闪回"等方法把过去的事情和现在的事情交织在一起，但还是会有人工的痕迹。美国电影理论家布鲁斯东在《从小说到电影》中明确表示："电影无法表现超时间性的感觉或者神秘的灵感一现，因为即使在那备受赞扬的'闪回'中，故事也照旧随着影片的前进运动而不断地向前推进。不论电影有多大的能力造成幻觉，它终究把观众限制在一个可测量的有规律的事件系统之内。"德国的克拉考尔在《电影的本性》中以伯格曼的影片《野草莓》为例来阐述这个观点，他认为："博格曼的《野草莓》中的老医生深感内心空虚、世态炎凉，便不时堕入回忆，对某些往事愈来愈有如在眼前之感。然而这些闪回的画面并非孤立的插入镜头，他亲身进入这些镜头，他往昔的朋友们、年轻时代的他和害得他腼腆难言的可爱的姑娘，都跟他近在咫尺。"他还提道："过去和现在之间……这种距离感也被消除了。过去不再是一个又一个与现在相隔绝的领域，它名副其实地变成了现在，而当它们渐次展开时，老医生本人便发生了变化。"

苏联导演塔可夫斯基在其电影著作《雕刻时光》中认为："人类的生活中有某些层面只有用诗才能忠实表达，但是许多导演在处理这些部分时，经常放弃诗的逻辑不用，反而采取一些拙劣和传统的取巧方式。我所考虑的是梦、回忆和幻想所涉及的虚幻主义以及非比寻常的效果。梦境在电影中经常被搞成老套的电影把戏，而不再是生命现象的一部分。"塔可夫斯基认为梦境的表现其实是一种艺术表现手法，能够表现很多我们无法用普通的人物动作语言去展现的情绪。我们完全可以设计一个适当的梦境把人物的心理状态展现出来。在他的影片《伊万的童年》中就运用了梦境的方法，用他说的诗的语法取代传统叙事方式。

当然，最简单的也是最直接的描写人物心理的方法就是使用独白。独白可以直接让剧中人物为自己发声，表达出自己的心理感受。

对白其实也是一种动作。最常用来表现人物戏剧手法的其实就是对白。多米尼克·帕朗－阿尔捷在《电影剧本的创作》中写到关于对白的四个必要特征："必须能够表达人物的想法，必须能够反映人物的社会地位特征以及性格特征，必须能够展示情节，必须能够建立起并体现文章的叙述风格。"

另外，外部动作与内部动作有时是一致的，有时是截然相反的。我们看影片《孔雀》中的一个段落：

44．家属院·日·外·秋·雨
筒子楼前的一块空地上，堆了一堆煤。煤堆旁整齐地排着几行刚做好的煤球，还潮湿着。
姐姐、哥哥用铁锹在和着煤。
爸爸和弟弟一人提着一个打煤球机踩煤球。
自己家打煤球，是这城市里最日常的景观。人们舍不得买做好的煤球，买来散煤自己打煤球。煤球机是铁的，扎进和好的湿煤碾两下，煤进到蜂窝状的铁模子里，用脚一蹬，一个蜂窝煤就立在地上成形了，晾晒几天就可以用了。
忽然下起雨来，妈妈抱着一卷塑料布和一卷油毛毡冲下楼梯。
空地上，姐姐、爸爸、哥哥、弟弟正用砖头往煤堆四周放，阻挡煤被雨水冲走。
妈妈冲过来，甩开塑料布盖住打好的煤球。
爸爸、弟弟赶紧过来帮她。
这一家五口狼狈地抢救着他们的煤和煤球。
屋檐下，一家人蓬头垢面地避雨，眼睁睁望着他们的煤和煤球，就像隔岸观火一样，无力回天。
煤被雨水冲得黑汤四溢，流血一样。盖在塑料布下的煤球也要完蛋了。
妈妈看着被雨水冲刷的煤，心如刀绞，拎起铁锹扑向煤堆旁，铲起地上的泥往砖的缝隙处糊。
爸爸、哥哥、弟弟茫然地望着妈妈，无助、寒碜。
姐姐睨视着，看了一会儿，她缓缓离开她的家人，走进雨中。
地很泥泞，姐姐摔了一跤。
她离开的样子像战俘。她战败了，主动投降了。国破家亡。
弟弟扭头，看着姐姐雨中的背影。

由于姐姐想要当伞兵的梦想破灭了，她心灰意冷，内心充满了悲伤。这样复杂的内心其实很难去表现，选择这样一个场景，在大雨天中挽救做的蜂窝煤，姐姐的动作"她缓缓离开她的家人，走进雨中""地很泥泞，姐姐摔了一跤"展现出了姐姐内心的破碎（剧照如图5-6），"摔了一跤"更体现出姐姐在现实中梦想宣告破碎的痛苦。这就是外部动作与内部动作基本一致的情况。

图 5-6

还有一些情况，是外部动作与内部动作完全相反的，比如在杨德昌的影片《一一》中，主角小男孩喜欢一个跟自己同班的小女孩，但是他却欺负她。在日本电影《情书》中，男藤井树暗恋跟自己同名同姓的女生，但是他下课后对她进行恶作剧，在她骑车回家的路上，把纸袋子扣在她的脑袋上让她看不到路。再比如我们有时很不开心，但并不想别人看出来，就会用一些动作伪装自己，往往这种动作都是和我们的内心极不相符的。这样的外部动作就是与内部动作截然不同的情况。

如果你刚开始写剧本，在真正进入故事写作之前，注意要对剧中的每个人物，特别是主要人物进行小传的设计。

我们来看一下故事片《孔雀》的人物小传：

姐姐：二十一二岁。身材中等，略消瘦。面孔清秀，也可以说是清淡，人淡如菊。她有一种清教徒式的气质，外表安静，内心刚烈执拗。她可以为了梦想狠得下任何心。她笑起来很单纯，不笑的时候人很冷清。这种女人出现在男人面前是不会引起肉欲的，她的美会让男人留在心里作纪念，想不到去享用。她是一个过于唯美或理想化的人，她一生都活在她的梦想里。外人看起来以为她不食人间烟火，其实她是最被生活吸引的人，对她自己的生活充满希望，这样的女孩子在封闭的小城市里肯定是个异类。

哥哥：二十三四岁，比姐姐大一些，胖乎乎的，个子不高。胖人看上去很憨厚，哥哥尤其宽厚，以至于有些愚钝。但他的眼睛又大又明亮，与他愚钝的身体很不协调，看着让人替他无辜。他的笑容很灿烂，随便的笑都像格外开心似的。他胖胖的脸上有一种儿童气还没有脱去，很是善良纯真。你看他笨头笨脑的，可心里很明白。

弟弟：十七八岁，苍白瘦弱，人很敏感。内心过于丰富，以至于人累得有些慵懒。眼睛很灵动，像随时会逃跑的鹿，气质很复杂，很难一句话说清，因为他还处在青春期，人还没定型，看上去又清纯又阴郁。这孩子的未来不好说，把握不准，或许是个好孩子，也可能会去杀人。但外表还是文静的，就像在风雨中飘摇不定的一株纤弱的树。

妈妈：五十多岁，一眼看上去就知道人很要强，自尊又倔强，一生争强好胜让她饱受打击无数。她一生都不甘于她的命运和处境，但又明知是无奈的。她有着倍受煎熬的容颜，这样的脸不是劳苦之人的脸。她也憔悴，但憔悴之中有着她过去的女人味儿。现在，她的容颜已面目全非，她做了一辈子的护士。

爸爸：五十多岁，不是很高，跟妈妈差不多。人很文气，甚至怯懦，一切感情都藏在内心独自品尝，从不打扰别人。这种人有些单调乏味，没什么趣味可言，一生没什么追求，也做不成什么，可以说是无能。他一生就这样无声无息地活过去了。爸爸是个工人，就更想不了那么多，他也想不到自己这么无滋无味地麻木了一生。但他一生都是个好人。

果子：二十七八岁。因为时代的原因，他高中毕业去做了工人，接父亲的班。他是个心灵手巧的男人，外表却有些痞气，看上去坏坏的。他是个性情中人，天性多情，惜香怜玉，对女人有很好的品位，然而在情感方面遭受了不幸。他是性感的、坚韧的，甚至是粗犷的，但内心细腻。

干爸：五十多岁，瘦高挑的个儿，身板硬朗，气质儒雅。人很精练简洁，是男人这种岁数中味道最足的。一生心性很高，却一事无成，晚年在文化馆做音乐老师。过多的失望使他谨小慎微，人很脆弱，承受力很差。

人物小传包括该人物的性格特征、前史、职业、教育程度、家庭情况、出身、爱好等。有的比较详细的小传还包括口头禅、爱抽什么牌的烟、喜欢什么颜色、爱穿什么衣服、喜欢什么菜等，当然这些信息写得越详细越好。

三、基本方法

（一）不断设置困境

人物只有在困境中才能展现出更全面的性格特点，正如福尔曼所说的，人物性格只有在人物发现自己处于左右为难的境地或是处在一种不得不做出断然决策的局面中时才"特别鲜明"。困境越是险恶，你的人物越是无路可走，越有利于塑造你的人物。困境的设置也可以有不同种类。

可以让人物一出场就在困境之中，比如《我的左脚》，主角基提天生就是大脑麻痹、身体残疾，只有左脚能像正常人一样活动。显然他没有生活自理能力，这为家里带来了很大的负担。还可以使人物开始的生活是平静的，突然就身处困境，比如影片《这个杀手不太冷》中的小女孩玛蒂尔达在回家时看到杀手在她的家里杀害了她的亲人，为了避免遇害，她只能敲开邻居里昂的房门……困境也可以来自人物自身，比如影片《洛奇》，他的困境就是要战胜自己。再比如《本杰明·巴顿奇事》中，主角生来就和别人不同，他是逆生长的，生下来就像个小老头的本杰明就遭到了嫌弃和遗弃，他的困境也是来源于自身的情况。困境当然也可以来自与其对立的人物，比如《克莱默夫妇》；还可以来自自然灾害，比如《2012》《第五元素》等。但应注意的是无论什么困境，都要让人物依靠自己的努力来克服，这样才能充分地体现出人物的性格。

塔可夫斯基认为电影的意义就是让一个人置身于变幻无穷的环境中，让他与数不尽的或远或近的人物错身而过。其实就是要求要为电影中的人物设置困境。比如影片《我的左脚》中克里斯蒂从出生就患有"上肢痉挛性大脑皮质麻痹"，父亲认定他是智障者、低能儿，除了左脚能活动外，"纯粹是一团乱糟糟的东西"。克里斯蒂遇到了人生中的一大困境，但通过这个残酷的困境使我们看到了克里斯蒂在漫长岁月里不断与命运抗争的不屈不挠的精神和顽强的生命力。在克服困境的过程中，克里斯蒂流露出对家人的感激、对命运的不屈、对生活的热爱等感情，这使得克里斯蒂的形象更加的深入人心。

（二）让人物有目的并且保持主动性

剧中的主角必须有某种特定的目标，以及在所有事件中的动机因素。悉德·菲尔德认为：戏剧性需求是指在剧本中的人物所期望赢得、攫取、获得或达到的目标。戏剧性需求驱使你的人物贯穿故事线的发展。这是他们的目的、使命、动机，推动着他们完成故事的叙事动作。你应该使你的人物始终保持主动性，以人物的主动做出的行为来推动情节发展。一个成功的人物，应当时刻参与在故事情节之中，而不是只处于被发生的状态。

叙事的动力就是人的欲望。人的欲望是个复杂的组合，有基本的生理欲望，也有社会化的欲望。马斯洛把人的需要分为5层见图5-7。

图5-7

比如影片《这个杀手不太冷》中的12岁女主角玛蒂尔达一天从外面回家，在路过走廊时看到她家进去了杀手，无情地杀害她的家人。她因为帮邻居里昂买牛奶而逃过一劫，机灵的她不动声色地走过自家房门直接敲邻居里昂的门，请求他收留自己。之后的一天，她在街上碰到杀害家人的仇人史丹菲尔，于是她跟踪他，想要报仇，但是反倒被抓。剧情的几个发展节点几乎都是依靠着玛蒂尔达的行为，因为她一直保持主动性，所以才会使剧情不断向前发展。美国编剧大师威廉·M. 埃克斯在《你的剧本逊毙了》里面提到"英雄鉴别试验",第一点就是你的英雄必须主动。"他必须牢牢抓住掌控权,掌握他的行为、他的问题、他的命运,永不放弃斗争,直到他战胜了那个坏蛋。一个消极被动的主人公永远不能吸引观众和读者。"另外,你的英雄必须有一个清晰明确的问题,英雄的问题要引起观众的兴趣,英雄必须自己解决他或她的问题。

人物的欲望,或者说人物的目的是影视剧情节得以发展的主要动因,而且目的越是明确和细致,剧情往往越紧凑、越精彩。所以剧作中的主要人物应该有着比较明确的目的性,这就需要我们要有一个人物目的设计。当然这种目的不一定是剧情一开始人物就必须具有的,有的是伴随着情节的展开,剧中人物一步步产生的目的和诉求。

人物可以在影片开始就有某个目的或者诉求,这个诉求可以很具象也可以抽象。比如伊朗影片《小鞋子》的主人公开篇就把妹妹的鞋子丢了,于是他有了他的目的就是帮妹妹找一双鞋。有了明确的目的,他就要为此去主动地争取。人物也可以在剧情发展过程中才有了某种目的,比如影片《阳光灿烂的日子》中,马小军开始时是没有目的性的,他只是在溜门撬锁,在自己的世界游荡。但是后来他鬼使神差地打开了一个暗锁,进入了一个叫米兰的女孩的屋子里,看到墙上米兰的照片,从此他就有了目的,就是认识米兰。人物的目的也可以在影片剧情中发生变化。比如影片《雨人》中,主人公出场时的目的就是通过利用照顾住在精神病院的哥哥骗得父母的财产来挽救公司的危机。但是随着剧情的发展,他跟哥哥有了感情,于是放弃了金钱。这个时候人物的目的就发生了变化。

而欲望是来自角色不满或者无法忍受当下的处境,急切地要冲破处境的一种目的。这样才具有说服力。另外,目的要与人物的性格以及身份相适应的。如宰相的目的是要篡夺王位,爱慕虚荣的女孩的目的是要嫁一个富豪,一个妈妈的目的是要将自己的孩子送进大学,等等。也要注意要给目的找到一个厚实恰当的情感动因。

(三)让人物与观众产生共鸣

这里的共鸣并不是要求人物的经历要跟观众相似,而是使你的人物经历的事能够引起观众的同情、喜爱、敬佩或是气愤。所以必须让坏人有地方值得恨,好人有地方值得尊重。观众需要看到能引起自身情绪的人物来引起自己对故事的兴趣。

比如影片《杀诫》中的主要人物是一个十恶不赦的人,他谋划了很多坏事,从桥上往下扔石头砸坏汽车、试图杀死街角的警察、杀死出租车司机等。这个时候观众会讨厌、怨恨这个人物,但是后来他在街上闲逛时站在橱窗前凝视照相馆里的少女相片,并且走进去拿着一张皱巴巴的小女孩的相片询问店员可不可以修补好。他临行前在监狱中给律师讲起了照片上的小女孩的故事,原来小女孩是他的妹妹,在乡下被一个喝醉酒的拖拉机手撞死了。他阴沉沉的脸上有了感情,霎时泪流满面。这时候他博得了观众的同情,使这个人物不再过于扁平,而是有血有肉,变得立体。

再比如电影《小鞋子》(剧照如图5-8)中,阿里想要通过马拉松比赛获得季军,得到奖品——运动鞋,送给鞋丢了的妹妹。他没有全套的运动服,也没有家人跟来在一旁呵护,他只穿着他的旧鞋子,踏上跑道。在赛跑中他竭尽全力奔跑,他想着对妹妹的承诺,也想着过去的几天里跟妹妹共用一双鞋子的委屈,超过了一个又一个赛跑的人。甚至他还被旁边的人故意撞倒,重重摔在地上。他仍然爬起来,奋起直追。最后阿里竟然得了第一名，他在喘息中问："我是否得了季军？"校长回答："你说什么，你是冠军呢！"校长和体育老师跟他合照，每个人都笑着。摄影师让他抬起头，给他单独拍一张，这时我们看到阿里流下了泪水……他回到家见到妹妹，相顾无言。他脱下鞋子和袜子，我们看到他的鞋底都磨破了，脚底也有很多脓包，这时候我们会很心疼阿里。他的精神使观众尊敬，他的经历也让观众同情。在阿里奔跑的过程中，观众心里就会紧绷一根弦，想知道他是否能得到运动鞋。

图 5-8

（四）使人物发生转变

奥斯卡·王尔德说：关于人类的天性，我们唯一确切知道的，就是它是变化的。变化是我们可以断言的特性。那些失败的制度都是相信人类天性永恒而非在发展变化的制度。人物应当在我们的故事发展中有所发展。人的本性是会随其遇到的事件发生变化的，所以真实的人物不会是一成不变的。电影首先就是应该描述事件，而作者的观点、自己的态度其实是通过整部影片表达出来的，它是影片整体冲击力的一部分。

罗伯特麦基在《故事》中定义了"人物弧光"：最优秀的作品不但揭示人物真相，而且在讲述过程中表现人物本性的发展轨迹或变化，无论是变好还是变坏。这种人物的变化就是"人物弧光"。试想一下，如果人物在一部影片中几乎没有发生变化，那么这部影片的故事也是不足以吸引人的。比如《玩偶之家》中的娜拉，在刚出场的时候是海尔茂的"小怪东西""唱歌的小鸟"，完全像个小孩子；后来与迷惑、害怕、自杀抗争……在剧本结束时她终于成长为一个成熟的女性。再比如《莫扎特传》里的萨列里，在影片中刚出场时他是一个善良可信、热爱音乐的宫廷音乐家，但是随着剧情的发展，莫扎特来到了维也纳，他看到莫扎特的音乐才能，从而燃起了心中的嫉妒之火。于是他开始质疑曾经虔诚信仰的上帝，他开始变得阴险狡诈，内心歹毒，并在最后成了一个疯狂的杀人凶手。萨列里在剧情发展的过程中，形象发生了巨大的变化。这部片子就是存在"人物弧光"的，而这样的人物才可以称之为圆形人物，也就是性格人物。但是要注意，如果你所设计的改变并不适用于你的人物，或这种改变不符合人物的性格逻辑，那

么就应当舍弃。

除此之外,要使人物形象在剧作的前后都要统一。在长期的写作过程中,编剧常常不能从始至终把握好人物的性格,有时候会慢慢"滑脱"出人物的性格。这样即使人物发生了所谓的转变,也不符合我们上面说的真实。你可以寻找一个现实的参照。特别是对于初学者来说,寻找一个现实参照是很好的方法。比如你的剧本中要写一个老师,你就可以在平时认真观察你的老师,看看他们身上的共同点以及每个老师不同的个性,找到一个合适的人去参照刻画出一个新的人物。有参照物,就很容易避免上述所说的问题了。

四、表现手法

(一)运用对比、衬托

恩格斯认为:一个人的性格不仅表现在他做什么,而且表现在他怎样做;在这个方面看来,如果把各个人物用更加对立的方式彼此区分得更加鲜明些,剧本的思想内容是不会受到损害的。对比可以更好地突出人物的特点,可以更加鲜明地刻画人物性格。对比有两种:一种是横向对比,就是在同一个时空中把不同的人物拿来进行比较。这是很常用的一种方法,比如我们非常熟悉的《还珠格格》就是将小燕子和紫薇进行横向对比,两个人的性格特点更加鲜明地显露了出来。再比如《阳光灿烂的日子》中胡同打架那一段,在打架过程中,刘忆苦坚定、凶狠、毫不迟疑,而马小军迟疑、左顾右盼。他们两个进行对比,表现出马小军性格的软弱,显得人物更加真实。另一种是纵向对比,即让一个人物在不同的时空进行比较。比如《阳光灿烂的日子》中的马小军,就是在少年、青年、中年三个不同的时空进行纵向对比的。不光是马小军,马小军之外的那几个人,也是各自进行了纵向对比。成年后他们的世界变得不同,交流相处的方式也大相径庭。而在结尾处智力障碍者古伦木的出现又是同马小军一行人进行了横向对比,以古伦木始终如一对比出他们成人后的虚伪。对比深化了人物形象,同时也突出了主题。

衬托是指从侧面对主体进行描绘和烘托,从而使主体特点更加鲜明。跟对比不同的是,衬托的陪体与主体地位不相等,用于陪衬主体、表现主体的存在。衬托也有两种,即正衬和反衬。正衬顾名思义就是从正面衬托主体,用强来衬托更强,用弱来衬托更弱。比如《摇啊摇,摇到外婆桥》中,先描写宋二爷的阴险狡诈,他与小金宝偷情并且要预谋除掉余老爷。然而余老爷却魔高一丈,最后除掉了宋二爷。这里就是利用正衬的手法,衬托出余老爷的技高一筹。再比如《海上钢琴师》中,用观众的惊讶神情衬托出1900钢琴弹得绝妙等。而反衬的主体和陪体之间是相对立的,即以弱衬强。比如影片《剪刀手爱德华》中,小镇居民对爱德华误会越来越深,要求驱逐爱德华,小镇居民的反应从反面衬托出爱德华的孤单和无助,也衬托出爱德华的气势薄弱。其实如果把握得好,正衬和反衬也可以同时运用。

(二)注意细节

细节,相当于影片中的特写镜头,即细小的部分。生活中处处布满了细节,比如你观察到你的母亲眼角又多了一丝皱纹、你的父亲下楼梯时紧紧握着把手、你的朋友刚刚哭过的泛红的眼角、扫街的阿姨手指像充了气一样肿着……艺术源于生活,在艺术作品中也会有很多在生活中提炼升华的细节。艺术细节需要真实,它具有刻画人物形象、揭示人物心理、传达影片主题思想以及推动剧情的作用。在电影中,细节显得尤为重要。由于电影银幕的特点,细节具有巨大的表现力,可以运用特写镜头将你想要表现给观众的细小部分展现出来,并且加以放大,从而获得更强的效果。把人物细节化设计,是对剧本创作非常有效的辅助工作。

我们看《孔雀》中的一段人物描写:

4. 筒子楼下的小院·傍晚·外·夏
爸爸妈妈一左一右护着哥哥从外面走回来。他们陪儿子游泳去了。
爸爸妈妈的形态俨然两个小喽啰,跟着自己的主子;抑或是一对尊贵的夫妇,骄傲地溜着他们珍贵的狗回来。
哥哥肩上挂着一只充气的黑色轮胎,头发湿漉漉的。他好像还在水中,两只手划着水,嘴里噗噗地吐着气。他是不懂廉耻的样子。
弟弟独自一人尾随回来,头发也是湿湿的。他的出现让人心里冷清,况且他又那么清秀。
姐姐从走廊上看见了她的家人回来的情景。
她坐在栏杆前,下巴抵在琴上。她看她的家人的时候,那种很遥远的眼神,像看远处的山,显得深不可测。
到现在能感觉出来,她是把自己隔离起来了,也可能是把外界隔离开来了。
因此,没什么能伤害她,只有她自己办得到。

"两只手划着水,嘴里噗噗地吐着气""头发也是湿湿的""下巴抵在琴上"等都是对人物的细节进行描写,能更真实具体地揭示出人物性格。

比如影片《两个人的车站》中有这样一个细节场面:薇拉帮着普拉东去机场旅社求住宿一晚,一开始薇拉跟朋友苦苦哀求着让普拉东留下过夜,自己离去。但是不一会儿她又回到了普拉东身边还以自己误了末班车为借口。薇拉编造这样一个谎言其实表现出了她让普拉东和她的朋友单独在一起的不放心。安排这样一个细节,将薇拉对于普拉东的爱展现得淋漓尽致。

细节一般要与影片情节融为一体,使其产生更加强烈的效果。比如电影《岁月神偷》中有这样一段:罗爸爸在知道自己儿子得病之后,为了及时给他输血,在走投无路的情况下,去了当铺。影片是这样展现的,在罗爸爸掏出钱放到桌上的时候,一个手的特写镜头,观众可以清楚地看到他的手指上有一个明显的戒指痕迹(剧照如图5-9),我们才知道原来他当掉了戒指。这一细节化处理,使情节更加感人,同时也使人物形象更加深刻。

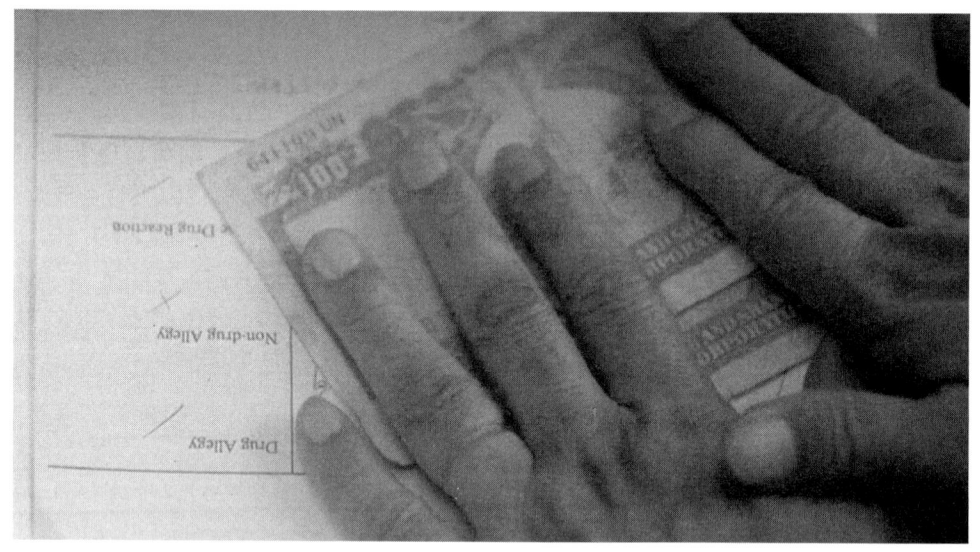

图 5-9

再比如鲁迅先生的小说《药》里面出现的人血馒头这一细节，人们相信吃人血馒头可以治疗肺病。主人公华老栓买来沾着烈士鲜血的馒头给自己的儿子治病，反映了那个时代人民群众的愚昧无知与麻木不仁。

思考与练习

1. 选择一位你最喜欢的影视剧人物，向你的同学和好友介绍这一人物，并且说明你喜欢的理由。
2. 创作一个剧本人物，为其撰写人物小传。
3. 为你所撰写的人物拍摄一段 VCR，比较影视形象与文学形象的不同。

第六章　影视剧作的结构

第一节　结构的定义

一、结构溯源

这一章，我们来谈谈影视剧作的结构。当我们听到"结构"这一名词的时候，我们会联想到房屋、建筑物。的确，"结构"这个词原本是建筑学术语。建筑学的至理名言是：形式永远服从于功能。房子的功能是第一位的，只有从房子功能出发，生产出来的建筑才是至美建筑。在《现代汉语词典》中，"结构"一词被解释为"各个组成部分的搭配和排列"。美国著名戏剧理论家乔治·贝克在他的戏剧理论著作《戏剧技巧》中认为："结构是经过配置匀称和加以强调，使其具有重点突出的故事。"结构从大的方面而言是影片的形式。那么，什么是影视剧本的结构？

结构，就是对情节的组织和安排，对创作素材的裁剪和布局。也就是说，编剧要对自己所掌握的创作素材和构思情节进行精细的谋篇布局。把握好结构，对于我们影视剧的写作大有裨益，甚至是事半功倍的效果。

对于具体的影视剧作而言，"结构"又是什么呢？我们在其他的文学、戏剧的创作中，都有"章法"的规定，"章法"也就是组织结构。我们回忆在刚开始学习写作的时候，小学阶段的记叙文六要素（时间、地点、人物、起因、经过、结果）往往是写作入门的重要法宝，到了中学阶段的议论文的三段论（是什么？为什么？怎么办？）也是写作的一种结构模式，语文老师反复强调的凤头、猪肚、豹尾相信大家也不陌生。我们在创作小说也好，创作散文也好，因为没有时间的限制，写作可长可短；而对电影电视这种艺术载体，要在规定的时间内（标准好莱坞电影一般在 90～120 分钟）完成讲故事的任务。中国的早期叙事作品在规定时间内完成清晰叙事的能力上都有所欠缺，如章回体小说，在故事差不多的地方就切断，还用"欲知后事如何，且听下回分解"的方法。而西方国家在早期莎士比亚的戏剧中，就有明确的幕和场的明确划分（如图 6-1），这个其实就是结构的源头。

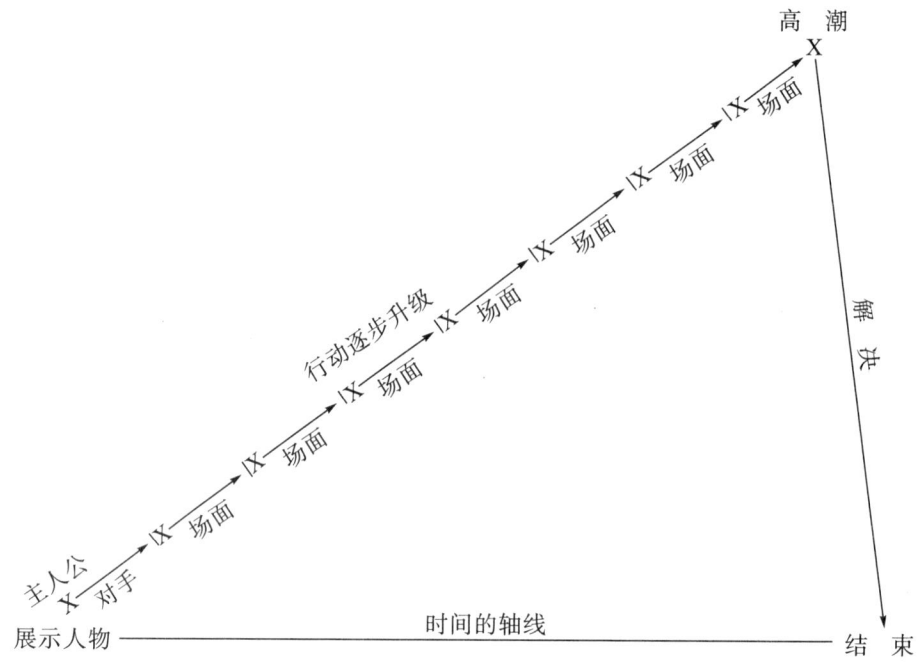

图 6-1

亚里士多德总结了古希腊悲剧和喜剧的艺术经验,在《诗学》第六章中指出,戏剧有布局、性格、文辞、思想、布景、歌曲六个基础成分,而六个成分里,最重要的是布局,布局乃悲剧的首要成分,有如悲剧的灵魂。而在著作《诗学》中所描写的古典戏剧结构,直到19世纪才被德国学者古斯塔夫·瓦莱塔用图表画成倒V字形。这种叙事结构始于外在的冲突,这个冲突会随戏剧动作与场景逐渐开展而更剧烈,与此无关的细节全被剔除或被视为偶发。主角和反派一路攀至冲突高峰,有人赢,有人输。结尾故事告一段落,生活归于正常,工作也就完结。

中国古典文学也有结构的概念,那就是"起承转合"。

清代李渔在其著作《闲情偶寄》中开篇就提出"结构第一",当中包括了"戒讽刺""立主脑""脱窠臼""密针线""减头绪""戒荒唐""审虚实",在"格局第六"也提出了戏剧的开端和结尾的问题。李渔提出的"结构第一"的思想,正确反映了戏剧结构自身的客观规律,李渔不仅仅认识到客观规律,还根据当时戏剧出现的问题提出了七种解决方案,具体的内容可以参阅《闲情偶寄》。

古今中外都把结构当作第一要素来考量,对于我们初学者或者学生而言,从事编剧事业的重要一步应该是对作品的结构有一个清晰的认识,这同样也是创作的不二法门。

二、结构分类

结构可以分为情节结构和叙事结构。情节结构偏重于具体事件的组织安排,叙事结构则偏重于整部作品事件的安排。

情节结构指的是"三段式"或"起承转合"。

叙事结构则包括开放式结构、封闭式结构、戏剧式结构、散文式结构、小说式结构、线性结构、块状结构……

（一）依据时空安排方式进行分类

1. 顺叙式结构

该结构按时间先后顺序叙述，大部分故事片都采用这种结构，这也是最传统、最基本的一种时空结构，如《一江春水向东流》。

当然，在这种结构中，并不排除插入一些闪回片段。中国电影的绝大多数作品都是顺叙式的结构，一方面是源自观众的心理习惯，习惯由浅入深的故事推进方式。另一方面也和中国传统艺术比如评书的叙事方式有关。在剧场演出的过程之中，观众不会停下来去思考故事背后的内涵，更多的是被说书人引领故事的发展。中国早期电影的叙事角色，一定程度上是"说书人"角色的转换。

在笔者的教学生涯当中，很多学生在学习编剧的时候，总觉得顺叙式结构过于简单，体现不出来他们的个性发展，但结果却把故事说得不清不楚，含含糊糊，结构混乱。那么在这里对初学者的一个建议就是，老老实实先用好顺叙式结构，这是我们创新叙事结构的基础和前提。

2. 倒叙式结构

该结构通常采用回忆法，时间安排从后往前；可以省略一些过程，突出重点。

第一种，倒叙只是一种样子，故事的前面有一个小引子就行了，而中间不打断。如《再见萤火虫》在电影开头用倒叙的方式由两兄妹的灵魂和紫绕飞舞的萤火虫来带出悲惨的故事。李龙云的剧作《荒原与人》也是采用倒叙的回忆方式，从开始到结尾，故事发生十五年后的中年男主角马兆新一直扮演着一个孤独的诵者，沉重而感伤地叙述着他的回忆。这种倒叙结构传达出一种更为震撼的悲剧力量。很多日本影片也喜欢运用倒叙的结构手段，日本文学中长期流行的"推理"元素成为日本这个民族的一种思维习惯，从而也从某种程度上极大地影响了日本电影的叙事方式，例如影片《饥饿海峡》等。

第二种，倒叙一直影响整个故事。如《情人》，叙述人在中间总是打断叙述，插入叙述人对作品的评价。再如美国影片《魂断蓝桥》中，影片开始时已经是第一次世界大战期间，整部影片都用倒叙的手法，将老军人罗伊的回忆贯穿始终。

3. 时空交错式结构

该结构将现在与过去甚至未来交错进行，把回忆、联想、梦境、幻觉等与现实组接在一起，可以用来表现多层次的时空，表现人的正常思想和心理活动，也可以用来表现人的下意识活动，例如影片《广岛之恋》《去年在马里昂巴德》，阿瑟米勒的经典剧作《推销员之死》，以及有着"中国版《推销员之死》"之称的剧作《狗儿爷涅槃》。故事在前进的过程中，过去与现在、现实与幻觉一直有机地结合在一起，大多数场景都由主人公的回忆和想象来进行切换，这样穿越时空的回味产生了很大的艺术魅力。

4. 套层结构

该结构又称"戏中戏"结构，属于时空交错式结构的一种特殊形式，特点是作品的

故事中又嵌套着一个与剧情或剧中人相关的戏中戏,如电影《法国中尉的女人》《暗恋桃花源》《如果爱》。在所有这些有着"套层结构"的影片中,其中有且至少有一个人物会经历一场"心灵的误认"。也就是说,他(她)在某一时刻混淆了自己真实的生活、情感和戏中戏里那个角色的生活与情感。在影片《卡门》中,安东尼奥为舞剧寻找卡门的扮演者,要求与主角同名的卡门试镜时,安东尼奥不仅仅在以导演的身份注视她,而是同时以角色唐霍塞的身份注视她。

(二)依据剧作与各文学门类的关系进行分类

1. 戏剧式结构

这是一种最常用的传统结构,所以传统结构即指戏剧式结构。

戏剧式结构冲突的设置与安排,比较讲究人与环境(社会环境)或者人与人的冲突以及人自身的内心冲突,注重事件之间的因果关系,一般有一个统一众多事件的中心事件。

如《魂断蓝桥》讲述的是第一次世界大战期间,回国度假的陆军中尉罗伊(罗伯特·泰勒)在滑铁卢桥上邂逅了舞蹈演员玛拉(费雯·丽),两人彼此倾心,爱情迅速升温。就在两人决定结婚之时,罗伊应召回营地,两人被迫分离。由于错过剧团演出,玛拉被开除,只能和好友相依为命。

不久玛拉得知罗伊阵亡的消息,几欲崩溃,备受打击。失去爱情的玛拉感到一切都失去了意义,为了生存,她和好友不得不沦为妓女。然而命运弄人,就在此时玛拉竟然再次遇到了罗伊。虽然为罗伊的生还兴奋不已,玛拉却因自己的失身陷入痛苦之中。

感到一切难以挽回的玛拉潸然离开,独自来到两人最初相遇的地点——滑铁卢桥上……

2. 散文式结构

该结构与文学中的散文样式有着相似的结构特征,其特点是并不追求情节的离奇曲折、戏剧冲突的激烈,也不太注重情节的完整性和因果关系,而是注重一种韵味、情绪的营造,剧情讲究自然,逼近生活。

针对散文式结构的电影,一般而言,意境都比较优美,充满了抒情的色彩,中国的第四代导演群体在这类作品上都有很突出的造诣,比如《城南旧事》。《城南旧事》是作家林海音的一部短篇小说集,通过一个六七岁的小姑娘英子的眼睛,映出了在20世纪20年代北京南城的几个小人物:失去孩子后得了疯病的秀贞,为生活所迫的小偷,命运多舛的宋妈……

编剧伊明将其中的三篇改编成了一个电影剧本。作为一部自传体的小说集,本身在情节性和紧凑性上可能并不太符合电影的要求,过于零散;原作饱含着作者对童年的怀念,对祖国的怀念之情,表现北京南城风物容易,可是想要表现出这些情感就不是一件简单的事了;整部电影大致由三篇小说组合而成,用何种结构和叙述方式来表现剧本,是令吴贻弓导演为难的问题。

通常来说有两种方案:一是拍摄一部分段式的电影,这在当时的中国电影界是一种比较新颖的结构;二则是把原剧本的结构打乱,重新编写。吴贻弓导演在思虑的过程中反复研究了原著,在作者的"代序"中找到了答案。"读者有没有注意,每一段故事的结尾，里面的主角都是离我而去，一直到最后一篇'爸爸的花儿落了'，亲爱的爸爸也去了，我的童年结束了……"分头叙述并在每一个结尾强调"离我而去"，是形成《城南旧事》的"回忆感""往事感"的关键，也是保证电影能够体现出原作总的韵味和风格的关键。所以吴贻弓导演并没有采取第二种方案，而是尝试了一种在当时中国比较新颖的方式：以情感线索和心理线索整合情节结构，以影调取代事件作为影片的结构因素。同时在整部影片中采用了中国古典艺术的修辞手法，如复沓、留白、反衬等。通过这些艺术处理方式，导演将他在原著中体会到的一种"淡淡的哀愁，沉沉的相思"——这种溢于言外的感情，自然地、朴素地、不露凿痕地传达给观众。

（三）依据叙事线索进行分类

1. 块状结构

块状结构是指作品由各自独立的几个故事组成，如电影《爱情麻辣烫》《时时刻刻》；中国的经典话剧作品《上海屋檐下》就是这种结构方式，林、黄、赵、施、李五户人家的事件齐头并进地发展，错落有致地编织在一起。

2. 线性结构

线性结构主要指在情节发展中，只有一条占主导地位的线索。这种结构脉络清楚，情节集中、易懂，观众易于接受。

3. 网状结构

网状结构主要指由众多的人物、错综复杂的人物关系，派生出两条及以上的情节线，相互交织，构成一幅情节复杂的网。网状结构在电视剧作品中得到大量的运用，大部分电视剧作品不以单一情节内容为线索，而是多条线索相互穿插，形成网络，使结构更为复杂，内容更为丰富，以达到在较长一段时间里吸引观众注意力的作用。其在电视剧中运用比较多，比如电视剧《金婚》《靠近你，温暖我》。

（四）依据对结尾的处理方式进行分类

1. 闭锁式结构

闭锁式结构有头有尾，较完整地述说一个故事。这是传统戏剧式影片常用的结构形式。中国传统叙述作品特别是戏曲等文艺形式喜欢采用的"大团圆"结局就是一种闭锁式结构。这种结构适合人们长期形成的观赏趣味和观赏习惯，例如《西厢记》《拜月亭》《长生殿》等。闭锁式结构的优点在于戏集中、强烈、凝练的浓度高；进戏快，戏剧性强，观众有兴趣且容易有代入感；人物一直处于冲突之中，便于作者和进行二度创作的各部门对其性格进行塑造和刻画。

2. 开放式结构

开放式结构故事有头无尾，甚至是无头无尾。人们从生活中截取一个片段，这个片段并不具备完整性，甚至可能只是人的心理或情绪活动的一个片段、一个瞬间。例如，电视剧《潜伏》的结尾处，翠平抱着自己和余则成的孩子站在村子的山头上，盼望着余则成回来；而余则成跟随国民党到了台湾，和晚秋组建了家庭，继续潜伏工作。结局没有为两人实现完美的团圆，也没有抒发任何评论，这样反而使结尾意蕴悠长，整个剧作

变得更加深邃厚重，引发观众更多的思考和回味。还有电影《背靠背，脸对脸》中王双立最后有没有当成正馆长也留给了观众去思考的空间。

百年电影史中，对于结构创新的案例屡见不鲜，有的是创作者对于结构改变的渴望，当然也有结构本身的冲动。曾有影评人问新浪潮的主将戈达尔，故事是否应该有开头、中间、结尾。他回答："是的，但是不一定按照那样的顺序。"

这么多的分类，对我们具体的操作有一定的指导作用，可以简化成两种结构方式：戏剧式结构和非戏剧式结构。而本书主要的重点将放在戏剧式结构的讲授上。

三、结构原则

结构的十六字方针：剪裁得当，布局合理，线索分明，层次清晰。具体来讲大概有以下六点内容，这个是我们在创作影视剧作的时候需要加以注意的地方。

（一）剧作的结构必须从生活出发

从生活出发并以它所反映的现实生活为依据，使剧作的整体安排符合客观的真实生活。

（二）剧作的结构必须服从于主题的需要

结构的最终目的是塑造形象和突出主题，作品的主题必然对结构起着主导的作用。如《邦妮和克莱德》开创"新好莱坞电影"的影片，采用"公路片"的单线结构方式，由邦妮和克莱德一路上所经历的一连串事件构成。只有确定了明确的主题，才可能确定表现这一主题的完整结构；只有确立了最适于表现某一主题的结构形态，才可能充分地、准确地揭示出那一主题的全部含义。

（三）剧作的结构必须服从于塑造人物形象的需要

塑造鲜明生动的人物形象是结构的中心问题。必须在矛盾冲突中紧紧围绕着对典型形象的塑造，即紧紧围绕着人物性格本身及其相互间的冲突去安排剧作的总体结构。

（四）剧作结构要剧情引人入胜

电影剧作引人入胜的力量主要来自它的内部和深层，即它所反映的生活内容逼真性和它塑造的形象的具体性和典型性。

（五）结构应该是一个完整统一的有机整体

剧作结构的完整和统一，主要表现在通过蒙太奇思维和一系列结构手段，将剧作的内容安排得匀称、齐整，使各个部分之间紧密关联并相互依赖、彼此照应，使整个剧作成为剪裁得当、布局合理、线索分明、层次清晰的艺术整体。

（六）剧作的结构必须借助于蒙太奇构思

所谓蒙太奇构思，就是对时空关系的特殊构思方式和对画面、声音的运动做出独特的形象的构思方式。蒙太奇是电影艺术区别于其他艺术门类的一种独特的思维方式。主要包括对时空的蒙太奇思维和对声画的蒙太奇思维。只有在作者的蒙太奇构思的条件下，才可能形成剧作的独特的叙述方式，即电影剧作的结构形式。

第二节　常见剧作结构

一、三幕剧结构

（一）悉德·菲尔德叙事模式

很多同学说，"开端、发展、结局"这样的结构我们都知道，但是对具体怎么操作还是存在一定的困惑。大致说来，"开端、发展、结局"这三个部分要做的事情，分别是"把人物推向困境""人物在困境中挣扎"和"解决困境"。

（1）首先，通过明确人物性格和事件基本信息建立故事目标。

（2）然后，通过事件的发展（通常由两个不同方向的情节发展组成）推动故事目标和人物性格的转变。

（3）最后，人物最终通过自我实现目标。

悉德·菲尔德对于电影剧本结构的定义是：一系列互为关联的事情、情节和事件按线性安排，最后导致戏剧性的结局。最终他根据若干剧本的规律，总结出一套好莱坞剧本的叙事模式——"三幕剧"。三幕剧结构可以说是故事的根本，有超过90%的故事都是这个结构。

悉德·菲尔德叙事模式如图6-2所示。

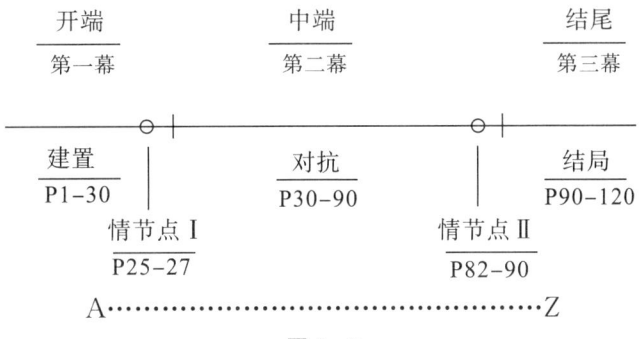

图6-2

注：1. 情节点——它是一个事件。它"钩住"动作，并且把它转向另外一个方向。它把故事推向前进。

2. 每一幕都是戏剧性动作的一个单元。

3. A~Z是人物要有变化。

我们可以发现，通常这三幕剧的时间长短是不平均的，第一、三幕较短，第二幕较长。

以120分钟的电影作品来看，第一幕通常约20~30分钟（紧凑一点的可能是10~15分钟），超过这个长度还无法让观众认识角色和世界观，观众便会开始失去耐性。

第二幕约有60分钟，冲突越演越烈，角色感情越来越暧昧，直到这一幕的最后

10～20分钟发生高潮这段时间通常是观众觉得时间过得最快、最专心的时段。如果这里的上升动作没有做好，事件接得不够紧凑，观众就会分心。

第三幕约30分钟。一切的真相大白，悬念几乎出尽，观众已经得到了满意的答案。这一幕有两个关键，第一点是速战速决，尽快把尾声交代完毕；第二点则是尽可能地安排悬念到最后一刻，顺利完成"最后一分钟营救"。

第一幕从剧本的开端延伸到第一幕结尾的情节点Ⅰ（图6－3）。因此，这里有一个开端的开端、开端的中段和开端的结尾。它本身就是一个自我满足的单元，一个戏剧性动作的组块。它的篇幅约有30页，并且大概在第25页至27页之间出现一个情节点，一个能"钩住"动作把它转向另一方向的"事变"或"事件"。在第一幕中发生的戏剧内容被称为"建置"。你大概有30页的篇幅来建置你的故事：从视觉上和戏剧上介绍主要人物、提出戏剧性前提和交代情况。

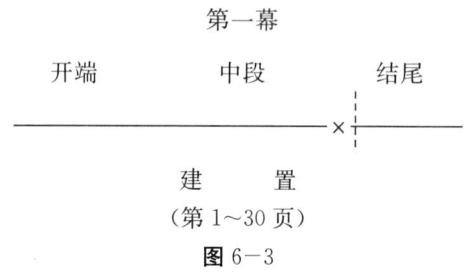

图6－3

下面是第二幕：

第二幕是剧本的中段。它包括动作的整体部分。它从第二幕的开端发展到第二幕结尾的情节点Ⅱ（图6－4）。所以它有一个中段的开端、中段的中段和中段的结尾。

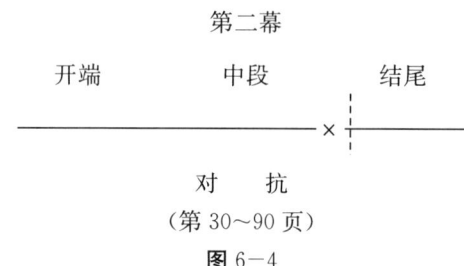

图6－4

这部分也是戏剧性动作的一个单元或组块。它的篇幅约有60页，在第85页至90页之间出现另一个情节点Ⅱ，它把故事"转向"第三幕。这里的戏剧内容是对抗。你的人物将遇到种种障碍，阻止他们达到自己的目标。一旦你决定了人物的"需求"，那就为这些需求制造障碍。于是你的故事就成为你的人物克服种种障碍来达到其"需求"的过程。

第三幕是剧本的结尾或结局：

它和第一幕、第二幕一样，也有结尾的开端、结尾的中段和结尾的结尾（图6－5）。它的篇幅约有30页，其戏剧内容是故事的结局。

第六章　影视剧作的结构

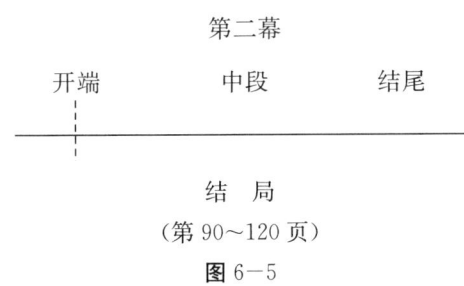

图 6-5

在每一幕中,都是从一幕的开端开始向这一幕结尾的情节点发展。这意味着,每一幕都有一个方向,有一条从开端到情节点的发展线。而第一幕与第二幕的结尾那两个情节点是你的目的地;它们就是你在构筑你的电影剧本时将要去的地方。

悉德·菲尔德这里所说的120页,绝非是我们现在所用的电子稿或打印稿的页数,也许悉德·菲尔德指的是英语稿,也许是过去的手写稿,但肯定不是我们所说的剧本页数。这一点大家一定要明记,切不可盲目地照搬。

我们现在所用的剧本,一般都是按影视公司或夏衍杯征稿的要求来写,用小四号字,A4纸打印,这样打印出来的剧本每页有1000字左右,这与悉德所说的完全是两回事。

那么这120页的说法又是从何而来的呢？那还是电脑还没被发明出来时的事呢,那时候的编剧都是用稿纸来进行创作。一般专业用的稿纸都是 $25 \times 20 = 500$,去掉空格一般在400字左右,在拍摄的实践中又发现,一页纸大约能拍摄一分钟左右,其实这也是有一定道理的,正常人讲话的速度也是一分钟400字左右,于是便有了这一习惯性说法,但这绝不是定律。

（二）幕剧作要素

上面的一些概念性的问题已经解决了,我们会发现每一幕需要写哪些内容我们或许还不太明白,那么,我们就大概罗列一下每一幕具体要写哪些内容。

一开始,建议大家先解决四个问题：

(1) 如何开场？
(2) 有何冲突？
(3) 怎么样解决冲突？
(4) 结局是什么？

解决这四个关键问题,剩下的工作便会变得比较顺畅。

1. 第一幕

悉德·菲尔德提出在前10页要完成的内容如下：

(1) 谁是你的主要人物？
(2) 什么是你的戏剧性的前提,即你的故事讲的是什么？
(3) 什么是你电影剧本中的戏剧性情境,即围绕故事的戏剧性的境况是什么？

那么除了这些还应该有什么呢？

悉德·菲尔德的"三点"分别是：主角是谁？主题是什么？故事背景是什么？

那么我们大致罗列一下第一幕会有哪些内容：

（1）主角是谁。
（2）主角的性格缺陷。
（3）主角的性格优点。
（4）主角的动机与目标。
（5）对手和伙伴。
（6）主角发现问题。
（7）主角决定去解决问题。
（8）与对手交锋。
（9）激励事件。

所谓激励事件，就是将故事化为行动，用一个激动人心的起点把一系列素材串联起来，这个起点就是激励事件。激励事件是故事讲述的第一个重大事件，是一切后续情节的首要导因。悉德·菲尔德的"情节点Ⅰ"实际上就是指激励事件。

激励事件必须打破主人公生活中各种力量的平衡。在故事的开始，主人公或多或少生在平静的生活中，然后，一个堪称决定性的事件发生，彻底打破这种平衡，主人公的生活被推向了正面（变好）或负面（变坏），即实现平衡与不平衡的转变。

那么如何设定一个激励事件？

激励事件的发生，一般不外乎出于随机的巧合或者是事出有因。

若出于巧合，不外乎天降横祸或飞来洪福，例如山洪暴发、车祸、偶然邂逅……

若事出有因，要设置合理的缘由，这是较常采用的方式。

激励事件在打破平衡之后，引起事情的转变，由坏向好转变，或是相反。

最好的是什么？

——如何变成最坏的？

——如何又再次完成主人公命运的转折？

最坏的是什么？

——如何变成最好的？

——如何又再次导致主人公的毁灭？

一个故事可以按照以上模式循环往复，在命运的好坏之间转换，在平衡与不平衡之间周而复始。《狮子王》的激励事件在第20分钟才出现，当辛巴受到刀疤的怂恿和娜娜来到大象墓园时，三只土狼突然出现，辛巴遇到出生后的第一场劫难。在此之前，设置了洗礼、木法沙因弟弟刀疤不出席洗礼与刀疤发生冲突、领辛巴巡视领地、刀疤设计怂恿辛巴等次要情节。

比如《点球成金》中比利独自坐在球场上收听球队失败的消息，明星球员因为钱的关系纷纷离开（球场上失败）空无一人的家（家庭的失败），生活的失意迫使比利需要改变。一个男人事业上的不成功，最后家庭也不和谐，建置了这些苦难之后，第二幕的比利就要发生改变。

2. 第二幕

第二幕约有60页的内容，那么对于我们初学者而言，应该怎么样把握呢？

按照悉德·菲尔德的图示，对于第二幕而言，也应该遵守三幕剧的原则，应该有以下三个主要的内容：

(1) 主角面对新的决定并实施新计划。
(2) 对手的对抗升级。
(3) 主角变得消沉。

第二幕改变问题格局，并使得人物向新方向发展，促使故事向第三幕发展，最后达到高潮，问题得以解决。在第二幕中，应该有什么样的内容呢？大致应包括如下的元素：

(1) 主角遇到激励事件之后的情感和动作反应。
(2) 主角遇到的问题，他不得不去解决，因为有明确的时间期限。
(3) 主角的伙伴一起朝着目标奋斗。
(4) 主角制定行动方案。
(5) 主角及伙伴与对手的第一次交锋。
(6) 对手反击。
(7) 主角一方遇到了障碍。
(8) 主角重做决定，并且发现自己的问题，同时与伙伴再一次奋斗。
(9) 对手发起进攻，主角即将改变自己。

3. 第三幕

第三幕是剧本的结尾或结局。
这一部分同样应该具备三个重要的内容：
(1) 展示主角解决困难、完成目标的过程。
(2) 完善主题和人物关系，体现主角完成既定目标，实现性格转变。
(3) "回报"观众，告诉观众故事结束。

完成目标的过程中，应该有以下几个内容：
(1) 主角必须破釜沉舟，不这样做就不行了。
(2) 对主角的损害增加到最大。
(3) 主角完全陷入低谷，一无所有。
(4) 主角又发现反击机会，但是遭到了严重的威胁。
(5) 主角完成最后的斗争，与反面角色全方面交战。
(6) 主角打败反面角色，或被反面角色打败。

比如《猎杀红色十月》的第三幕：

1.
20小时后，韦莫斯在潜艇上实施驱逐士兵的计划
海面上出现美军舰艇（后来的信息证明这是怀特安排的计划）
发射鱼雷让士兵们误以为红色十月被美军攻击
怀特和达拉斯舰长乘坐深海救生艇登上红色十月
怀特与韦莫斯正式合作（韦莫斯看过怀特的书）

怀特听从韦莫斯的指挥

杜普夫的潜艇发射鱼雷带来新的威胁，怀特和韦莫斯合作击败杜普夫，并成功处决了内奸

2.

苏联外交官与美方达成一致，不承认这次的事件

3.

韦莫斯和怀特在月色中交谈

两人的故乡

4.

怀特乘坐飞机回家

气流不再成为他的困扰

家的概念：熊和女儿

冷战的和解方式

（三）三幕剧结构的注意事项

我们在开始写作的时候，按照三幕剧式结构大致可以划分为几个单元来写，对于长故事片来说，是一个较为可行的办法，操作性也很强。但是我们在使用一种方法和技巧的时候，肯定不是一下子就能学会的。

1. 用一句话概括每一幕

任何一个剧本都有一条故事线，我们可以用一句话来概括故事线。对于每一幕而言，我们也可以用一段话来概括，将整个故事写成一段说明，传达出某一幕所包含的主题意义。例如，《偷天情缘》的第二幕可以写成：解决重复的时间给生活带来的问题，先是试图放纵自己，然后是追求丽塔，最后是自杀，但这些方式都无法彻底解决生活的问题，他必须而且也只能改变自己。

请注意这些主题是如何表现三幕剧式结构的戏剧动力的。"促使"这个动作，恰好发生在第二和第三幕之间。

2. 核心冲突

按照悉德·菲尔德所说，每一幕其实是一个单独的戏剧单元，就如之前说的，每一单元应该也要有开端、发展和结尾，每一个单元都要有一个戏剧冲突。而且戏剧冲突是层进式的（图6-6）。那么按照层进式的做法，第一幕的冲突就该是最弱的，这样也避免了到了后面第二幕、第三幕想要高潮，却显得不过瘾。

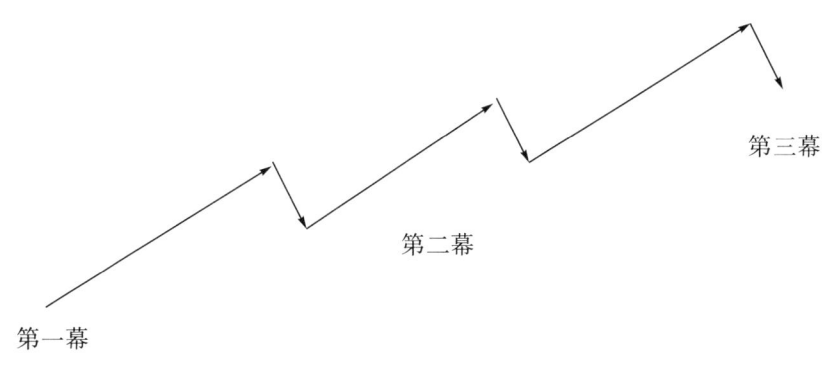

图 6-6

例如《疯狂动物城》中,兔子朱迪的梦想是做一名警察,但印象中的警察都是孔武有力的形象,那么兔子能不能成为一名警察。这个便是剧中的核心冲突。

3. 人物与动作合一

在三幕剧式结构中,动作线是一幕幕循序渐进的,而人物也是一步步逐渐改变的。如何使动作线的渐进和人物的转变在速率和时机上互相吻合,可能是创作三幕剧中最难的一件事。也就是说某一事件恰恰是导火线,并且符合人物的性格特征。如《美国丽人》中,安吉拉的青春活力唤醒了莱斯特,莱斯特要重回青春,所以他健身,所以他改变他原来的生活状态。因此,这个动作的发生才真正吻合人物的转变。

建议你同时列出两条分幕线:一条就动作的发展来列,另一条则就人物的发展来列。一开始你可能会发现,两条分幕线很不一样。不过,当把它们放到故事里之后,你会发现它们排列的顺序其实是相吻合的。用三句话描述的各幕动作说明中,也连带说明了人物在各幕的发展和转变。

4. 对称关系

在影视剧作当中,因果关系往往是核心逻辑,在第一幕当中既然种下了因,那么第三幕就要有果。因此,当故事在第三幕出现败笔时,往往可以在第一幕找到祸源。缺乏经验的编剧常会在第二幕结束的地方出现思路阻塞,无法创造出具有说服力的人物转变。殊不知,编剧在第一幕就要埋下人物转变的潜质。观众在第一幕就看到了《克莱默夫妇》当中泰德和儿子乱糟糟的生活状态,这样进入第二幕后他们才能理解这份爱受到了怎样的伤害,以及此后人物为弥补此伤害做出的相应转变。只有经过这些仔细的铺展,第三幕的结局才会顺理成章。

5. 方向性

在三幕剧式结构中,各幕发展方向相反。大致上,第一幕的高潮猛烈地倾向于上扬与外放;第二幕的高潮则倾向于下倾与内敛;第三幕的结束则是个大合并——倾向于上扬与外放,但不复猛烈(图 6-7)。

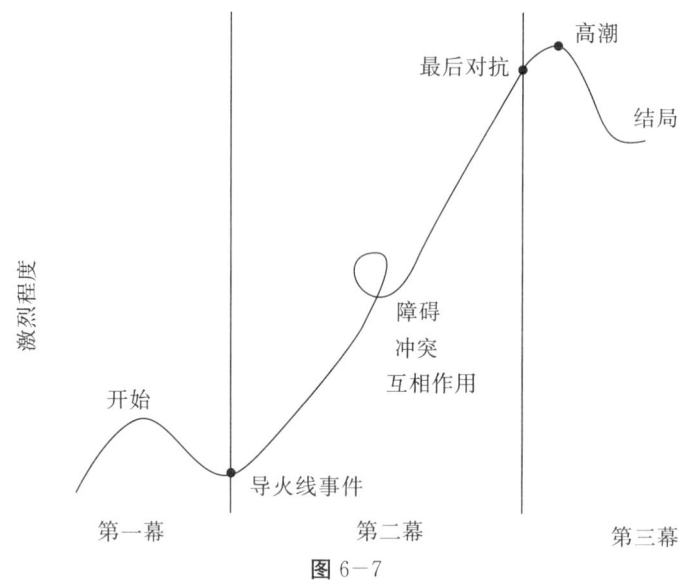

图 6-7

(四)案例分析:《克莱默夫妇》

1. 第一部分:影片的开头建置部分

角色的背景和性格是怎样的?所遇到的问题是什么?引发故事的事件是什么?

在《克莱默夫妇》中克莱默在影片一开头表现出来的是一个以自我为中心,一心想往上爬,为了事业而并没有考虑家庭的广告界精英形象。

在事业上虽得意(老板要升迁他),但克莱默的家庭生活却一下子跌入谷底,他的妻子要离他远去,丢下他和他们的儿子比利。

原本克莱默一心专注于工作,这个家庭也是典型的男主外、女主内的家庭,克莱默经常性地很晚才回家,对于妻子和儿子疏于照顾,儿子比利对他的感情也并不是特别深。克莱默第一次给儿子做法国早餐的场景让观众们会心一笑,这简直是个不会做饭的笨蛋,这一切都打破了克莱默原本的生活(剧照如图 6-8、图 6-9)。

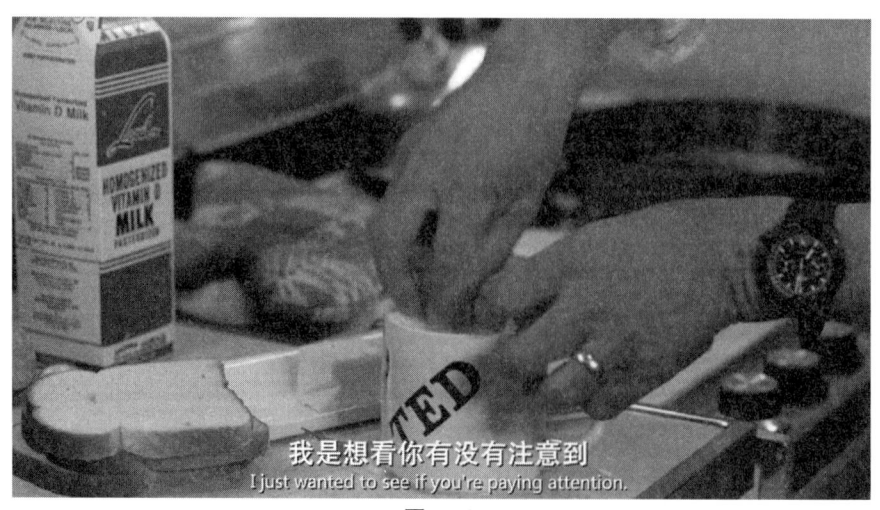

图 6-8

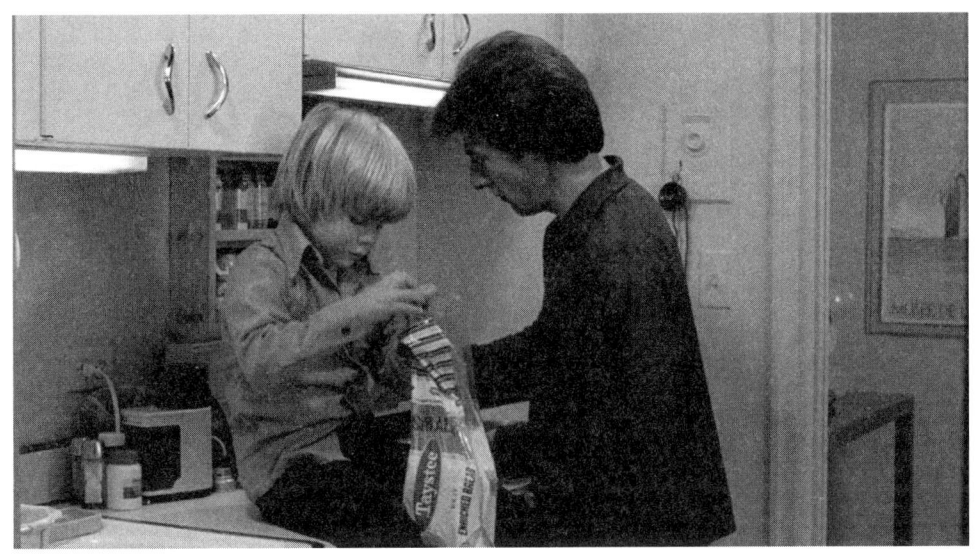

图 6—9

乔安娜的作用是和克莱默形成对比。克莱默的性格设置是一个以自我为中心的人，他根本就没有意识到自己的问题，直到乔安娜离开，克莱默和玛格丽特的对话才使影片的主题呈现出来：爱是意味着需要把对方而不是自己放在首位。

2. 第二部分：影片的中段发展部分

角色在遭遇事件之后的目标是什么？采取了怎样的外部行动？在行动过程中，内部心理发生了怎样的变化？

克莱默在妻子离开家之后，采取的方法是把有关妻子的一切都清理干净。但是他没有意识到问题的严重性，就是儿子比利需要照顾，他必须减少工作时间来照顾比利。

在照顾比利的过程之中，克莱默原本自私的生活方式有了改变，与儿子的生活也渐渐地进入佳境。但是两个人的生活依旧充满挑战和矛盾，如比利参加一个生日宴会，克莱默接比利迟到了；没有经过父亲的同意，比利就拿了冰激凌来气克莱默。我们从中看得出来，父子之情是在加深的。克莱默意识到家庭中必须需要一个女性的时候，带了一个女性回去睡觉，被比利看到赤身裸体，但这次实际上是比利自己认为家庭需要女性。

这个家庭在后面的变化中好像不需要母亲这个角色了，父子两个相处得十分融洽。结果，克莱默教比利骑车的时候，比利摔伤。乔安娜回来要比利的抚养权。

这个时候的克莱默又被解雇，人物的心理早已不再是那个以自我为中心的男人，为了获得儿子的抚养权，圣诞夜他都去找工作，我们看得出来克莱默心理的转变。

3. 第三部分：影片尾段的高潮及结局部分

角色的目标是否达成？角色对目标的达成或未达成有着怎样的感受？结局对其他角色有怎样的影响？

克莱默与乔安娜的官司进行中，克莱默的目标并没有达成，他败诉了。但是他在当庭的陈述中说"我不是一个完美的父亲，但是我在努力建立我们共同的生活"。影片又让大家看到了开头两个人做法式早餐的场景，现在两个人配合得十分默契。

对于克莱默而言，他的生活方式通过这一次发生改变，他也真正懂得了家庭的含义。

（五）案例分析：《素媛》

1. 第一部分：影片的开头建置部分（0：00—29：00）

（1）角色背景及性格。

素媛一家人：

在街上开了一家素媛文具超市，妈妈主要在家看店以及做家务，爸爸在一家机械工厂当工人，素媛在离家不远的学校上小学。这是一个普通而平凡的三口之家。

素媛：

个性单纯善良，对一切新鲜事物有很强的好奇心。和同班同学荣植回家是一条路，为后面的故事作铺垫。

素媛妈妈：

为人善良而老实，典型的主妇形象，因为每天都忙于家里以及店里的琐事而忽略对女儿素媛生活、学习的关心，总是在朋友好心劝说下被动地参与家长的集体活动。

素媛爸爸：

性格朴实踏实，是一家机械工厂的工人，每天工作量大且烦琐。每天最大的关注点不在女儿和妻子身上，而是在球赛上。

素媛同学荣植：

素媛同班同学，性格开朗，大大咧咧。和素媛关系不错。有时候很想关心素媛但是又因为不好意思，所以表现出很不在乎的样子。

（2）所遇到的问题。

在一个下雨天，素媛的爸爸妈妈因为各自有工作要忙不能送素媛去上学，素媛在自己简单梳洗过后，只能单独一人走大路去上学。当时因为下雨，本来可以一起上学的小伙伴们也提前走了，上学的路上几乎没有多少行人经过。

（3）引发故事的事件。

在下雨天独自去上学的途中，素媛遇到了一个醉醺醺的坏叔叔，他利用素媛的单纯善良，以借伞为由，把素媛拦在了距离学校不远的一个巷口，并且强行把毫无反抗力的素媛拖进了一旁的废旧工厂里，对其实施了残忍的性侵。

2. 第二部分：影片的中段发展部分（29：00—1：38：00）

（1）角色在遭遇事件之后的目标。

素媛在醒来的第一件事就是想通过自己的努力早点抓住坏叔叔，素媛的爸爸妈妈迫切地想在第一时间抓住罪犯，但是警方却以证据不足为理由不能马上逮捕犯人，这让受害的一家人无法接受。

（2）采取了怎样的外部行动？

警察方面，指纹比对已经找出了犯罪嫌疑人，也掌握了其住所，但是苦于没有更确凿的证据和逮捕令不能马上逮捕嫌疑人，唯一可以紧急逮捕的条件是被害者亲自陈述经过并且指认嫌疑人。

家人方面，为了尽快地确定嫌疑人，素媛的爸爸妈妈忍痛准备让女儿进行陈述。为了能减少一点孩子的精神打击，他们找到了未成年人性侵受害者咨询室的心理医生来给素媛做心理辅导，协助警方破案。

（3）在行动过程中，内部心理发生了怎样的变化？

在一切都十分混乱的时候，素媛爸爸发现素媛妈妈怀有5个月的身孕，因此他不再想让妻子因为女儿的事情过度劳累，开始把一切事情都承担起来，尽全力去关心妻子和女儿，撑起这个受害家庭的一片天。夫妻俩的关系有了很大改变。

素媛在初愈不久除了受到外界新闻媒体对她巨大的伤害，还因为父亲不经意的举动，因此惧怕与父亲正面交流。但是同时，她也得到了来自各个方面的关爱，邻居们都来帮忙，还有热心的人们用自己的努力让素媛的心里重燃起温暖的感觉。素媛的同学朋友们也为素媛送上自己真心的祝福。

素媛顺利出院后，好朋友荣植也一直默默陪伴着她，素媛爸爸用看似笨拙但却很温暖的方式一直守护着女儿。在他们的共同努力下，素媛终于愿意试着打开心门，去接受父亲，并且想慢慢融入小伙伴中去。

3．第三部分：影片尾段的高潮及结局部分（1：38：00—2：00：00）

（1）角色的目标是否达成？

受到了如此严重的永久性伤害，虽然已经将罪犯绳之以法，但是对方以醉酒不清醒为理由，只是被判了12年有期徒刑，这样的结果让所有人都觉得残忍和无法接受。

（2）角色对目标的达成或未达成有着怎样的感受？

素媛幼小的心灵受到了伤害，所有人都愤愤不平，无法接受这样的结果，素媛的妈妈失声痛哭。素媛的爸爸则再也无法忍受，准备拿起检察官的座位牌狠狠砸向罪犯时，素媛冲过来抱住了他，用她的善良和容忍阻止了爸爸的复仇。

（3）结局对其他角色有怎样的影响？

残忍的判决和素媛的超乎年龄的包容让所有人都为之震惊和感动。随着时间的流逝，伤害在生活的希望中一点点减少，这个受害家庭新成员的诞生更是给所有人都带来了希望和温暖，素媛一家人再次寻觅到生活的光热，全新的生活开始了。

二、四幕剧结构

（一）四幕剧结构模式

率先提出"四幕剧"结构的是克里斯汀·汤普森，她在她的著作中《好莱坞怎么讲故事》中提出了这一观点。她对悉德·菲尔德的三幕剧结构提出了质疑，认为其中的第二幕时间实在是太长，对于编剧而言不太好操作，并且罗列了很多位剧作家对三幕剧的观点，其中不乏支持者，但也有反对者。克里斯汀提出了"平衡"的观点，她认为不管多长时间的电影，都应该有"开端、铺垫、进展、高潮结尾"四个部分，并且这四个部分是等分的。她提出了四等分的观点，对于不同时长的电影而言，的确很有建议，哪怕是时间只有一分钟的电影，按照她的观点都可以进行四等分。

悉德·菲尔德原本的理论判断是故事分为开端、发展、结束（也可称之为建置、对峙、解决）三个基本部分，三部分占全片的时间比例为 1/4—1/2—1/4。三幕之间需要设置两个重大转折点，也就是第一、第二情节点；结束部分中应有一个第三情节点，使剧本从高潮走向最终结束；而每个段落中还需设计若干个小情节点。后来其《电影编剧创作指南》又重新在第二幕中划分了一个中间点，这样一来，三幕剧结构自然就变成了四幕剧结构。

那么我们来对比一下三幕剧和四幕剧的图示（图6－10）。

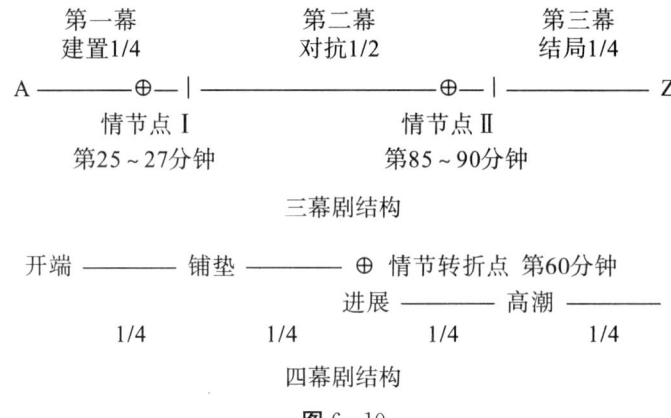

图 6－10

著名学者刘云舟就香港电影与好莱坞电影的剧作结构有了一个较为清晰的分析，以《无间道》和《无间行者》为例（图6－11）。

```
片头序幕     第一段       第二段         第三段         片尾字幕
  8′         27′         28′42″          34′            3′
0 ————— 8′ ————— 35′ ——⊕—— 63′42″ ————— 97′42″ ————— 100′42″
                         标准转折点63′~67′
                         黄警官之死61′
                            《无间道》
```

```
   第一段        第二段         第三段          第四段         片尾字幕
  37′40″       30′34″         41′19″          35′46″          6′27″
0 ————— 37′40″ ————— 68′14″ ————— 109′33″ ————— 145′19″ ————— 151′46″
科林进入警察局  双方第一次交手  双方互查卧底    科林击毙弗兰克
比利打入黑帮    警方失败        奎南被杀害      比利、科林交手
                                              比利遭到暗算
                                              科林终受处罚
                            《无间行者》
```

图 6－11

第一段：从开头到第一次抓捕黑帮团伙失败，黄警官不得不释放黑帮老大韩琛。不包括片名前的8分钟序幕，从片名出现后计算，这一段用时27分钟。

第二段：警方和黑帮团伙开始明察暗访寻找对方的卧底。刘健明棋高一着，导致黄警官被黑帮团伙杀害。这一段用时约28分钟。

第三段：刘健明主动联系陈永仁，两人联手除掉韩琛。双方发现对方的真实身份，陈永仁试图将刘健明送上法庭，不幸死于黑帮分子的子弹下。这一段用时34分钟。

事实上，《无间道》不同于传统三段式之处，是三大段各接近全片长度的三分之一，而不是第二段占全片长度的一半。

《无间行者》的叙事布局基本符合四段式结构。各段的时间长度不完全相同，有些差别其实在所难免，克莉丝汀·汤普森用四段式分析的十部影片莫不如此。按照四段式的情节转折点位于全片中间的观点，警匪第一次交手而警方的行动失败就是这一转折点，这也未尝不可。但是，我们认为这一转折点缺乏奎南警官之死的力度。奎南警官之死位于107′45″处。

三段式的第二个情节点位于103′~109′之间，奎南警官之死其实与这一点相当吻合。

通过以上分析，可以得出结论，《无间道》基本建立在三段式的叙事结构上，但是，三大段的时间长度相互接近；《无间行者》基本建立在四段式的叙事结构上，然而，其关键性情节转折点的设置符合传统三段式的要求。

按照现有的片例来看，对于90分钟左右的电影而言，采用三幕剧的结构比较合适，对于120分钟左右的电影而言，采用四幕剧比较合适。那么克里斯汀提出了一个关键核心的概念，就是基本上每一段都是等分的。90分钟的电影，按照三幕剧而言，中间的60分钟其实是被压缩成30分钟，这样而言，节奏比较快。

（二）案例分析：《拒穿比基尼》

《拒穿比基尼》是一部短片。我们在现在的微电影创作当中，好像早已抛弃了"起承转合"这样的故事模式，看起来短片或者微电影都不应该有传统的剧作模式，甚至最好没有开端和结尾。在只有一两分钟的短片中，可能悬念和情节转折是重点，我们能看到剧作者们的创新热情，但是我们也看到很多人因为完全抛弃了章法，拍出来的故事反而显得没有什么亮点。我们在创作的过程之中，要讲究不破不立，前人已经给我们总结了较好的经验和规律，我们应该合理地采用这些好的模式，《拒穿比基尼》就是一部完全符合四幕剧结构的短片，其主题性的复杂和具体的理论我们不去讨论，我们就用四幕剧的方法，来拆解这部短片。

该片讲述一个女孩子上游泳课的时候因为不喜欢穿两件套的泳衣，结果导致老师错以为她是男生，从而她与男生对决游泳比赛并且最终获得胜利的故事。而她的妈妈一直等到成绩单下来才发现女孩一直以男孩的身份在学习。

全片长约8分钟，按照四幕剧等分的原则，每2分钟为一段。

1. 开端（0:00:00—0:02:23）

建置部分交代了所有的人物：小女孩、小女孩的妈妈、教练和同伴。原本，小女孩因为没有合适的游泳衣想放弃游泳。这一部分出现了第一个冲突，小女孩不穿比基尼会怎么样？但是危机度过了，对于教练来说，穿不穿不重要，对于小女孩来说，也不重要。接着就交代了对手和奋斗目标，目标就是那个唯一的金牌，对手就是身边的同伴，只有一个人能够拿到金牌。

2. 铺垫（0：02：23—00：04：00）

这部分当中一方面展现了儿童学游泳的乐趣，一方面表现出小女孩在不断地变化，"变得像个什么也不害怕的小男孩了"。影片中还有一项就是跳水。到短片中点的地方，小女孩敢于跳5米的跳台。此时小女孩面对的除了外部的对手之间的竞争、跳3米跳台的压力，还有自己的内心恐惧，她最终战胜了自己的性格缺陷——胆小。

3. 发展（0：04：00—00：06：00）

这一部分讲述小女孩比赛并且获得冠军。

4. 结尾（0：06：00—00：07：28）

最后小女孩获得同伴小男孩的鼓励，还有目标奖励——金牌，她妈妈却感觉不可思议。

我们可以注意一下，四段的时间基本上是平衡的，按照起承转合四段来构架故事，每一段其实又按照了三幕剧的方式，有开端、发展和结尾，每一段都有一个核心的戏剧冲突。

我们看完这则短片会觉得好看，首先在于故事的完整与结构清晰，基本上符合观众心理的变迁。对于初学者而言，讲好一个故事的关键，在于结构的清晰与完整。

(三) 案例分析：《美国丽人》

建置：

1. 序曲："应该有人把他干掉"
珍妮在里奇的录像中诉说对父亲的厌恶

街区航拍全景（一）

2. 1分15秒 莱斯特一家白天
莱斯特画外音：叙述自己（生不如死）的生活和死亡（倒叙）
家庭介绍：
莱斯特——自渎（每天唯一的高潮）
卡洛琳——伪装（精致的中产阶级生活，参照人物：邻居吉姆）
珍妮——隆胸（青春期的逆反和困扰）
汽车上处于弱势的父亲是前面的女儿和妻子生活中的阴影和障碍
父亲需要改变自己昏昏欲睡的生活

3. 4分26秒 父亲的工作：被囚禁的状态
莱斯特面临被解雇的境地

4. 6分17秒 莱斯特一家晚上
家庭聚餐：死气沉沉的氛围

父亲主动谈论工作，但家庭交流完全失败
父女关系通过影像进入另一个家庭：里奇一家
DV机成为一个隐喻性的连接，必须通过别人的影像找到自己的问题
（因为除了里奇没有人会关心莱斯特的问题，家人是黑白照片）

5. 10分21秒　母亲的工作：失败的状态
卡洛琳卖不出去房子

6. 13分53秒　父亲的发现
安吉拉：父亲的欲望（正面）
父亲发现安吉拉并对其展开幻想
却成为女儿厌恶的来源

8. 20分07秒　女儿的发现
安吉拉：女儿的欲望（负面）
安吉拉受人关注（例如父亲），而珍妮被人忽视
但里奇通过DV在关注她

9. 22分30秒　父亲的改变
父亲试图打电话给安吉拉
再次让女儿厌恶

10. 23分26秒　里奇一家白天
里奇的逃避
里奇母亲的麻木
里奇父亲的伪装

11. 26分29秒　珍妮发现里奇
里奇解释为何偷拍珍妮（好奇）
却不看安吉拉（父亲的反面）

12. 29分07秒　里奇一家晚上
完全了无生气

13. 30分03秒　母亲的希望：维持看起来成功的生活
参加地产界的酒会，发现地产大王
（地产大王的家庭也是一个小的参照）
里奇成为莱斯特的偶像（按自己意愿生活）

14. 35分55秒　珍妮和父亲的希望
莱斯特发现有机会接近安吉拉（健身）
珍妮发现里奇在关注她
里奇的父亲与儿子的绝望
莱斯特开始改变：正视自己的欲望（同时也使卡洛琳无法伪装下去）

这是一个家庭的问题，父亲是主角，父亲的改变成为女儿和妻子的困扰
而参照对象里奇一家则像是这个家庭的预言（不改变的结果）

==

铺垫：46分12秒

改变的开始

街区航拍全景（二）

15. 莱斯特跟吉姆一起晨跑
莱斯特到里奇房间买大麻
回忆自己年轻时的状态

16. 50分05秒　莱斯特一家白天（女儿不出现）
卡洛琳发现莱斯特在抽大麻、听摇滚、健身

17. 51分26秒　莱斯特一家的改变
莱斯特向公司辞职
卡洛琳约会地产大王
珍妮离开安吉拉选择里奇
卡洛琳和地产大王上床
莱斯特找到新工作（年轻时的工作）
卡洛琳找到新的发泄项目：射击
珍妮和里奇路遇葬礼（死亡的美）

22. 59分54秒　里奇一家白天
里奇母亲的麻木和空白（父亲缺席）
珍妮来到里奇父亲的房间（和里奇用DV窥视珍妮和父亲对应）
里奇家是莱斯特一家极端化的预言（枪和纳粹瓷器）
点题段落：塑胶袋、舞蹈、录像
里奇要记住什么？（是美吗？因为自己的生活已经丧失了这种能力了吗？）

这点上里奇和珍妮是一致的

23．1 小时 05 分 04 秒　莱斯特一家晚餐
彻底翻脸
里奇与珍妮彻底走进对方的世界（珍妮赤裸的影像出现在里奇的房间）
但被里奇的父亲打断，因为里奇进入了他的房间
珍妮也看到里奇的内在（里奇父亲打他的画面）

珍妮的选择的两极正是里奇（面对）和安吉拉（母亲，回避）
莱斯特的选择是安吉拉（面对）和卡洛琳（回避）
卡洛琳的选择是莱斯特（面对）和地产大王（回避）
里奇的选择是珍妮（面对）和父亲（回避）
安吉拉的选择是莱斯特（面对）和珍妮（回避）

==

进展：1 小时 13 分 29 秒

24．莱斯特一家白天
卡洛琳的射击练习和高兴情绪被莱斯特买车打断
莱斯特想和卡洛琳重温旧好的情绪被卡洛琳打断

25．1 小时 17 分 51 秒　里奇家白天
里奇和珍妮两人的弑父心理

生活内在的毁灭性：
新的选择都意味着必须扼杀他人的选择，而且本质上都是原来的重复。

==

高潮和结局：1 小时 23 分 24 秒

街区航拍全景（三）

26．两个家庭的汇合
莱斯特一家白天
女儿和父亲的选择冲突
里奇一家白天

里奇父亲和儿子的矛盾（发现录像引起误会）

27. 1小时26分55秒　莱斯特发现卡洛琳和地产大王关系
两人关系被迫结束

28. 1小时29分43秒　两个家庭的晚上
（1）莱斯特健身，没有大麻把里奇叫过去
珍妮带安吉拉回家
里奇父亲误会里奇和莱斯特关系

（2）里奇父亲和莱斯特冲突
卡洛琳想杀莱斯特
里奇和珍妮与安吉拉冲突
里奇父亲与莱斯特的冲突

（3）莱斯特面对安吉拉的变化
终止毁灭的循环
安吉拉问莱斯特：你过得怎么样？
回忆过去的美好（黑白全家福）

（4）闪回段落
莱斯特的死使每个人必须面对

三、七个情节点法

（一）方法介绍

保罗·齐特里克在他的《好剧本是改出来的》一书中提出："在百年电影制作史上，它被精炼为七个特定的'情节点'，每个情节点都跟主人公的目标有关。"

七个情节点构建了电影的主要骨架。那么这七个情节点分别是什么呢？

1. 日常生活

了解主角是谁，性格上有什么缺点。

2. 激励事件

通常出现在电影的15分钟，占据约5分钟的时间，主角身上发生了一些事情，这件事情改变了他的生活，并且迫使他发生改变，并且做出决定，准备行动。

3. 第一幕终点

这一情节点是你的人物为了应对激励事件带给他的影响而做出相应的行动方案。通常，另一个重大事件会迫使他做出决定，必须立即采取行动方案。这部分内容当然少不了他的计划，它往往会出现在剧本的第 25~30 页之间，现在你的人物有了一个目标，你的故事有了焦点。

4. 中点或者转折点

在这个点上，动作在这里发生了转变，去往一个意料之外的方向。目标也发生改变，主角发现了自身的缺陷，并且即将发生改变。

5. 第二幕终点

主角将在这里失去一切，走投无路，目标变得遥不可及。按照常规，这个点放在第75~85 分钟之间。

6. 最后的挑战

主角遇到了刺激，他将重新崛起，面对挑战，这个挑战往往是前面积累的最大的挑战，结果是战胜挑战，或者死亡。

7. 回归

所谓回归就是一切高潮过去后的平静，王子和公主过上了幸福和快乐的生活，至于婚后的矛盾应该就是下一部电影要描述的内容。

作者在讲这个方法的时候，也时刻强调：第一，这是一种方法，但不是定律，有一些地方不一定完全的匹配。第二，所有的情节点都是与人物的目标相关联的。

我们仔细看看七个情节点法，不难发现其与悉德·菲尔德的模式基本一样。

他的日常生活基本是和建置的概念一样，激励事件与情节点 I 的理解是一样，不过在时间上，作者强调要提前。第一幕终点和开端结尾意思相近，中点的概念悉德·菲尔德也提出过，后面的第二幕终点、最后的挑战、回归有一些不同。我们不难发现，其实不管是谁的方法，基本上都在把控节奏，就是在告诉你，什么地方必须要"抖包袱"，什么地方必须要转折。给大家提供这样的方法，一方面是为了更好地分析影片，另一方面也告诉大家每一个节点的重要性。下面我们就来看看案例分析是如何拆解电影的。

（二）案例分析：《末路狂花》

1. 日常生活

塞尔玛一开始是一位绝望主妇，她的男友达里尔是一名汽车销售区域经理。达里尔十分大男子主义，是一头歧视女性的雄性公猪，甚至塞尔玛在周末跟她的朋友出门也要征得达里尔的允许。路易斯，一位具有反叛倾向的女侍应生，有稳定的男朋友。

2. 激励事件

在乡间酒吧，一个陌生人把塞尔玛带到外面透透气，实际想要强奸她，但路易斯用一颗穿透他心脏的子弹阻止了他的企图。

3. 第一幕终点

塞尔玛对达里尔说"去你妈的"之后，打算去墨西哥。

4. 转折点

塞尔玛和 J. D. 在一起，她的性意识觉醒了，但是他也偷走了她们的现金。塞尔玛接管全局，她们要开始一段犯罪的狂欢。

5. 第二幕终点（低点）

塞尔玛得知警察已经知道她们要去墨西哥了。她们玩完了。

6. 最后的挑战

塞尔玛认为她们不应该放弃反抗、束手就擒，应该继续前进。于是她们亲吻、手牵手，驾车坠入大峡谷。

7. 回归

塞尔玛和路易斯死了，但是面对男人，她们第一次得到了自由。这也暗示着因为她们的旅程，观众被永远地改变了。

关于结尾部分，很多人有争议，因为在最后的挑战中主角已经死了，没有回归。但其实死亡不代表就是结束，我们看到了两位女主角的性格转变，她们用死亡来对抗社会，那么我想如果她们的生命再来一次的话，肯定会更加精彩。

（三）案例分析：《偷天情缘》

1. 日常生活

开场：
菲尔播报天气，并被派去拍摄土拨鼠日的节目
象征性的变幻无常的天气与菲尔天气播报员的身份形成有趣的对比
天气变生活不变，然后天气不变（重复）生活也不变，最后天气变生活也变了

开场呈现了菲尔的几个特征：
（1）有工作能力，但对工作不满（想去更大的电视台）。
（2）性格自大刻薄。

②3分40秒
菲尔、丽塔和莱瑞前往小镇
强化前面菲尔的性格，并建立与丽塔的性格反差

2. 激励事件

③7分26秒 土拨鼠日的第一天
呈现后面不断重复的主要事件：
（1）广播天气
（2）楼道里问好的胖子
（3）女店主的早餐服务
（4）乞讨的老人
（5）买保险的同学

（6）水坑

（7）报道土拨鼠日

（8）冷水澡

在所有主要事件中菲尔的表现都是延续前面的性格

④18分17秒　土拨鼠日第二天

因为时间重复，菲尔由怀疑开始确认

3. 第一幕终点

⑤25分23秒　土拨鼠日第三天

再次重复，菲尔开始慌乱，试图寻找解决办法

第一个寻求帮助的对象就是丽塔，然后是脑科医生和精神病医生

都没有结果

建置部分最核心的内容就是关于时间重复的问题，虽然到最后也没有明确解释为什么，但土拨鼠日的信息具有暗示性：与菲尔同名的土拨鼠菲尔也是一个天气预报员，而且它预报了冬天还将停留6个礼拜，有趣的是影片中明确呈现出的重复的天数就是42天，这暗示菲尔人生的冬天也将经受6周的考验。后面菲尔无法解决问题时，也想到了杀掉土拨鼠以打破寓言的方法。

4. 转折点

29分44秒

铺垫：第一种思路——无责任的生活

⑥土拨鼠日第三天晚上

菲尔与两个醉酒的男人在保龄球馆（失意的人）

菲尔描述了自己最美好的一天（美酒、美食、美人）

在菲尔意识到没有明天意味着为所欲为之后，目标就是"三美"

这不仅没有改变菲尔的性格，反而让其性格夸张化

⑦34分35秒　土拨鼠日第四天

还是以丽塔开始，丽塔的位置很特别，丽塔再次与菲尔性格对比

开始以勾引女性作为目标：第一个——南茜

38分46秒

土拨鼠日第五天（第一次没有以表作为一天开始）

成功勾引到南茜，但菲尔潜意识的对象是丽塔

41分

土拨鼠日第六天
成功偷走银行的一大笔钱并享用
财色的目标很容易就实现了,但菲尔似乎并没有满足

⑧43 分 20 秒　土拨鼠日第 7 天
丽塔观看菲尔采访的回访,从这里开始后面也开始像放回放一样重复某些场景。因为菲尔要开始追求丽塔(丽塔的理想对象也成为后面菲尔的目标)
与丽塔在酒吧喝酒（第 9、10 天）
餐厅吃饭（第 11、12 天）
堆雪人（第 13、14 天）
被打（第 15、16、17、18、19、20、21 天）

这个段落是两人感情的基础,虽然最后并没有成功,但菲尔很明显爱上了丽塔。

5. 第二幕终点（低点）

⑨57 分 07 秒　土拨鼠日第 22 天
菲尔开始对生活失去信心
57 分 34 秒　土拨鼠日第 23 天（再次以表作为一天开始）
酗酒以及重复看电视节目
58 分 46 秒　土拨鼠日第 24 天
完全不管电视节目
59 分 22 秒　开始砸表（第 25、26、27 天）
企图杀死土拨鼠来结束无目标的生活
自杀（第 28、29、30 天）

这个部分菲尔为了解决重复的时间给生活带来的问题先是试图放纵自己,然后是追求丽塔,最后是自杀,但这些方式都无法真正解决生活的问题,他必须而且也只能改变自己

6. 最后的挑战

⑩1 小时 6 分 8 秒
发展：成为丽塔理想中的男人

土拨鼠日第 31 天
咖啡馆,菲尔向丽塔展现自己因为重复而获得的能力
菲尔某种程度已经改变,他诚实地向丽塔解释自己的情况,而不是用之前尖酸刻薄

的口吻。这里提到神迹，某种意义上，丽塔成了拯救菲尔的神迹（菲尔说丽塔像天使）。

两人终于正常地在一起过夜，而不是之前有目的地在一起。

扑克牌成了后面菲尔可以改变自己的母题（持续的改变）。

菲尔也坦承第一次见到丽塔就爱上了她。

⑪1小时14分55秒

土拨鼠日第32天

新的改变，对待乞讨老人以及莱瑞

第33天，新的开始，弹钢琴

第34天，对待楼道的胖子，弹钢琴

第35天，做冰雕

第36天，弹钢琴

第37天，对待卖保险的同学

第38天，带乞讨老人去医院去世

第39天，试图救老人，老人仍然去世

乞讨老人的死与前面菲尔自杀形成鲜明对比，生命的意义彻底改变。

7. 回归

1小时22分

高潮以及结局

⑫土拨鼠日第40天

菲尔重新开始报道节日：冬天的意义（重复的意义）是等待春天到来

菲尔的生活彻底改变，丽塔和莱瑞以及众人被他感动

菲尔做好事（小朋友、修车、被噎住的男人）

晚会钢琴炫技，以及被丽塔买下

成功在一起

⑬1小时34分50秒 第41天土拨鼠日之后第一天

魔咒解除，菲尔决定和丽塔留在小镇，虽然还是冬天

（明天就是土拨鼠寓言的冬天的结束）

天气恢复平静

四、布莱克·斯奈德节拍表

（一）15 个节拍表

布莱克·斯奈德根据自己从业的经验，在三幕剧结构的基础上，针对三幕剧结构幕与幕之间的内容过多这一问题细分出 15 个节拍。具体节拍如下：

(1) 开场画面（第 1 页）。

(2) 主题呈现（第 5 页）。

(3) 铺垫（第 1~10 页）。

(4) 推动（催化剂）（第 12 页）。

(5) 争执（辩论）（第 12~25 页）。

(6) 第二幕衔接点（第 25 页）。

(7) B 故事（第 30 页）。

(8) 游戏（第 30~55 页）。

(9) 中点（第 55 页）。

(10) 坏蛋逼近（第 55~75 页）。

(11) 一无所有（第 75 页）。

(12) 灵魂的黑夜（第 75~85 页）。

(13) 第三幕衔接点（第 85 页）。

(14) 结局（第 85~110 页）。

(15) 终场画面（第 110 页）。

不论是克里斯汀·汤普森发展的四幕剧结构，还是上面提到的七个情节点都是以悉德·菲尔德的三幕剧结构为基础的。同样，布莱克·斯奈德的 15 个节拍表也是对三幕剧结构的细化。

布莱克·斯奈德认为剧本的骨架化比故事情节中的任何其他内容都重要。

下面就将这 15 个节拍做一个详细的解释，再结合案例，争取让大家有一个清晰的理解。

1. 开场画面（第 1 页）

开场画面是影片的第一印象，会影响我们后面的观影心情。如果开场有意思，会吸引我们观看下面的故事。如果开场无趣，哪怕后面的故事再吸引我们，我们观影的乐趣都会大打折扣。

开场有设定影片基调、情绪和风格的作用。《拯救大兵瑞恩》的开场是美国国旗飘扬，紧接着一群人前往烈士陵园，一位老人感慨万千，老泪纵横，再加上一排排陵墓的特写。我们从开场基本上可以判定这部电影的基调、情绪和风格。

开场还有展现主角起点的作用。《窈窕淑男》一开始的画面是桌子上摆满了化妆品、假发胶、服装，迈克尔·多洛西戴上假胡须。接下来的镜头是试镜、教演戏和英国的导演们争论。我们看出迈克尔·多洛西是个很有才华的演员，但是生活却很落魄。那么按照故事从 A~Z 的发展，终点就是从落魄走向成功。

开场的两种常见方式：

（1）突入式——热开场。

在影片开头即营造冲突或小高潮，或者将全剧的高潮提到开头叙述，力求一开局就牢牢抓住观众。《再见萤火虫》将故事的结局——孤儿阿泰的死亡提到开头，引起观众对其生前生活的关注。

（2）渐进式——冷开场。

开场并不注重矛盾冲突的强烈、火爆，而是以舒缓的笔触逐步地展开故事，剥笋似的将事件一步步展现给观众，让观众不自觉地进入故事的"境界"，随着剧情的渐次演进渐入佳境。如《狮子王》开场小狮子辛巴在荣耀石的洗礼大典上，百兽拜服……危机一个个出现……

2. 主题呈现（第 5 页）

这一部分就是我们所熟悉的主题应该要放的位置。我们对于电影主题的概念，必然不需要像文学著作一样去概括，这里谈到的主题往往是电影主人公所遇到的问题。在电影《克莱默夫妇》中，电影所提出的问题就是：家庭和工作哪个更重要？那么下面的故事发展，就应该是从多个角度来论证这个问题，当然是用讲故事的方法来告诉你这个问题的最终解决方案。

电影当中，主题呈现一般不会是以陈述性或者是用很直接的方式说出来，通常是某人和影片的主人公交谈，而主人公并不知道谈话的内容对他在影片中的角色延续极为关键。《克莱默夫妇》中下班回家的途中，欧克纳告诉泰德：提升他为大西洋中部沿岸区业务负责人。这就论证了作为主人公的泰德不知道升职对于他而言、对于家庭而言是利是弊。

3. 铺垫（第 1~10 页）

剧本的前 10 页最为重要的一个目标就是吸引观众，在前 10 分钟的电影中，我们要给观众交代人物，以及人物最终要达成的目标，最主要的是介绍或是提示 A 故事中的每个角色，让每个人物都要出场。

铺垫部分的第 1 页是开场画面，第 5 页是呈现。其他部分的任务是要描写人物。首先要对人物的性格进行刻画，人物性格必须要缺陷或者不完美。这时候的人物要获得成功，就需要发生一系列的转变，这里需要通过一系列的事件来让他们发生转变。比如《克莱默夫妇》中男主角不会做早饭，对待孩子没有耐心……这些都是在后面需要发生转变的事情，在这里就要把这些有缺陷的事情交代出来。

4. 推动（催化剂）（第 12 页）

前面的部分我们需要做的是去描述一个世界，在这一页中我们要去"毁灭"这个世界。比如《律政俏佳人》中的女主角和未婚夫聚餐，未婚夫却要甩掉她。一般的剧情设计为某一封电报、敲门声、发现妻子和别人睡在床上或发生在主人公身上的某件事情使得他感到震撼。这部分是影片中出现的第一次"剧烈打击"。

5. 争论（辩论）（第12～25页）

剧本的这个部分发生在一个场景或是一系列的场景里。主人公在此时会对他要走的道路产生疑惑。比如《心灵捕手》中的这一部分就在讨论像威尔这样有犯罪前科且还没有接受过正规教育的问题少年能不能成为数学天才。

6. 第二幕衔接点（第25页）

影片进入到第二幕，在这一幕里，我们把影片的主题世界扔到脑后，进入第二幕中颠倒的"反主题"世界。主人公做出了选择——他的"旅程"开始了。

7. B故事（第30页）

有关于B故事的概念，多数剧本中的B故事都是"爱情故事"（泛指一切情感故事，包括友情与亲情）。同样B故事中也会出现另外一半的人物，这些人物在前面没有出现过，同样B故事的功能也是承载故事主题，人物之间的关系是对照的关系。

我们来看《谁陷害了兔子罗杰》的B故事就是私人侦探埃迪回忆起自己的弟弟被卡通人物杀害的事情，当中我们也看到埃迪对弟弟的怀念。

8. 游戏（第30～55页）

在这部分我们暂时可以宕开一笔，暂时远离故事主线，享受"大场面"和"激动人心的时刻"，沉浸在"影片许下的诺言"之中。这一段往往是看似美好的时刻。比如《泰坦尼克号》杰克和罗斯在这一部分享受了最美好的爱情，他们从船头跑到船尾，还有影史上最为浪漫的那个镜头——罗斯发现杰克绘画才能，杰克画下了罗斯最美的一面。

9. 中点（第55页）

这是一部影片的分水岭，我们重新回到主题，气氛越发紧张，倒计时出现，主人公开始面临压力。而绝大多数电影的中点，要么是主角表面上达到最高的顶峰（伪胜利），要么是主角周边世界塌陷的"低谷"（伪失败），往往中点与后面的一无所有一一对应，同时也是A故事与B故事相交集的地方。

10. 坏人逼近（第55～75页）

内部（主人公的团队存在问题）和外部（真正的坏家伙开始发威）开始捣乱。在这一部分除了内部人员的捣乱，外部的共同敌人也要继续逼主角。如在电影《我是山姆》中除了外部的敌人律师的咄咄逼人，山姆的证人与自己的证人更加不利于他官司的胜利。

11. 一无所有（第75页）

在"人为的失败"和我们发现了"死亡气息"的时刻，主人公失去了所有的希望……

12. 灵魂黑夜（第75～85页）

主啊，你为什么抛弃我？在这部分的剧本里，主人公失去了所有的希望……

13. 第三幕衔接点（第85页）

黑暗并没有持续很久。在B故事里面，由于萌发了新主意、新灵感，或者出于爱人最后一刻的行为或者建议,主人公选择战斗。这里同时也是 A 故事和 B 故事交集的地方。如《克莱默夫妇》中 A 故事的泰德与 B 故事的泰尔玛在一起了,这个就是交集的地方。

14. 结局(第 85~110 页)

结尾部分是第三幕,这是我们结束剧本的地方,也是人物形象定型的地方。这是主角在 A 故事和 B 故事胜出的地方,是两个世界的"综合":从他的过去和此次经历中,主人公找到了第三条路。而且主人公还可能改变了世界。

15. 终场画面(第 110 页)

与开始画面相呼应,变化已经发生。我们都知道所有的故事都和变化有关,这种变化最好具有戏剧性。像《拯救大兵瑞恩》的结尾就是开头的对照;《回到未来》的结尾是因为在过去时空的一个小小的变化,整个家庭情况都发生了戏剧性的转变。

我们在这里的页数基本上按照 1 分钟 1 页,但不可能每一部电影都是按照 110 分钟来拍摄的,那么具体拍摄过程中,15 节拍的时间是大体上的固定,肯定也有一些节拍的删减,或者是节拍时刻的延长,但是时刻的调整应该也在 10 分钟以内。

(二)案例分析:《北京遇上西雅图》

《北京遇上西雅图》的成功不算是个意外,其实说明了一个问题,就是中国绝大多数观众对于类型片模式的借鉴是可以接受的。我们的创作者应该从掌握最基本的叙事技巧开始,从最开始的模仿学习然后逐步结合中国本土的文化特点和市场特点,最后摸索出一条适合中国本土观众的类型化叙事模式。

电影的剧情梗概:

"败金女"文佳佳曾经是美食杂志编辑,对爱情充满了像电影《西雅图夜未眠》一样的浪漫幻想。而在现实中,为了给自己的孩子一个"美利坚公民"的身份,她不远万里,只身来到西雅图的月子中心待产生子。

在月子中心,文佳佳炫富的作风引发了房东和其他孕妇周逸、陈悦的反感,倍感孤独的她只能向司机弗兰克倾诉心声。而看上去木讷老实的"落魄叔"弗兰克并不是一个平庸的男子,他在中国曾是一位一流的心血管疾病方面的名医。在相处中,弗兰克的体贴包容渐渐融化了文佳佳的刁蛮任性。当文佳佳的富豪男友突然失踪后,一夜之间变成穷人的文佳佳得到了弗兰克无微不至的照顾。跟弗兰克和他的女儿 Julie 一起生活的这段日子,文佳佳找到了家的温暖。

当经历了变故的文佳佳生下了孩子,就要结束她在西雅图的颠沛之旅时,她与弗兰克之间已经产生了微妙的化学变化,这时的她才发现自己真正追求的爱情是什么。离开西雅图并不代表结束,离开是下一次相遇的开始……

那么我们采用布莱克·斯奈德节拍表来将电影做拆解,具体地把 15 个节拍强化到剧本创作当中。

1. 开场画面

"败金女"文佳佳曾经是美食杂志编辑,对爱情充满了像电影《西雅图夜未眠》一样的浪漫幻想。而在现实中,为了给自己的孩子一个"美利坚公民"的身份,她不远万

里只身来到西雅图的月子中心待产生子。

2. 主题呈现

这部电影的主题,是通过安检人员的口中问出来的,他问文佳佳去西雅图干什么?文佳佳说旅行,的确,于文佳佳而言这是一场生命之旅,我们最终看到了文佳佳从一个拜金、靠做小三上位的一个女孩最后变成了一个朴实、自力更生、最终拥有幸福爱情的女孩,这个过程对于文佳佳而言,是一场旅行。那么主题的呈现就是:通过一场"旅行",我能改变吗?

3. 铺垫

这一部分,文佳佳的性格基本上得以展现,性格上的缺陷是后面戏剧冲突的根源,同时在月子中心里面的其他孕妇、黄太,还有弗兰克的性格也得以展现。

4. 推动(催化剂)

孕妇周逸和文佳佳激烈争吵,文佳佳不知道周逸同性恋的身份,误以为周逸勾搭别的男的导致自己怀孕,周逸则质疑文佳佳拜金的钱不是自己所得,而是靠"干爹"支持。

5. 争执(辩论)

文佳佳叫上弗兰克去酒吧买醉,在这个过程之中,她告诉弗兰克她很爱自己的老公也爱自己的孩子。弗兰克说他知道养育一个孩子不容易。其实这部分,是他们两个所谓讨论的问题都涉及了自己的孩子。

6. 第二幕衔接点

第二天,文佳佳的情人老钟来电,要在圣诞节去看望她,让她安心养胎。文佳佳兴奋地置办有关于圣诞节的事情,但是老钟却没有在圣诞节这一天到来。

7. B故事

文佳佳看到屋子里面的人都在欢聚一堂,自己显得十分落寞,自己一个人走在路上,走到了弗兰克的家里面。两个人在一间屋子里面谈话。

8. 游戏

这一部分的温馨场面是为了下面的家庭回归作铺垫。文佳佳在弗兰克的家里面展示厨艺,带弗兰克父女去酒店庆祝,一起欢乐地度过圣诞节。

周逸羊水破了,文佳佳帮助她叫来车顺利生产。文佳佳自己感到了肚子里面的孩子在踢她。她带上Julie去帝国大厦游玩,一路上两个人看上去非常的和谐愉快。

9. 中点

即将要登上帝国大厦的文佳佳被美国警察抓住了,弗兰克赶到警察局解救文佳佳。文佳佳说了一番她幻想出来的话,看上去是非常美好的瞬间,文佳佳从一个小三好像终于有了自己的家庭。

10. 坏蛋逼近

走出警察局后的文佳佳,遭受信用卡无法透支、富豪情人被抓、情人原配老婆来电、自己被迫要自力更生地在月子中心待产等一系列问题。

11. 一无所有

月子中心的黄太要去照顾怀孕的女儿，其他两个孕妇都离开了月子中心，没有办法继续照顾文佳佳，文佳佳这个时候真的是一无所有。

12. 灵魂的黑夜

在这部电影中，灵魂黑夜是针对两个人而言的。对于弗兰克来说，女儿的抚养权没有了，前妻再婚，自己还要去参加。对于文佳佳而言，生产的钱都买了婚纱，自己生产遇到了危险。

13. 第三幕衔接点

A 故事的文佳佳与 B 故事的弗兰克在一起了。

14. 结局

文佳佳的富豪情人来接文佳佳回国，回国之后的文佳佳发现自己已经不再爱富豪男友，也不再爱拜金的生活，自己开了一家网站，自力更生抚养自己的孩子。

15. 终场画面

终于，弗兰克和文佳佳在见证爱情的帝国大厦相遇了。

好莱坞商业化剧本的矛盾冲突、起伏波折模式的有效性再一次得到印证，在《救猫咪》中作者强调结构之外的剧本脊柱和内在呼应关系也与本剧基本相符，分析过程中我们时常觉得剧本就像一个逻辑和情绪交织的动力系统，围绕着一两个核心持续发展、变化并获得解决，同时带领观众的情绪经历一次波澜起伏的体验。我们觉得观众坐在黑漆漆的剧场里时心理非常简单："我要做个梦，把心情和头脑都交给你了，你不侮辱我的智商，我是不会自己醒来的。"即使有些剧情回想起来有点傻气或反推显得不合理，但那不是观众期待的重点，剧情一带而过，观众随即就会忘记，继续跟着做梦。

商业片需要的是一个合理、有承载力，不让观众怀疑、出戏，引领着观众情绪走完剧情的剧本，好的商业剧本在结构编排之外，再加创意、对白、场景和剧情机关等多重设计整合在一起，最终能将电影转变成一场开心奇特的观感体验。很多年后绝大部分观众可能记不住电影剧情的起承转合，但会记住电影中那个有趣的动物城和那次欢快的观影体验，剧本在其中绝对有一份功劳。

我们在这节中介绍了好莱坞现行的几种剧作结构的分析，无一例外都是按照开端、发展和结尾这样的模式来进行，无论是三幕剧、四幕剧、七个情节点法、15 节拍法，都是以三幕剧为基础进行变化的。我们在影视剧创作过程当中，应该选择合适的结构来进行剧本创作。比如 110 分钟左右的长故事片使用 15 节拍法看来是不错的方法，对于短片而言，按照四幕剧结构的"平衡等分"的逻辑，使用起来也是恰到好处。我们在这里给大家提供的只是一种模式，而不是公式，同样不一定所有的剧本都要完全按照这样的戏剧结构来创作，如果不按照这样的戏剧性结构来写剧本，往往是两个极端，要么不知所云，要么超凡脱俗。

五、电视剧结构分析

长篇的电视剧结构大体上也要按照"起承转合"的方式，但是精细程度自然没有电影剧作高。

电视剧故事开端部分需要符合"扣心弦、立人品、见（现）动机、明困境"的要求，也就是吸引观众，表现人物性格，展现人物的目标与动机。主体是全剧的核心部分，整个故事的发展过程、人物性格的刻画都将在这个部分完成。主体的情节结构主要有两种不同的手法：

（1）通过矛盾双方的相互斗争，制造紧张的结构情节。

如《大宅门》的主干故事是围绕詹、白两家的恩仇展开的。作为正面一方的白家始终处于和敌对势力对抗的过程之中。再比如长篇连续剧《神医喜来乐》，也是用喜来乐和王太医的对抗贯穿全剧、刻画人物的。

（2）通过悬念的不断营构与释放安排情节。

《不要和陌生人说话》是以家庭暴力为题材的连续剧，悬疑和侦破是其结构全剧的主要手段，悬念在其中起到至关重要的作用。

除了上述两种比较常见的结构情节的方法之外，还有一些其他的手法可以加强情节的错综复杂，这些手法在情节剧创作中也经常被用到：①新人新事的加入，使剧情复杂化。例如曾风靡一时的电视连续剧《流星花园》就是最典型的例子，虽然它过分地生造人物已让人有了过犹不及的感觉。在描写杉菜、道明寺、花泽类三人的感情纠葛时，为了安排更有趣更丰富的情节，编导者挖空心思，不断地往剧中加入新人物，比如藤堂静、小顺、小滋、阿松、清永、亚门等人，这些人物虽然只在局部的剧情中起作用，但让整个情节变得丰富多彩，引人入胜。②中心事件合乎逻辑但又出乎意外地发展。在电视连续剧《黑洞》中，身为刑警队长的刘振汉在同犯罪分子——天都市副市长的公子聂明宇的斗争中竟然也被人陷害入狱，这一情节的安排，大大出乎观众所料，让人为之震惊。但细细思考，面对势力如此庞大、手段如此残忍的邪恶势力，这种情节又是合情合理的。③人物性格的合理而又不寻常的反应。情节剧往往描写的是奇人、奇事、奇情，《大宅门》中对白玉婷的刻画就属于这种手法。白玉婷自小迷恋京剧艺人万筱菊，发誓今生非此人不嫁，在屡次求婚被拒绝之后，她做出了一个令人匪夷所思的举动：与万筱菊的照片结为夫妻。这一设计不仅使情节更加离奇动人，也使白玉婷这一人物倔强的秉性跃然纸上。

从完整性上看，一部成功的作品必须具备完美的结尾。结尾体现为整段情节发展叙事流程的自然归宿，介绍事件的最后结果和人物的命运归宿。它要求在动作中完成，讲究含蓄、出其不意而又干净利落，决不拖泥带水。同时，好的结尾不仅是全剧故事的终结，很多情况下是创作者展示个人理想、表达自我认识的重要途径。结尾部分占篇幅不多，一般出现在剧作的最后一集，有的作品把全剧的高潮作为结尾，高潮结束，全剧也随之结束（如《黑冰》）。有的作品在高潮之后安排一段回顾式的内容，或对全剧的主要内容进行追溯（如《大宅门》），或与开头的某个场景呼应（如《激情燃烧的岁月》）。还有的作品以无结尾作为结尾,就如生活本身,生活还在继续,故事也没有尽头(如《一年又一年》)。选择何种结尾方式是由全剧的主题、题材和风格来决定的。

第三节　影视剧结构技巧

一、节奏

节奏,作为一种有机的运动,是各种门类的艺术中最基本、最活跃的元素之一,虽然它在各个门类艺术中的表现形式不同,但其具有保证艺术作品的生命力、构建完美的艺术形式、激发欣赏者审美热情等一系列重大的能动作用。

法国先锋派电影理论家莱翁·慕西纳克曾说:"我们每个人是否天生就能感受电影的节奏,就像感受音乐和诗歌的节奏一样,或者用哲学家的话来说,对这种节奏具有一种'初概念'呢?"我们可以看出,影视作品的节奏是真实可感的。

"节奏"一词最初是一个音乐术语,音乐作品的主体就是由节奏和旋律两个部分构成的,而在影视作品中,节奏不仅指音乐,还指故事情节、人物动作、镜头剪接等有规律的变化,包括内部节奏和外部节奏两个方面。

内部节奏是指由情节发展的内部关系或人物内心的情绪起伏而产生的节奏,大多数时候表现为由人物内心的变化所产生的节奏,它能够引起观众的欣赏和情感接受。比如电影《黑炮事件》中赵书信的内心节奏和动作,使其散发出一种带有幽默色彩的悲剧性格;再比如电视剧《甄嬛传》中,女主角甄嬛的心理和情感变化起起落落,带动着整部剧的节奏,牵引着观众的情感体验。影视作品中的人物性格是多种多样的,而每一种不同的人物性格都会形成一种特定的节奏,从而影响着整部作品的气质。就现代电影而言,相较于外部节奏,内部节奏具有更加重要的意义。

除了由人物内心的变化所产生的节奏外,内部节奏的变化还体现在悲剧或正剧中加上喜剧场面的穿插,这种做法很常见,在紧张或悲急时刻加入喜剧因素,调整节奏,使作品起伏有度,给观众缓冲和"喘口气儿"的时间。

外部节奏,也叫作视听节奏,它主要是指画面上一切主体的运动,以及音乐、音响、台词、镜头转换的速度等产生的节奏,也就是观众可以直接耳闻目睹到的节奏形态。

一个经典的范例,就是爱森斯坦导演的影片《战舰波将金号》中的"敖德萨阶梯"屠杀段落:沙皇军队一排排扫射驱散无辜的民众,婴儿车从台阶上滚落下来,被射杀的群众纷纷倒在台阶上,军人们的皮靴踏了过去,人们四散奔逃……爱森斯坦有意地将集体动作时间进行了延时性剪辑,全景运动与特写运动重复性剪辑,这些拍摄对象的运动形式决定了这一段落中特定的节奏。尽管是默片,但爱森斯坦刻意营造了士兵们整齐划一的步伐,与伴奏音乐的节奏相吻合,大大增强了恐怖的屠杀气氛和紧张感。

外部节奏一般由以下几个方面构成:

- 拍摄对象的运动速度和强度变化（静与动、快与慢……）；
- 摄影机位置的变化（正拍、反拍、俯拍、仰拍、侧拍……）；
- 摄影机的运动（推拉摇移跟甩……）；
- 景别大小、远近变化（远全中近特……）；
- 声音（音响、音乐、对白）的有机运动；
- 升降格镜头（快慢镜头）和空镜头；
- 镜头的蒙太奇剪接

从内部节奏与外部节奏的关系来看，我们既可以让内部节奏与外部节奏统一，同步紧张或者同步舒缓；也可以让内部节奏与外部节奏相悖，用紧张的外部节奏表现舒缓的内部节奏，或者用舒缓的外部节奏来表现紧张的内部节奏，比如危机中的镇定、大战前的寂静……在影片《邦妮与克莱德》中，尽管是犯罪过程，节奏却安排得诙谐轻松，带有喜剧色彩。影片还常常突然地将一场戏中断，然后用一阵急促的弹拨乐声将故事转入下一场，有一种游戏感。

二、伏笔

伏笔，是为将要出现的角色性格、命运变化或事件发展所作的一种预示。作用是加强剧情前后的必然联系，使后面的重要情节不至于突兀，以取得结构严谨、情节合理发展的艺术效果。

伏笔在剧作中随处可见，总是得到大量的应用。例如影片《保持通话》中，在电影开头，主人公还没有陷入危机，阿邦的朋友把枪意外落在了阿邦的车上，为后来埋下一个伏笔，随后当阿邦陷入紧急的情况时，这把枪派上了用场。Grace 和阿邦通上电话的时候，阿邦将电话交给警察辉哥，Grace 刚跟辉哥说了自己的姓名和家庭住址，绑匪就来了，电话那边没了声音，辉哥以为是阿邦在恶作剧，于是离开。在这一场戏里，阿邦看似没有帮上 Grace 的忙，但其实 Grace 对辉哥说的两句话，成功为后来辉哥找到她家去、发现冒充她的人和她口音不同埋下了伏笔。

三、突转

突转，也叫"意外""突变"或"激变"，是指剧情向相反方向突然变化，由逆境转入顺境，或由顺境转入逆境，是人物动作、戏剧情境、人物命运和内心感情向着期待结果的相反方向转变。突转是加强戏剧性的一种技巧，可以转变整个剧情的走向和人物的命运。

戏剧性的突转是一种传统的编剧技巧，除了在片中常运用突转技巧加强戏剧性以外，突转也常常在电影最后一幕的高潮中使用。

例如在影片《保持通话》的结尾处，张督察把侵吞毒贩赃物的国际刑警一行人带走，观众以为危机解决了，阿邦已经成功解救了 Grace 一家，也提交了证据，就在这时，本该早已被抓走的坏人头目从后面走出来，影片发生了大逆转。

在美国家庭喜剧影片《天生一对》的结尾中,妈妈伊丽莎白带着女儿安妮离开了爸爸尼克和女儿荷莉,四个人在伤感的雨中告别,互道珍重,影片已进入尾声。而当伊丽莎白和安妮回到伦敦的家中时,尼克带着荷莉追来了,结局发生了突转,两个人终于重归于好。

四、对比

对比是剧作结构的一种重要的表现手段,有时发生在人物与人物之间、场景与场景之间、细节与细节之间,有时发生在情节与情节之间、镜头与镜头之间、段落与段落之间……对比的手段在影视作品当中无处不在,时时刻刻起到相互衬托、相互照应的作用。

我们来举两个最常见的例子:

首先是角色与角色之间的对比。角色之间的对比可以突出角色的个性,起着衬托、丰富主要角色的作用,这是影视剧等叙事作品最常用的方法。在影视作品中,除了特殊需要外,几乎不太可能出现两个相似性格的角色,尤其是主角与主角之间常常要形成鲜明的对比:《潜伏》里冷静严谨的余则成和莽撞粗心的翠平,《甄嬛传》里温婉娴静的甄嬛和心狠手毒的华妃,《破产姐妹》里对生活充满抱怨吐槽的麦克斯和心态永远积极向上、充满干劲的卡洛琳……主角的性格特点越是对比鲜明,就越容易产生丰富的戏剧性,创造出更多矛盾冲突,观众就越感兴趣。

除了主角与主角之间常常形成对比以外,配角之间也会有对比的描写。例如在莎士比亚的悲剧《麦克白》中,麦克白夫人和麦克德夫夫人之间有了一些对比:她们一个是自取灭亡,一个是无辜受戮,麦克白夫人的死完全没有使麦克白感到悲痛,反而激发了他的忏悔之心;而麦克德夫夫人的死使麦克德夫伤心欲绝,强化了他的仇恨,加速了麦克白的毁灭。

当然同一角色自身的前后性格也存在对比,特别是在一些以"成长"为母题的作品中。例如日本动画影片《千与千寻》,主人公千寻从一个备受父母宠溺的、娇滴滴的小女孩,在历经了许多磨难之后,转变成了一个意志坚强的小姑娘。拉约什·埃格里在他的《编剧的艺术》中说:"从来没人能在经历过一个影响其生活方式的冲突之后仍保持原样,基于一种必然性,他一定会变化,并转换其生活态度。"

其次是情节与情节之间的对比。情节对比可以塑造性格,展示事情的变化,同时也可以形成一种复沓的节奏。经典影片《这个杀手不太冷》中,同样是在杀手里昂家里,影片的前半部分里昂对玛蒂尔达说"吃完早饭你走吧""不关我的事"。而到了影片的中部,里昂开始和玛蒂尔达做游戏,相互追赶打闹。这一切都表明里昂冰封的内心开始发生转变,玛蒂尔达让他体会到人生的乐趣,让他开始感到快乐,感到自己"有了根"。

五、重复

艺术上的重复是剧作结构中很重要的一种技巧，目的是从视觉上引起观众的注意力，起到强调和突出重点的作用。场面、动作或细节的前后重复、首尾呼应，使整个剧情显得完整，同时，重复手法的应用还能形成节奏感。

在运用重复这一结构技巧时，需要注意的是其内在的差异性：人物的性格、心理、情感等发生了变化，或者情节内容有所递进，不能够只是机械地重复，否则就丧失了重复的意义。

思考与练习

1. 何为三幕剧结构？为什么写剧本要有结构意识？
2. 任选一部经典好莱坞电影，尝试对其进行结构划分。分析其是否符合三幕剧结构的规律。
3. 将自己原有的剧本仔细阅读后看看是否符合三幕剧结构，如果不符合，将原作结构改为三幕剧结构，使其符合"起承转合"的基本原则。

第七章 情节与细节

第一节 情节

一、定义

情节是指作家按照一定的创作意图，进行再安排以后的具体题材。情节，即人物之间的联系、矛盾、同情、反感和一般的相互关系，某种性格、典型的成长和构成的历史。情节，既是联系，又是变化。

最早提出"情节，即事件的安排"这一见解的是亚里士多德，而黑格尔认为情节包含三个要点：时代、情境、性格。

对于影视创作者而言，剧本要对题材进行再安排，表现人与人之间的社会关系和感情关系，及其变化；变化的具体过程就是情节。

（一）故事与情节的关系

故事是什么？情节是什么？如何来区分两者的不同？

20世纪英国作家福斯特曾经举例来说明故事与情节的不同。

"国王死了，不久王后也死去。"——故事

"国王死了，不久王后也因伤心而死。"——情节

这里的故事特指一类按照时间顺序讲述的事情。"情节"是把表面上偶然出现的事件用因果关系加以解释和重组。

在剧作中，往往需要将故事情节化。那么故事与情节的关系是什么呢？

（1）故事是生活中的事实，情节是经过加工后的故事；

（2）故事只有一个，情节可能有多个；

（3）故事不一定有认识价值，情节一定有认识价值；

（4）故事里通常没有性格鲜明的人物，情节要求人物性格鲜明，心理活动丰富；

（5）故事总是顺序发生并被顺叙，情节可以顺叙、倒叙或插叙。但不管怎么说，它们都是来源于生活。

总的来说，情节是将故事丰富之后的产物。

对电影编剧说来,情节可以编撰、虚构,但决不允许脱离人物性格、脱离生活去胡编乱造。

(二)情节线及情节的松散性

爱森斯坦反复强调的"线索",指的就是情节线。电影剧本中的情节线有两种类型:一种是简单情节线,一种是复杂情节线。简单情节线是指全剧从头到尾只有一条贯穿始终的情节线,没有副线,没有第二条、第三条乃至多条平行展开的情节线。

简单情节线的优劣:

最大的优点是人物较少;由于情节单纯,脉络也更清楚;观众容易跟着人物和剧情走,揭示人物心理不会顾此失彼。弱点是如果作者把握不住复杂的人物性格和心理的细微变化,或者开掘不出思想深度,剧本和影片就可能显得缺乏力度。

复杂情节线的优劣:

优点是线索多,人物多,情节复杂,引人入胜。劣势在于对于初学者而言,为求复杂而忽略了情节之间的逻辑因果关系,导致故事看上去徒有外表,甚至不伦不类。

情节的线与点:

不论简单情节线或复杂情节线,电影剧作都要求情节线是"粗线条"的。所谓"粗线条",就是说在主要情节线上要有几个基点,犹如几根花岗岩柱子支撑大厦一样,支撑着情节线和整个剧本。

松散性情节:

(1)摆脱了戏剧式电影情节的因果关系,避免了刻板;
(2)保留了戏剧式电影的戏剧性及戏剧因素,对观众有吸引力;
(3)吸取诸种样式电影之长,回避所短。

二、情节的基础:冲突

作为情节,必须有行为之间的冲突。黑格尔说:情节应表现为动作、反动作和矛盾的解决的一种本身完整的运动。冲突是情节的基础。总之,情节不仅是按照因果逻辑组织起来的一系列事件,而且要求在事件的发展中表现出人物行为的矛盾冲突,由此揭示人物命运的变化过程。

电影剧作的情节主要是由人与人之间的矛盾冲突来构成的。个人与时代、与周围具体环境的矛盾冲突所激起的人物自身的矛盾冲突,即我们通常说的人物内心冲突。个人与大环境的矛盾,个人与具体环境的矛盾,以及由上述两种矛盾冲突造成的个人内心世界的矛盾冲突构成了电影剧作中情节的基础。

不同风格样式的影视剧,其情节基础不同。在线状的散文电影中,没有强烈的矛盾冲突,而只有差异和抵触;在块状的散文电影中,更难找到强烈的矛盾;有些影视剧虽然也有冲突,但不属于戏剧冲突,而是表现为人物的内心冲突。影视剧中的情节点与场面的有效积累以冲突为基础,情节点以表现人物思想感情的细微变化或内在心理为基础。

(一) 布局

1. 开端部分

开端部分除交代时间、地点、人物外，主要是反映作品中矛盾冲突的起点，引出主要矛盾的起因，为故事的主要情节打下基础。

2. 发展部分

发展部分指开端揭示矛盾冲突以后，主要矛盾及其他各种矛盾冲突相互纠缠在一起，不断发展激化，直至高潮出现之前的情节描写过程。

在剧本当中，发展部分的重要作用是为故事情节的高潮积聚力量。但这种积累绝非平铺直叙，而是不断制造悬念，掀起小波澜。

3. 高潮部分

高潮部分是主要矛盾发展到最紧张、最激烈、最尖锐的阶段，是决定人物命运、事件转折和发展前景的关键环节。为剧本设计一个精彩、有震撼力的高潮，是创作者需要考虑的很重要的一部分内容。

4. 结局部分

结局部分是指剧作中情节发展的最后阶段，即矛盾冲突已告结束、人物性格的发展已经完成，事件的变化有了结果，主题得到完整的体现。故事的结尾最明确的标志就是事件的结束。

这里和我们之前讲结构的那一章，颇有很多相似的地方，要求我们在每一段当中都应该有冲突，故事贵在曲折（图7-1）。

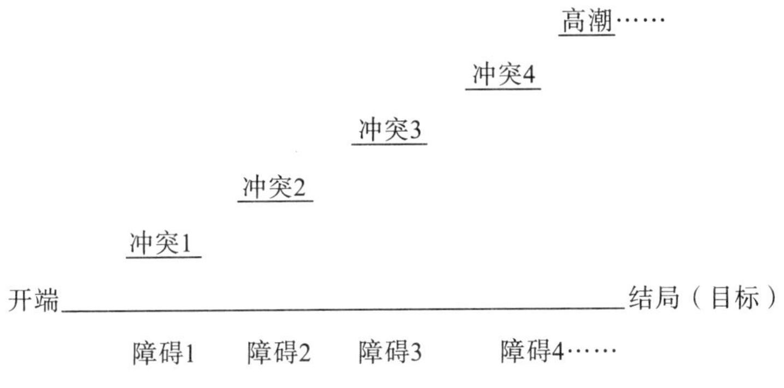

```
                                    高潮……
                              冲突4
                        冲突3
                  冲突2
            冲突1
开端_____结局（目标）

      障碍1     障碍2     障碍3     障碍4……
```

图 7-1

(二) 常见类型

冲突有两种：外部冲突和内部冲突。

外部冲突，是由外部的自然、社会环境以及角色的职业，或者是另一个角色来决定冲突的性质和原因。内部冲突就更接近于内在动机。比如在影片《大白鲨》中，布罗迪警官的外部冲突是必须去面对毁坏旅游胜地夏季海滩的鲨鱼，而内部冲突是他对水产生的恐惧感；在《沉默的羔羊》中，外部冲突是克拉莉斯·斯塔林为了获得有关野牛比尔的情报必须要设法和汉尼拔接近，内部冲突是她要战胜内心的孤独和她对于成功难以遏

制的渴望；《罗拉快跑》就更加明显，罗拉面临的外部冲突是必须在十分钟内搞到十万马克，而内部冲突是她要拯救自己的爱情。

所以，冲突的设置与中心事件的确立有非常大的联系，冲突是围绕中心事件来展开的。故事中人物的欲望、压力、动力、动机全部都要与中心事件有关，比如《罗拉快跑》，罗拉所做的一切行为（抢劫父亲、赌博、奔跑）都与这个中心事件（拯救男友）有关，如果她中途爱上了别人，那么那就是另外一个故事了。冲突也要做到真实可信合理，围绕矛盾展开，服务于故事。

（三）剧本表现冲突的方式

（1）冲突双方一次次交锋，越来越激烈，最后总决战，一剑定乾坤。这是最常见的方式，也是用得最多的方式。这里的冲突最为常见，不仅仅适合外部的冲突，比如功夫片、战争片当中双方较量。如在电视剧《亮剑》当中，李云龙和楚云飞之间的若干次较量和斗争，最后双方因为立场不一样，变成了战场上的交战，双方都受伤了。除了外部的冲突以外，自己的内心冲突也属于这一部分，冲突的双方是现在的自我和未来的自我，在这里往往人物性格的转变显得尤为重要。《土拨鼠之日》当中的菲尔，性格和行为在一开始的急躁、自大、看不起女性，到最后履行善事，终于突破上帝给他的魔咒，恢复正常的状态。这里的冲突就是属于内在自我的变化。

（2）冲突一方不断变换为更强大的对手，斗争不断升级。这是香港功夫片当中的常见冲突套路，一开始都是小弟出去惹事，后面就算出台的也不是最强大的对手，往往最强大的对手都藏在最后。

（3）冲突双方中，一方步步逼近；另一方不断退让、示弱、求妥协，但到最后，忍无可忍，终于大爆发，取得胜利。《水浒传》里面的林冲性格应该很符合这样的例子，林冲原本是八十万禁军教头，但是自己的妻子被高衙内调戏，自己遭到陷害。林冲应该是《水浒传》中严格意义上的被逼上梁山的，在柴进府中还遇到洪教头比武的事件，在山神庙又被好朋友陆虞候算计，到了梁山上还有嫉贤妒能的王伦。一连串的冲突，最后导致林冲的性格的最终爆发。

（4）一方永远不败；另一方不断施新计，但总是以失败告终。这一类往往在喜剧片和动画片当中出现。在电影《东成西就》当中，北丐洪七公执意要死，并且让西毒欧阳锋来处置自己，但是因为人的求生本能，导致西毒根本处置不了洪七公，最后还导致自身伤痕累累，充满了喜剧色彩。类似的还有动画片《黑猫警长》和《喜羊羊与灰太狼》，这种冲突放在剧情较为简单的故事片当中比较合适。

（5）双方角色固定，进行一次次智慧的较量，演绎出一个个小故事。智慧的比拼当然也是一种冲突，虽然没有刀光剑影，但也是一种较量。《铁齿铜牙纪晓岚》当中纪晓岚和和珅之间就是一种智慧的较量，这部电视剧虽然有很大的历史戏说的成分在内，但是人物塑造和性格之间的冲突塑造得很好。和珅没有被一味脸谱化地变成反面人物，很多时候和珅所说的话甚至是至理名言。和珅虽然代表了反面，但是正反两面的对抗却是平衡的。比如第一部中，一开始纪晓岚就被消去官职，但是同时也设定了乾隆和和珅共同微服私访。还有很著名的《猫和老鼠》和中国的动画片《喜羊羊与灰太狼》，都讲究智慧上的较量。

三、情节模式

"模式"即 pattern,其实就是解决某一类问题的方法论,即把解决某类问题的方法总结归纳到理论高度。要在观众认可的大模式中做文章,任何创作都离不开既定的范式,但又在现成的形式体系中发挥创造力,不落俗套。

(一)赫尔曼戏剧模式

赫尔曼将戏剧的情节模式简化归纳为 9 种。

(1) 爱情:不外是青年遇到姑娘,青年失去姑娘,青年又找到姑娘。

(2) 飞黄腾达:主要表现一个人想飞黄腾达而进行的许多活动,他可能达到目的,也可能一败涂地。

(3) 灰姑娘式:不外是丑小鸭变成一个美女,进而得到白马王子的欢心,由麻雀变成凤凰。

(4) 三角恋爱:三个人物相互牵扯的爱情是难以数计的影片常用的模式。

(5) 归来:一种经常以不同形式表现的模式,不外乎是一个浪子、一度迷惘的父亲、出走的丈夫戏剧性地回到家园。

(6) 复仇:这是绝大部分表现神秘凶杀案的基本模式。

(7) 转变:一个坏人转变成一个有道德的人,这是大量影片采用的主题。

(8) 牺牲:与复仇的模式截然相反,这种模式主要围绕一个人,他为了帮助另一个人达到其预期目的而自我牺牲或放弃本人的目标。

(9) 家庭:主要表现家庭成员之间的相互关系。这样的家庭无需用血缘联系,故事可以去表现一座房屋中的房客、精神病院的病人或船上的旅伴,甚至可以是各种被环境驱赶在一起的人的生活。

赫尔曼特别强调:如果这些模式仅仅是借助动作来修饰,效果肯定不会好,也无助于提高剧作者的地位。如果从人物性格和剧情入手,那么运用这些模式才恰到好处。他其实就是告诉我们模式不是公式,应该在人物性格和剧情发展的基础上合理地吸收和借鉴。

(二)36 种戏剧模式

乔治·普罗蒂是 19 世纪一位法国作家,他根据歌德定义的列表描述了 36 种常见于大量戏剧故事中的模式(表 7-1)。或许其中有些主题或例子由于故事的背景时代而略显偏颇,但在构思人们时常遇到的实际困境时,它们依旧能十分有效地激发灵感,并能提供有趣的范例。

表 7-1

种类	主要人物	其他必要人物	细目
1. 求告	求告者	逼迫者	1.（1）帮助他去对付敌人 （2）准许他去做一件他应做而被禁止做的事 （3）给予他一个可以终其天年的地方 2.（1）舟行遇灾的人，请求收留帮助 （2）行事不端，被自己人斥逐而祈求别人的慈悲 （3）祈求恕罪 （4）请求收取葬骨和取回遗物 3.（1）替自己亲爱的人求情 （2）在亲戚面前替另一亲戚求情 （3）在母亲的情人面前替母亲求情
2. 援救	不幸的人	1. 援救者 2. 天降救星	1. 救援一个被认为有罪的人 2.（1）子女援助父母 （2）受过恩惠的人报恩施救
3. 复仇	复仇者	作恶的人	1.（1）为被害的祖宗或父母复仇 （2）为被害的子女或后人复仇 （3）为被害的妻子或丈夫复仇 （4）为被侮辱的子女复仇 （5）为妻子受侮辱（或几乎受侮辱）而复仇 （6）为被害者的情夫复仇 （7）为朋友被杀或者受损害而复仇 （8）为姐妹被奸污而复仇 2.（1）为了存心做对，故意为难而复仇 （2）为了趁人不在，暗加攘夺而复仇 （3）为了蓄意谋害而复仇 （4）为了故入人罪而复仇 （5）为了逼奸强暴而复仇 （6）为了夺取所有而复仇 （7）为了一两个人的奸诈，对整个团体的复仇 3. 职业的追捕有罪人
4. 骨肉报复	复仇者	作恶的人	1.（1）父亲的死，报复在母亲身上 （2）母亲的死，报复在父亲身上 2. 弟兄的死，报复在儿子身上 3. 父亲的死，报复在丈夫身上 4. 丈夫的死，报复在父亲身上
5. 捕逃	捕逃者	追捕或惩罚的势力	1. 违反法律（有时为不得已）或因其他政治行为而逃 2. 因恋爱的过失而逃 3. 好汉对大势力人物的抗争 4. 半疯狂的人对着阴谋的政治的抗争

续表

种类	主要人物	其他必要人物	细目
6. 灾祸	受祸人	胜利的人	1.（1）战败 （2）亡国 （3）人类的灭亡 （4）天灾 2. 君位被夺 3.（1）旁人的忘恩负义 （2）不公道的被惩罚或受敌视 （3）遭遇横逆和暴行 4.（1）被情人或丈夫遗弃 （2）丧失子女
7. 不幸	不幸的人	制约者	1. 无辜的人，为野心者的阴谋所牺牲 2. 无辜的人，为了那应该保护他的人而受伤害 3.（1）能人，有力的人在困苦贫乏中挣扎 （2）一向被宠爱的人，或一向备受亲昵的人，发现此刻他是被遗忘了 4. 失去了唯一的希望
8. 革命	革命者	暴行者	1.（1）一个人的反抗 （2）很多人的反抗 2.（1）一个人的革命，影响了很多人 （2）许多人的革命
9. 壮举	勇敢领袖	敌人	1. 备战 2.（1）战事 （2）争斗 3.（1）劫夺一个所欲的对象和人物 （2）夺回那所欲的对象和人物 4.（1）冒险的远征 （2）为夺回所爱的人而冒险
10. 绑架	被绑架者	1. 绑架者 2. 被绑架者保护的人	1. 绑架一个不愿顺从的女子 2. 绑架一个愿意顺从的女子 3.（1）夺回那被绑的女子，但没有杀死绑架者 （2）夺回那被绑的女子，但同时杀死暴行者 4.（1）救出被绑的朋友 （2）救出一被绑的小孩 （3）救出一信仰错误的人
11. 解释	解释者	谜	1. 必须寻得某人，否则处死 2.（1）必须解释谜语，否则遇祸 （2）同前，但谜为所爱的女子所设 3.（1）悬赏以寻出人的名字 （2）悬赏以寻出人的性别 （3）试验一个人是否疯狂
12. 取求	取求者	1. 拒绝者 2. 判断者	1. 用武力或诈术，获取目标 2. 用巧妙的言辞，获取目标 3. 用言语打动判断的人

续表

种类	主要人物	其他必要人物	细目
13. 骨肉仇恨	仇恨者	1. 被恨者 2. 互恨者	1.（1）兄弟间一人被诸人所嫉视 （2）兄弟间互相仇视 （3）为了自利，亲戚间互相仇视 2.（1）子仇视父 （2）父与子互相仇视 （3）女恨父 3. 祖仇视孙 4. 岳父仇视女婿 5. 婆婆仇视儿媳 6. 婴儿的杀戮
14. 骨肉竞争	得胜者	被拒者	1.（1）恶意的竞争者为自己的手足 （2）两兄弟间，彼此恶意的竞争 （3）两兄弟间的竞争，其中一人犯了奸淫 （4）两姐妹间的竞争 2.（1）为了一个未嫁的女子，父与子的竞争 （2）为了一个已嫁的女子，父与子的竞争 （3）同前，但此女已为前夫之妻 （4）母与女间的竞争 3. 庶堂手足或者姑表间的竞争 4. 朋友间的竞争
15. 奸杀	有奸情者	被害者	1.（1）请人杀害丈夫，或为了情人杀害丈夫 （2）杀害一个"推心置腹"的情人 2. 为了情妇或者私利，杀害妻子
16. 疯狂	疯狂者	被害者	1.（1）因为疯狂而杀害了骨肉 （2）因为疯狂而杀害了恋人 （3）因为疯狂而杀害了无辜的人 2. 因为疯狂而受耻辱 3. 因为疯狂而失去了亲人 4. 因为怕有遗传的疯狂，而导致疯狂
17. 鲁莽	鲁莽者	1. 受害者 2. 失去的对象	1.（1）因鲁莽而自致不幸 （2）因鲁莽而自致耻辱 2.（1）因好奇而自致不幸 （2）因好奇而丧失所爱的人 3.（1）因好奇而致别人死亡或不幸 （2）因鲁莽而致亲族死亡 （3）因鲁莽而致爱人死亡 （4）因轻信而致骨肉死亡
18. 无意中的恋爱的罪恶	恋爱者	1. 被恋者 2. 说明者	1.（1）误娶自己的母亲 （2）误以自己的姊妹为情妇 2.（1）误娶自己的姊妹为妻 （2）同上，唯系受人陷害 （3）几乎以自己的姊妹为情人 3. 几乎奸淫自己的女儿 4. 几乎在无意中犯了奸淫的罪（如误以为丈夫已死而改嫁，其实未必等）

第七章　情节与细节

续表

种类	主要人物	其他必要人物	细目
19. 无意中伤残骨肉	被害者	杀人者	1.（1）受神命，几乎在无意中杀了自己的女儿 （2）同前，但因政治的必要 （3）同前，但因与人作恋爱上的争宠 （4）同前，但因怨恨他那几乎不认得的女儿 2.（1）无意中杀害了或几乎杀害了自己的儿子 （2）同前，但系受奸人的拨弄 （3）同前，同时并有对其他骨肉的仇视 3.（1）无意中杀害了或几乎杀害了自己的手足 （2）为了职务的关系，无意中杀害了自己的姊妹 4.（1）无意中杀害了自己的母亲 （2）受奸人拨弄，无意中杀害了自己的父亲 5.（1）为了报仇或者受拨弄，无意中杀了自己的祖父或其他长辈 （2）迫于不得已的杀害 6.（1）无意中杀害了一个所爱的女子 （2）没有去救一个不认识的儿子的性命
20. 为了主义而牺牲自己	牺牲者	主义	1.（1）为了诺言而牺牲自己的生命 （2）为了种族的成功或者幸福而牺牲性命 （3）为了孝道而牺牲生命 （4）为了自己的信仰而牺牲生命 2.（1）为了信仰而牺牲恋爱与生命 （2）为了事业而牺牲恋爱与生命 （3）为了国家的利益而牺牲 3. 为了义务而牺牲自己的幸福 4. 为了信仰而牺牲了自己的荣誉
21. 为了骨肉而牺牲自己	牺牲者	骨肉	1.（1）为亲戚或所爱的人的生命而牺牲自己的生命 （2）为亲戚或所爱的人的幸福而牺牲自己的生命 2.（1）为了父母的幸福而牺牲自己的前途 （2）为了父母的生命而牺牲自己的前途 3.（1）为了父母的生命而牺牲了自己的恋爱 （2）为了子女的幸福而牺牲了自己的恋爱 4.（1）为了父母或一个所爱的人的生命而牺牲了自己的生命与荣誉 （2）为了亲戚或所爱的人的生命而不顾自己的贞操
22. 为了情欲的冲动而不顾一切	恋爱者	1. 对象 2. 被牺牲者	1.（1）为了爱欲而破坏了宗教上的贞操与誓言 （2）破坏了普通的贞操的自誓 （3）为了热欲而毁坏了自己的前程 （4）为了热欲而毁坏了自己所有的权利 （5）热欲毁坏了脑力、健康，甚至生命 （6）热欲毁坏了富贵、荣誉、若干人的性命 2. 因遇诱惑而忘了义务 3.（1）因为情欲的罪恶而丧失了生命、地位、荣誉 （2）为了别种的罪恶，得到同前的结果

续表

种类	主要人物	其他必要人物	细目
23. 必须牺牲所爱的人	牺牲者	被牺牲的所爱的人	1.（1）为了公众的利益，必须牺牲一个女儿 （2）因为遵守对神所立的誓言，牺牲她的义务 （3）为了个人信仰，牺牲恩人或所爱人的义务 2.（1）在必要的情形下，牺牲人家所不知道而实际是他的儿女 （2）在同样的环境下，牺牲他的父亲 （3）在同样的环境下，牺牲自己的丈夫 （4）为了公众的利益，而牺牲自己的女婿 （5）为了公众的利益，对付自己的亲戚 （6）为了公众的利益，对付自己的朋友
24. 两个不同势力的人竞争（为了恋爱和女人）	两个不同势力的人	对象	1.（1）神与人 （2）有妖术者与平常人 （3）得胜者与被征服者，主与奴，上司与下属 （4）上国的君王与属国的君王 （5）君王与贵族 （6）有权威者与新兴之人 （7）富人与穷人 （8）有荣誉的人与犯嫌疑的人 （9）两个差不多势均力敌的人 （10）同前，而其中一个人以前犯过奸淫 （11）一个被爱的人与一个"没有权利去爱"的人 （12）离过婚的妇人的前后两个丈夫 ＊＊＊以上是两个男人之间 2.（1）一个妖妇和一个平常女人 （2）得胜者与囚徒 （3）皇后与臣民 （4）皇后与奴隶 （5）女主和仆人 （6）高贵的女子和低微的女子 （7）两个差不多地位相等的人，一个纵行恣情 （8）神与人 ＊＊＊以上是两个女人之间 3. 重复的竞争——甲爱乙，乙爱丙，丙爱甲 4.（1）神与神 （2）人与人 （3）法律上的两个妻子 ＊＊＊以上是东方式的

续表

种类	主要人物	其他必要人物	细目
25. 奸淫	两个有淫行的人	被欺骗的丈夫或妻子	1.（1）为了另一少妇，欺骗了情妇 （2）为了自己妻子，欺骗了情妇 （3）为了一个少女，欺骗了情妇 2.（1）为了那个他所爱但并不爱他的女仆，欺骗了妻子 （2）为了纵欲，欺骗了妻子 （3）为了已婚的少妇，欺骗了妻子 （4）意欲重婚，欺骗了妻子 （5）为了那个他所爱但并不爱他的少女，欺骗了妻子 （6）妻子为那个爱她的丈夫的少女所嫉妒 （7）妻子为一个娼妓所嫉妒 （8）一个冷淡的妻子和一个热情的情夫间的竞争 3.（1）为了一个"相投"的情人，牺牲了那"不合"的丈夫 （2）忘记了自己的丈夫（以为他是死了）去和他的情敌要好 （3）为了一个能够同情她的情人，牺牲了他平凡的丈夫 （4）欺骗了好的丈夫，为了一个不如他的情敌 （5）同前，为了一个怪癖的情敌 （6）同前，为了一个讨厌的情敌 （7）热恋的妻子，欺骗一个好的丈夫，为了一个平凡的情人 （8）欺骗丈夫，为了一个虽不如他那样好但更加有用的情人 4.（1）被欺骗的丈夫的复仇 （2）为了主义，打消了嫉妒的念头 （3）丈夫被那失败的情敌陷害
26. 恋爱的罪恶	恋爱者	被恋爱者	1.（1）母恋子 （2）女恋父 （3）父对女施暴行 2.（1）少妇恋其丈夫的前妻之子 （2）少妇与前妻之子彼此爱恋 （3）一个女子同时为父与子的情夫 3.（1）为嫂或妤的恋人 （2）兄妹恋爱 4. 同性恋

续表

种类	主要人物	其他必要人物	细目
27. 发现了所爱的人的不荣誉	发现者	有过失者	1.（1）发现了父有可羞耻之事 （2）发现了母有可羞耻之事 （3）发现了女儿有可羞耻之事 2.（1）发现了未婚夫或妻的家庭中有不荣誉的事 （2）发现了自己的妻子在未婚前被人侮辱过 （3）发现他从前有过"失足" （4）发现自己的妻子从前是娼妓 （5）发现了自己的情人有不荣誉的事 （6）发现了自己的情妇以前本来是作娼妓的，现在又恢复了旧生涯了 （7）发现自己的情人是个无赖，或者情妇是个坏女人 （8）发现自己的妻子是一个坏女人 3. 发现了自己的儿子是一个杀人犯 4.（1）儿子是一个卖国贼 （2）儿子违反了他自己定的法律 （3）儿子是被认为有罪的 （4）立誓欲除暴君此时才知道暴君就是他 （5）发现了自己的手足是一个杀人犯 （6）发现了自己的母亲是害死父亲的人
28. 恋爱被阻碍	两个恋爱的人	阻碍	1.（1）因为门第或地位不和而不能结婚 （2）因为财富不和而不能结婚 2. 因有仇人从中阻挠而不能结婚 3.（1）因该女子先许与他室 （2）同前，并误会所爱的对象已和别人结婚 （3）为了一个能够同情她的情人，牺牲了他平凡的丈夫 4.（1）亲戚们的反对 （2）亲戚间不合 5. 男女间性情不合
29. 爱恋一个仇敌	被爱恋的仇敌	1. 爱他的人 2. 恨他的人	1.（1）被爱者为爱人的亲族所憎恨 （2）爱人为被爱者的亲族所憎恨 （3）被爱者（男）是爱她的女子伙伴的仇人 2.（1）爱人（男）是杀死被爱者父亲的人 （2）被爱者（男）是杀死她的另一爱人的父亲的人 （3）被爱者（男）是杀死她的另一爱人的兄弟的人 （4）被爱者（男）是杀死那爱她的女子的丈夫 （5）被爱者（男）是杀死那爱她的女子的原来爱人的人 （6）被爱者（男）是杀死妻子为那个爱她的女子的一个亲族的人 （7）被爱者（女）是杀死爱人的父亲的人的女儿
30. 野心	野心者	阻挡者	1.（1）野心为自己的亲族或兄弟所阻止 （2）野心为自己的亲戚或受恩的人所阻止 （3）野心为自己的党羽所阻止 2. 反叛的野心 3.（1）野心与贪婪连续地造成罪恶 （2）枭獍似的野心

续表

种类	主要人物	其他必要人物	细目
31. 人和神的斗争	人	神	1.（1）和神斗争 （2）和信仰某一种神的人斗争 （3）为自己的党羽所阻止 2.（1）和神争论 （2）因为侮辱神道而受罚 （3）因为神前傲慢而受罚 （4）狂妄地和神竞争 （5）鲁莽地和神竞争
32. 因错误而产生的嫉妒	嫉妒者	被嫉妒者	1.（1）错误因为嫉妒者的疑心而生出来 （2）错误的嫉妒，因为凑巧而生出来 （3）误以为友谊的爱是男女的爱 （4）嫉妒为恶意的造谣所引起 2.（1）嫉妒为怀恨的叛徒所引起 （2）同前，但是叛徒是为了自己的利益 （3）同前，叛徒同时为了自己的嫉妒 3.（1）夫妻间的相互嫉妒，为情敌所挑起 （2）丈夫的嫉妒，为失败的情敌所挑起 （3）丈夫的嫉妒，被一个爱他的女人所挑起 （4）妻子的嫉妒，被一个受过斥逐的情敌所挑起 （5）得意的情人的嫉妒，被那一向受欺的丈夫所挑起
33. 错误的判断	错误者	1. 受害者 2. 错误原因	1.（1）需要信任的地方，发生了错误的疑忌 （2）误疑自己的情妇 （3）误会爱人的态度而生疑忌 （4）因对方冷淡而生错误的疑忌 2.（1）为救一个友人，故意使人怀疑自己 （2）打击一个冤枉无辜的人 （3）同前，但冤枉的人因曾生过邪念，而自觉有罪恶感 （4）一个目击罪恶的人，为了救一个另外的人，而听任别人责备那冤枉的人 3.（1）听任旁人责备一个敌人 （2）错误是由一个仇敌故意引起的 （3）错误是由他的兄弟故意引起的 4.（1）犯罪者嫁祸于他的仇人 （2）犯罪者早就布置好的，嫁祸于他的第二个被害的人 （3）嫁祸于一个情敌 （4）嫁祸于一个无辜的人，因为此人不肯和他共同作恶 （5）一个被遗弃的情妇，嫁祸于她从前的情人，因为她不肯去欺骗她的丈夫 （6）受了人家的故意陷害（错误的判罪之后），努力恢复地位并设法报复
34. 悔恨	悔恨者	1. 受害者 2. 罪恶	1.（1）为了一件人家所不知道的罪恶而悔恨 （2）为了弑父而悔恨 （3）为了谋杀而悔恨 （4）为了谋杀丈夫或妻子而悔恨 2.（1）为了恋爱的过失而悔恨 （2）为了犯了奸淫而悔恨
35. 骨肉重逢	寻觅者	寻得的人	

续表

种类	主要人物	其他必要人物	细目
36. 丧失所爱的人	眼见者	死亡者	1.（1）眼看骨肉被残而不能救助 （2）为了职务的需要，以不幸加到自己人身上 2. 预见一个所爱的人的死亡 3. 得知了亲族或挚友的死亡 4. 得知所爱的人的死，因失望而发作蛮性

36 种戏剧模式的片例见表 7—2。

表 7—2

序号	模式	片例
1	求告	《淘金记》（1925）、《关山飞渡》（1939）、《星球大战》（1977）
2	援救	《党同伐异》（1916）
3	复仇	《伊万的童年》（1962）
4	骨肉报复	《狮子王》（1994）
5	捕逃	《筋疲力尽》（1959）、《邦尼和克莱德》（1967）、《天生杀手》（1994）
6	灾祸	《鸟》（1963）、《幼儿园》（1983）、《圣诞快乐，劳伦斯先生》（1983）
7	不幸	《西鹤一代女》（1952）、《活下去》（1952）、《雁南飞》（1957）、《早春二月》（1963）、《稻草人》（1983）、《末代皇帝》（1987）、《芙蓉镇》（1987）、《活着》（1994）、《钢琴师》（2002）
8	革命	《战舰波将金号》（1925）、《母亲》（1926）、《农奴》（1963）、《黄土地》（1984）
9	壮举	《阿拉伯的劳伦斯》（1962）、《巴顿将军》（1970）、《出租车司机》（1976）、《红高粱》（1987）
10	绑架	《完美世界》（1993）
11	解释	《公民凯恩》（1941）、《后窗》（1954）、《放大》（1967）、《对话》（1974）、《现代启示录》（1979）、《鸟人》（1984）、《谁陷害了兔子罗杰》（1988）
12	取求	《林家铺子》（1959）、《去年在马里安巴德》（1961）、《星探》（1995）
13	骨肉仇视	《呼喊与细雨》（1972）、《乱》（1985）、《野战排》（1986）
14	骨肉竞争	《高跟鞋》（1991）
15	奸杀	《天国车站》（1984）
16	疯狂	《幻觉》（1979）
17	鲁莽	《飞越疯人院》（1975）
18	无意中恋爱的罪恶	《小城之春》（1948）、《玛丽亚布劳恩的婚姻》（1979）
19	无意中伤残骨肉	《楢山节考》（1983）

续表

序号	模式	片例
20	为了主义而牺牲自己	《国歌》(1999)
21	为了骨肉而牺牲自己	《神女》(1934)、《一江春水向东流》(1947)、《克莱默夫妇》(1979)、《楢山节考》(1983)
22	为了情欲的冲动而不顾一切	《魂断威尼斯》(1971)、《卡门》(1983)、《危险的交往》(1988)
23	必须牺牲所爱的人	《要热爱人》(1973)
24	两个不同势力的竞争（为了恋爱和女人）	《野山》(1985)
25	奸淫	《玛丽亚布劳恩的婚姻》(1979)
26	恋爱的罪恶	《月亮》(1979)、《蜘蛛女之吻》(1985)、《霸王别姬》(1993)
27	发现了所爱的人的不荣誉	《远山的呼唤》(1980)
28	恋爱被阻碍	《瑞典女王》(1933)、《马路天使》(1937)《音乐之声》(1965)、《毕业生》(1967)、《花边女工》(1976)、《愿望树》(1976)、《奇怪的女人》(1978)、《莫斯科不相信眼泪》(1980)、《法国中尉的女人》(1981)
29	爱恋一个仇敌	《罗密欧与朱丽叶》(1996)
30	野心	《美国往事》(1984)
31	人和神的斗争	《裸岛》(1960)
32	因为错误而生的嫉妒	《似水流年》(1985)
33	错误的判断	《黑炮事件》(1985)
34	悔恨	《得克萨斯州的巴黎》(1984)
35	骨肉重逢	《金色池塘》(1981)
36	丧失所爱的人	《城南旧事》(1982)、《走出非洲》(1985)

四、类型特征

对于类型电影，我们自然不必像理论家一样去溯源类型的发展过程，但是我们必须知道类型不只是公式，它是对观众具有天生吸引力的一些故事。当然，对于类型电影而言，总是营造出来一个"梦境"，而故事的取材内容往往都是大家熟悉和了解的人物和事件。对于我们初学者而言，应该熟悉电影的常见类型，在写作当中尝试运用类型特征，合理借鉴吸收前人为我们留下宝贵的类型经验，在此基础上再进行合理的写作。

下面我们就一些基本的类型电影，描述出基本类型特征。

（一）西部片

西部片是好莱坞老牌的类型电影，有着深厚的历史背景，以西部拓荒精神为中心议题。

《关山飞渡》从某种意义来说已经不能算是传统意义上的西部片，这里也给我们一个启示，我们所给出的类型特征，只是一个范畴的问题，大概有这些形式，但不是公式。《关山飞渡》描述了八个不同的人物共同乘一轮马车前往劳斯堡，由于其中一名是妓女达拉斯，颇引起其他乘客的议论。途中遇到逃狱出来报仇的林哥小子加入他们的旅程。在快将到达目的地时，驿马车遇到了印第安人的围攻，几经艰险之后终于获得骑马队解围。到劳司堡，林哥小子以一敌三击毙仇人，同车的警长让他带着达拉斯前往边界的农场展开新生活。电影设计是将社会不同阶层的人聚集在一辆车的狭小空间中，并将这些人置于被疯狂追逐的危险境地，小环境中的生死威胁造成一种强烈的戏剧张力。这些人身份各异，目的不同，在一辆危险的马车中自然会产生种种矛盾和冲突。车里车外的世界又构成另一冲突。

（二）强盗片

强盗片一直是美国电影的主要类型之一。因为强盗片的阳刚之美较足，所以里面的女性角色一定程度上也男性化了。

《雌雄大盗》算是好莱坞电影的代表作，讲述美国历史上有名的雌雄大盗邦尼和克莱德的故事。邦尼在家遇见窗外想要偷车的克莱德，克莱德向邦尼炫耀自己是一个抢银行的抢劫犯，还给邦尼现场演示了一次抢钱。于是，两人合伙一起成为大盗，抢劫了几家银行。因为两人对汽车一窍不通，他们将一个汽车维修站的青年莫斯拉进了行动中。随后因为抢劫过程中莫斯失误，使得克莱德杀死了一个警察，让他们三人成了通缉犯。克莱德哥哥巴克带着老婆布兰奇来探望他们两人，也被拉进抢劫团伙中。五人开始在美国四处抢劫银行，并与警察发生多次枪战。他们只抢劫银行的钱，并不抢劫穷人的钱，这些在报纸的宣传中让他们获得了民众的支持。他们还羞辱了一个得克萨斯骑警，并且探望了邦尼的母亲。在一次休息的时候，莫斯购物时露出了自己的枪，被其他人发现并报告了警察。警察随后赶到，除莫斯未被击中外，其他四人都受了伤。结果是巴克受伤而死，布兰奇被抓进监狱，邦尼和克莱德被莫斯带入家中养伤。得知消息的得克萨斯骑警来到监狱，从布兰奇口中套出莫斯的名字，于是找到莫斯家。莫斯的父亲与他做了交易——出卖邦尼和克莱德，给予自己儿子减刑。养伤过程中，邦尼将克莱德的故事写成诗在报纸上发表。最后，邦尼和克莱德返回莫斯家途中，被埋伏的得克萨斯骑警和一众警察乱枪打死。

我们从剧情梗概中，或许很难发现它是否符合电影的标准。其中克莱德作为社会底层人士，他希望通过抢劫来让自己获得上层地位，同时他觉得拥有枪支、汽车和女人就是成功的象征，电影中这一点呈现得很明确。所有强盗片的最后结局都应该是死亡，《邦尼和克莱德》再怎么样渲染暴力美学，再怎么样描绘他们的"英雄"行为都无法掩盖他们的强盗模式，社会秩序不应该是通过抢掠得出的。我们再看电影《英雄本色》，里面足够描绘了兄弟情，那么为什么小马哥必须死呢？因为他不像宋子豪一样告别强盗生活，即使瘸了一条腿，也要追求一个强盗的成功："我一定要把我失去的东西夺回来，我要证明我比别人行。"

(三) 恐怖片

恐怖片广受年轻观众的喜爱，因为在恐怖片里面出现的元素往往是非理性的，来自梦境当中。

类似《电锯惊魂》系列、《死神来了》系列都属于经典的恐怖片。《电锯惊魂》第一部戈登医生和亚当莫名其妙地被关在了一个地下室牢房。极度的暴力体现在最后，戈登医生为了救自己的孩子，拿电锯锯了自己的腿。另外，《大白鲨》《闪灵》这样的恐怖片，也基本上符合类型特征。

(四) 科幻片

科幻片是以社会组织的灾难作为故事题材，故事的主旨告诉我们要爱护环境、重视科学，如果不这样做，地球将会毁灭，希望人们能有相应的道德规范。

《回到未来》这部科幻片非常符合电影的特性，时空交错自由。影片一开始就提出了"穿越"的可能性。马丁和布朗教授是好朋友，但是因为布朗教授被恐怖分子暗杀，马丁不得不回到过去救布朗教授。因为回到过去，马丁是唯一一个知道未来世界的人，但是同时也因为自己进入过去的世界，人际关系发生了变化。在家庭伦理与亲情的推动下，他要让父亲和母亲结合在一起（前面因为自己的母亲爱上了自己），试图改变父亲的软弱。马丁最终的目标是解救博士，自然科幻片的结尾都很乐观。因为马丁的作用，我们从开头和结尾家庭情况的对比来看，整个家庭都发生了改变，同时博士也得救了。近年热播的科幻片《星际穿越》《火星救援》类型特征基本上也符合上面的表述。

(五) 战争片

战争片是"国家民族"层面的情节剧。

战争片从电影诞生开始，就一直存在，经过20世纪的两次世界大战，影片数量和叙事视角都被极大地丰富。有直接描写战争残酷的，有描写战胜方的，有描写战败方战俘的，有从儿童视角来看待战争的（比如《铁皮鼓》），还有把战争变得十分喜剧的《小兵张嘎》。当然对于战争片，首先要考虑的就是生和死的问题。《我不是王毛》的视角放得就很小：为什么王毛要活下去，因为要回去成亲结婚。战争片最终都是呼吁大家珍爱和平，远离战争。当然有些电影当中，我们看不到邪恶的敌人，比如《三毛从军记》因为喜剧色彩浓重，我们似乎没有看到"直接"的敌人。

(六) 惊险片

惊险片和战争片相似。提到惊险片我们会想到希区柯克，这位大师发展了惊险片这一类型，为后世的创作留下了模板。希区柯克擅长用悬念、用纯电影的手法，即不用对白，而是靠音乐、画面、场面调度来实现惊险的效果。

《后窗》算得上是惊险片的优秀案例。男主角原本是一个摄影记者，经历过许多惊心动魄的场面，虽然受伤在家，但是却遏制不住自己喜欢探秘的欲望。他以看窗外邻居家的生活为乐趣。这点好像显得他有点孩子气，爱多管闲事。因为剧情悬念众多，所以男主角和女主角之间的爱情关系写得很微妙。同样剧中所有的人物都有很明显的刻板印象，如女主角就表现出很肤浅；男主角因为职业是记者，所以就爱观察和分析。《后窗》总是透过男主角的视点来描述情节，比如深夜中他被一声尖叫惊醒，醒来后发现楼对面

的推销员的在深夜拎着皮箱外出了好几次。醒来的记者发现推销员的举动很不正常,而且他老婆再也没露面。当中的暴力因素,因为是透过主角的视角来看待,所以就没有那么夸张。对于惊险片,更加重要的是悬念和视听因素的运用。

(七) 史诗片

史诗片被视为严肃的惊险片,而且一定是个道德剧——个人的道德感与集体的道德观相冲突。

《拯救大兵瑞恩》算得上是一部经典的史诗片。故事的主角不是一个人,而是米勒上尉所在的小分队。米勒上尉为人低调,但是有坚毅的使命感——救人,而小分队的队员们都身怀绝活且战斗经验丰富,并且角色性格各异。故事发生在第二次世界大战的背景之下,战争的残酷,血与火的斗争让观众更加觉得米勒小分队的伟大。不管面对什么样的危险,小分队的任务就是要去拯救大兵瑞恩,因为瑞恩是母亲的孩子,他们为国家付出,国家有义务去拯救他,哪怕只有一个人。这个时候,不管是米勒还是小分队或者是瑞恩的命运,都是同国家、同历史事件紧密结合在一起的。当米勒小分队找到了瑞恩的时候,瑞恩却不肯和他们回去。小分队留下来与瑞恩一起战斗,战斗十分激烈,最终只有瑞恩回来了。其实,很多人在质疑为了救一个人而付出这么大的牺牲是不是值得,虽然这是主题层面的问题,但是在这里还想多说一句,瑞恩已经是符号化的人物,瑞恩所代表的其实是在大后方的美国民众,是米勒小分队这样的军人在前线斗争,从而来保护后方的美国民众。这部电影所表达的是感谢他们做出的牺牲,从美国国旗的数次飘扬,我们也看出这部电影的意识形态的表达。

(八) 体育片

体育片可以看作惊险片的一支。

电影《点球成金》中,在一场比赛当中,比利所属的团队败给了另一支财大气粗的棒球队,这让他深受打击。雪上加霜的是三名主力纷纷被重金挖走,未来的赛季前途渺茫。在管理层会议上,大家一头雾水,只有比利暗下决心改造球队。一次偶然的机会,他认识了耶鲁大学经济学硕士彼得,两者对于球队运营的理念不谋而合。凭借直觉和经验,比利仿佛找到了破解金元棒球的钥匙。他聘请彼得作为自己的顾问,一起研究如何打造最高胜率的球队。他们用数学建模的方式,逐渐开始挖掘上垒率的潜在明星,并通过软磨硬泡将他们招致麾下。他们不在乎高层的冷嘲热讽,只是专心地为球队寻找信心和实力的根源。新的赛季终于开始了,教练没有按照比尔的想法布置球队,使得球队接连失利,而且比尔还发现一个球员带坏了球队的风气。连输十几场后,比尔运用自己的权利开除了那个带坏风气的球员和其他的几个人,迫使教练按照他的阵容出场,就这样,球队开始赢球,而且一连胜了十九场。在历史性的第二十场比赛中,球队在领先的情况下被追平,大家都很泄气。可是奇迹发生了,教练派一个代打球员出场,这个球员却神奇地得分了。于是,比尔率领的球队获得了历史性的二十场连胜。可是,当季后赛决赛来临时,经济方法组成的球队没有赢得胜利,球队又输了。随后,比尔接到了其他球队的高薪聘请,可是他选择了留下来。虽然有很多的反面人物,但是比尔内心的纠结即想要成功的欲望才是他的对手,自然,这当中的家庭的作用,以及比尔女儿对他起到的影响也很重要。结尾的歌曲通过歌词表现出电影的主旨：要笑对人生。

（九）传记片

传记片主要描述领袖人物、伟大的艺术家和权威人士的生活。

中国第四代导演丁荫楠擅长拍摄该类型的影片，多部影片如《周恩来》《孙中山》都好评如潮。在2015年，丁荫楠又推出了传记片《启功》。《启功》这部电影基本上符合传记片的若干特点。启功早年发蒙的老师都是书画大家，从影片中我们看到一代书画大师坚韧不拔的性格，每年坚持作画。一方面，社会混乱，书画大家却要卖字卖画为生；加上新中国成立后的若干政治运动，导致启功命运多舛。但是启功性格上的坚韧不拔，对于不利事物的坦然面对，开朗的性格，对于师生情谊、民族气节、教育事业的使命感让人敬佩。早年间懂启功的只有授业恩师陈垣和妻子章宝琛。启功一生贫困、妻子早于他离世、皇族身份成为政治运动的把柄、终生无子嗣都是其生命中的悲剧成分。丁荫楠的作品都擅长选取传记人物最为关键的时间段来描述，该片是一部较为符合类型特性的佳作。

我们希望初学者对各种类型特征要烂熟于心。类型特征都是根据大量的影视作品，最重要的是结合受众心理学，最后总结归纳出来的。如果你利用观众期待的类型特征来编剧，观众会很快被你吸引。当然这也是一个度的问题，如果剧情十分陈旧老套，模式僵化，观众也未必接受，但是类型始终是你与观众对话的一个快捷方式。

五、《救猫咪》的十个模式

斯奈德认为在剧本创作之前，首先要有故事线。复杂的构思并不一定就能带来好的故事，相反，一个人物欲望明确、故事线清晰、结构完整的故事往往更能让人眼前一亮。一般来说，一部好的电影在一定程度上也正是因为完成了一个非常好的故事才被人记住，而一个好电影的情节往往可以用一句话来概括，比如：

《狩猎》：一个男人被怀疑性侵女童，他必须要证明自己的清白，否则他很难在小镇上生存下去。

《罗拉快跑》：一个女人必须要在十分钟内搞到十万马克，否则她男朋友就会死。

《寻枪》：一个警察丢了枪，他必须尽快找回来，不然会出人命。

《少年派的奇幻漂流》：一个少年遭遇海难，在一个救生筏上和一只老虎共存，既要保证不被老虎吃掉，又要生存下去。

《本杰明·巴顿奇事》：一个男人越活越年轻，而他的爱人和所有的正常人一样慢慢老去。

《金氏漂流记》：一个被困在城市中心荒岛的男人突然想吃一碗炸酱面。

这些故事有一个共同点，就是故事线非常明确，人物想要做什么一目了然，并且能让人有非常强烈的欲望看下去，而这种吸引力并不是繁复庞杂的故事线带来的。所以说，在构思一个故事的时候，要在一开始就明确你要讲一个什么样的故事，主人公要做什么，他遇到了什么麻烦，最后是否做到，通过这些来吸引观众的目光。让你的故事脉络清晰，叙事简洁，再加上一个有趣的故事前提，那么必然会是一个能够脱颖而出的好

故事。

故事线如何发展为一个比较明确的剧本结构？与故事线类似的影片有哪些？它们是否属于同一种类型？斯奈德认为好莱坞电影的特点就是"似而不同"。通常的电影类型分类（如动作片、喜剧片等）并没有将故事发展和结构的方式更清晰地描述出来，因此我们需要更多的注解。斯奈德在《救猫咪》中把情节与结构相关联，然后按照15个节拍点，总结了十个故事模式，基本上涵盖了绝大多数影片。

（一）"鬼怪屋"模式

如何躲避和逃离有限空间（"屋"）中出现的危险（"鬼怪"）。

通常，危险（"鬼怪"）都是由人性的阴暗面所催生出来的，而逃离它的可能也就是战胜阴暗面的可能。

基本类型：

（1）纯种怪物：

片例：《异性》《大白鲨》《侏罗纪公园》。

（2）家庭怪物：

片例：《致命吸引力》《王牌特派员》。

（3）连环杀手恶魔：

片例：《惊魂记》《德州电锯杀人狂》。

（4）超自然怪物：

片例：《午夜凶铃》《闪灵》。

（5）虚无型怪物：

片例：《电锯惊魂》《致命ID》。

（二）"金羊毛"模式

主角上路寻找某种目标（"金羊毛"），历经种种磨难，最后终于找到更为重要的东西——自我。

历险通常并不是由一个完整的情节组成的，历险的主题是人的内心成长，所有的历程都围绕主角的变化推进。

基本类型：

（1）体育运动羊毛：

片例：《洛奇》《点球成金》。

（2）好友羊毛：

片例：《落难见真情》《阳光小美女》。

（3）史诗羊毛：

片例：《拯救大兵瑞恩》《指环王》。

（4）夺宝羊毛：

片例：《十一罗汉》《非常嫌疑犯》。

（5）独角戏羊毛：

片例：《情归新泽西》《冷山》。

(三)"如愿以偿"模式

"我想拥有……"是几乎每个人都会使用的句式。鉴于每个人都有这样梦想,所以在故事中实现它是一个很诱人的念头。

但我们知道,愿望的实现同时也意味着你会失去一些东西。因此,我们最终会认识到美梦变成现实便不再是美梦了。

基本类型:

(1) 变身魔法:

片例:《重返18》《飞进未来》。

(2) 天使魔法:

片例:《魔茧》《哦,上帝》。

(3) 物体魔法:

片例:《变相怪杰》《肥佬教授》。

(4) 咒语魔法:

片例:《男人百分百》。

(5) 超现实魔法:

片例:《美丽心灵的永恒阳光》《偷天情缘》。

(四)"麻烦家伙"模式

一个普通人发现自己陷入某种特殊的环境之中,他(她)必须使出各种办法来摆脱其中的麻烦。

主角越普通,麻烦就越大,挑战就越困难。

基本类型:

(1) 间谍之麻烦:

片例:《西北偏北》《谍影重重》。

(2) 执法之麻烦:

片例:《龙胆虎威》《空军一号》。

(3) 家庭之麻烦:

片例:《超完美谋杀》《危情十日》。

(4) 灾难之麻烦:

片例:《后天》《世界末日》。

(5) 大自然之麻烦:

片例:《夺标》《龙卷风》。

(五)"变迁仪式"模式

每个人的生命历程中总有一些经历是不堪回首的,但这些经历往往是不可抗拒的(青春、爱情、死亡)。

我们不得不接受生活的考验,也总有一天会坦然接受,并逐渐成熟。

基本类型:

(1) 中年阶段：

片例：《这就是生活！》《迷失东京》。

(2) 分离阶段：

片例：《克莱默夫妇》。

(3) 死亡阶段：

片例：《凡夫俗子》。

(4) 沉溺阶段：

片例：《猜火车》《当男人爱上女人》。

(5) 青春期阶段：

片例：《美国派》《反斗星》。

（六）"伙伴之情"模式

一个人总是孤独的，所以当主角遇到重要事情的时候，需要有一个人陪伴。当然，这种陪伴也可以是爱情。情节成为见证他们不可分离的催化剂。

基本类型：

(1) 宠物情缘：

片例：《忠犬八公的故事》《导盲犬小Q》。

(2) 同事之爱：

片例：《神枪手和智多星》《致命武器》。

(3) 浪漫喜剧：

片例：《漂亮女人》《西雅图不眠夜》《当哈利遇上莎莉》。

(4) 灾难之情：

片例：《泰坦尼克号》《乱世佳人》。

(5) 禁止的爱：

片例：《断背山》《洛丽塔》。

（七）"推理侦探"模式

罪恶总是隐藏在人的内心深处，"侦探"必须通过"推理"发现它们。虽然情节总是让我们追踪犯人，但"侦探"更感兴趣的是犯人为什么要这么做。

基本类型：

(1) 政治阴谋：

片例：《Z》《刺杀肯尼迪》。

(2) 科幻探秘：

片例：《谁陷害了兔子罗杰》《人鬼情未了》。

(3) 警察悬疑：

片例：《洛城机密》《冰血暴》。

(4) 个人探秘：

片例：《后窗》《窃听大阴谋》。

（5）黑色悬疑影片：

片例：《唐人街》《蓝色丝绒》。

（八）"愚者成功"模式

"大智若愚"自古就是一个常见的情节模式，让处于绝对弱者地位的主角与强大的反派对抗。

在我们所有人都认为主角不可能完成任务时，主角给予我们成功的希望。

基本类型：

（1）政治傻瓜：

片例：《富贵逼人来》。

（2）伪装傻瓜：

片例：《窈窕淑男》《热情似火》。

（3）社会傻瓜：

片例：《阿甘正传》《我是山姆》《我的左脚》。

（4）性傻瓜：

片例：《BJ单身日记》《四十岁的老处男》。

（九）"被制度化"模式

人是社会化的动物，我们没有办法离开他人生活。制度是为了维护社会、组织、家庭这样的公共目标存在的。

不管是顺从或者反抗制度，每个人都会与制度发生关系。

基本类型：

（1）军事机构：

片例：《野战排》《全金属外壳》。

（2）家庭群体：

片例：《美国丽人》《教父》《好家伙》。

（3）商业群体：

片例：《上班一条虫》《飞越疯人院》。

（4）师傅群体：

片例：《死亡诗社》《无间道风云》。

（5）事件群体：

片例：《撞车》《木兰花》。

（十）"超级英雄"模式

"超级英雄"模式与"麻烦家伙"模式是截然相反的模式。超级英雄发现自己内心深处一个平凡的世界，但他们乐意为普通人排忧解难。

不过，如同"如愿以偿"模式一样，事情不会总是那么完美，我们总会发现超级英雄也有弱点，不过最后弱点是会被战胜的。普通人的帮助也是不可缺少的，因为超级英雄也需要鼓励。

基本类型：

（1）现实生活中的超级英雄：

片例：《愤怒的公牛》《美丽心灵》。

（2）故事书中的超级英雄：

片例：《花木兰》《狮子王》。

（3）虚幻超级英雄：

片例：《黑客帝国》《V字仇杀队》。

（4）人民中的超级英雄：

片例：《宾虚》《角斗士》。

（5）漫画书里的超级英雄：

片例：《蜘蛛侠》《蝙蝠侠》《X战警》。

借鉴类型模式并不是要求编剧使用固定的模式，而是通过已有电影作品建立起点。通过对这些类型的基本规律的了解，可以为自己的剧本建立比较清晰的目标。那么自然有人会提出质疑，难道所有的影片就这十个模式就能覆盖吗？《救猫咪》的作者认为可以全部覆盖，但笔者认为还是有很多电影是无法覆盖到的，但是这十个模式给我们提供了较为便捷的方式来写作剧本。模式的存在是一个不破不立的过程，我们先要学会辨析电影的模式，然后去应用这些模式，最后再进行组合与创作，希望同学们吸收前辈总结出来的经验，在此基础上再发挥自己的聪明才智进行新的创作。

六、模式的变体

在长期的创作实践中，每一种模式都有其相应的变体。例如："灰姑娘式"，由传统的"灰姑娘—王子"模式变为"穷小子—公主"模式。（电影《一夜风流》《罗马假日》）

动画片《美女与野兽》是灰姑娘模式的典型变体。在这里，"穷小子"替换为"野兽"，得到了公主的爱之后，就像灰姑娘一跃成为王妃一样，"野兽"眨眼变为英俊的王子。

《怪物史莱克》恰好是《美女与野兽》的性别交换版。不同于美女（公主）救野兽，现在是野兽救美女（公主）了，之后野兽获得了美女的爱情。而不同的是，怪物史莱克救出公主之后，公主菲奥娜再也没有变回原来美丽的模样。

模式的变体与类型杂糅，是现代电影当中的必然选择，但是我们也发现，一些类型电影因为讲究模式变化，类型杂糅之后，看不出来电影类型特征，反而变得不伦不类了。对于我们初学者而言，模式变体虽是必经之路，但建议大家在前面的内容熟练掌握、成熟运用之后再进行模式变体，一开始还是先尝试运用前人给出的模式。

第二节　细节

一、定义

细节是对艺术作品中具体的人物动作、生活场景与情境的精确描绘，是完成艺术表达的重要手段。艺术作品往往都是通过细节揭示艺术的意蕴。对于我们曾经欣赏的艺术品，回忆起来的大多是细节。

细节是刻画人物、描绘情节的基本单位。从广泛意义上说，组成情节的每个细小部分、细枝末节，都可以称为细节。从严格意义上说，人们常说的细节是特指的，指那些能够显示人物某些性格特征的突出的细小事物。电影中的任何表现元素都可以成为细节，比如物件、声音、语言、动作等。《克莱默夫妇》中泰德早上起来给孩子做早饭的时候厨房一片狼藉，既反映了他不善于干家务，也反映了他性格的急躁；《城南旧事》中英子美丽而忧郁的眼睛、英子和小朋友在西厢房荡秋千等细节，都是影片最有魅力的地方。

二、细节的原则

（一）真实

细节要符合人物的性格特征，符合人物的身份，符合规定的情境，符合人物的基本心理逻辑。观众对影片的接受还是基于对影片的信任，虚假感会导致观众对影片的进一步理解的失离。除去一些风格化或类型化影片，对于大多数一般的现实主义作品，真实确实是剧本创作相当重要的标准。比如在《深夜食堂》中，那个老板的脸上有一道疤痕，这个疤痕虽然没有刻意交代，也没有发挥很重要的叙事作用，但是这个伤疤细节的设置却加强了老板的气场。当老板向食客提出人生建议之时，会让人觉得值得信赖。因为食客会下意识觉得，老板必定是经历过许多事情的人，那么他的人生建议也会有一定的可信度。相反，如果是一个乳臭未干的小毛孩，那么他说的话可能就没几个人会听了。这个细节的加入也会让整个故事更生动、更真实。

（二）生动

真实是生动的基础，生动是艺术的最高境界。真实来源于熟悉的生活和熟悉的感受。如果真实只是对现实生活的简单模仿，以及对逻辑关系的一般性遵从，那么生动则需要加上作者对现实生活、对人的准确观察和准确反映，要捕捉到那些最有表现力的瞬间，并且用精确的形式呈现出来。在王家卫的影像世界中，对白的重要性让给了独白，而其中的细节表现也突显了他在自我的影像世界里坚持的另一个不变的主题——孤独，一种另类的生动。《重庆森林》中两个细节对这个主题的诠释可谓经典：一是始终只看

到孤独的663，在街头电话亭里喋喋不休地自语着，没有人会对他关心或在意；二是663在突然面对失恋打击后就常常不断地与他家的各种玩具、物品对话。从这些段落的细节中，我们体会到现代人精神世界的流离与冷漠。导演的才华、风格，正是体现在类似的细节处理上，从小变化里见丰富，从丰富里见准确，从准确里见生动。

（三）新鲜

艺术贵在有新意，好的剧作家总是在努力地寻找新鲜有趣的细节。真实生动的细节，再加上新鲜的元素，会给人难忘的印象。影片《孔雀》充满了新鲜感人的细节：姐姐一个人站在桥头，把烟酒都扔进河里。瓶子坠落的时候，愿望和梦想也在坠落；姐姐把家里的被单做成降落伞，挂在自行车后面，继续梦想……朴实无华的人生加上创作者精心设计的大量精彩细节，孔雀就好比三个孩子，身上长满故事，人生的经历，如同色彩斑斓的羽毛长满人生……

（四）巧妙

巧妙的高境界是让人感觉巧妙在何处说不清道不明。这样的创作有通灵的意味，它超越常理的羁绊，直指人性的深处。应该说这是一种极高的要求，需要极度的敏感和超乎寻常的想象力。法国电影《天使爱美丽》就是一部充满了巧妙细节的电影。其中最让人感动的一个细节是老年的布尔托多偶然间看到自己儿时藏起来的宝贝，这是个动人的瞬间，其间蕴含难以言传的人生感受，真可谓悲欣交集。经历过那一瞬间的布尔托多决定要去探望女儿和从未见过的外孙，因为他感到受到了召唤……这就是艺术的力量，它能够把人生感受通过简约的形式表达出来，打动观众的心灵，并使之永远保持柔软与敏感。

三、细节的作用

（一）具有修饰作用，使人物形象更加丰满

细节描写往往在电影中是被作为创造形象的手段来运用的。那些包含着丰富的艺术内涵，经得起反复玩味的细节通常出现在影片的表情达意需要强调、需要提示的地方，而且通常采用特写镜头、延长时间、反复出现等手段来引起观众对它的特别注意。至于构成场面的其余的数量更大得多的细节，则分享不到这种殊荣。并不是场景中的每个摆设、每种景物都是被用来表现时代或社会环境的，也并不是每个动作、每句言语都是被用来刻画性格的。《被嫌弃的松子的一生》里面不同时期出现不同颜色花，就是反映了松子在不同时期的状态。

（二）有些细节具有推动情节发展的功能性作用

细节在另一方面还被大量地运用于推进情节或冲突。某个细节因为关联着人物的性格或者命运，于是以对细节做出的不同反应来造成事件的推进和冲突的发展，这在电影中也十分常见。张艺谋《满城尽带黄金甲》中菊花这个细节多次出现，它既象征着权力又暗喻着危险。影片最后镜头升起成大俯角度，画面中呈现出巨大的圆形菊花台，而台中是一大方桌，坐着父皇一人，形成了一幅外圆内方的几何图形，将人物的性格和命运及外圆内方的处世观表现得淋漓尽致，把情节推向了高潮，给观众极大的视觉震撼和解读空间。同样，在影片《功夫》中，一支棒棒糖的反复出现：从第一次女主角从钱匣子中拿出一个完整的棒棒糖，到男主角尽力去拼组一个破碎的棒棒糖，直到一场激烈武戏后男主角用鲜血画出了一个棒棒糖的符号。这样，棒棒糖的细节不仅表现了男女主人公之间一种深沉情感的剧情内容，而且丰富了影片所表达的真、善、美的内涵。像这样在场面中去实现其双重的审美功能，便是电影运用细节的较理想的方式。

电影《鬼子来了》中的音乐同样推动了叙事。影片有两种风格迥异的音乐，一种是日本军歌，另一种是当代音乐隐士刘星的专辑《一意孤行》。前者激昂有力中带有霸道倾向，后者则尽得中国文化超脱与空灵的真谛。军乐在电影中一共出现了七次。第一次是在影片的开头；第二次是在五舅姥爷和马大三一伙人审问花屋小三郎之后的早晨；第三次是花屋小三郎趁着音乐声喊救命时；第四次是小碌碡在长城里学会了他认为的能向日本人讨糖吃的话时，军乐队走过；第五次是马大三在日本军队的帮助下运粮食回来时；第六次是联欢会的开头；第七次是联欢会的结尾，日本军屠杀中国农民时的背景音乐。军乐的作用是在为影片的叙事段落提供了音乐背景之外还参与了叙事。

刘星的音乐在影片中共出现了六次。第一次出现在马大三和鱼儿和面包饺子时，这时的音乐是温情化的象征，即使是在战争中人类面临着生死离别时，爱情——如果马大三和鱼儿的感情叫爱情的话，也还是人不能忘却的。第二次出现在给花屋小三郎送饭前，伴随着花屋小三郎的想象而起的音乐。这段音乐本身就是富于想象力和联想感的。第三次音乐持续的时间比较长，从 30 分 47 秒到 58 分 38 秒，共持续了近 28 分钟。这一段音乐所跨越的内容包括：五舅姥爷摇装满了豆子的筒子，决定由马大三去杀死花屋小三郎和董汉臣；马大三在月光之下"杀死"花屋小三郎和董汉臣；杀人之后鱼儿给马大三端出一桌饭，与马大三的感情渐渐疏远了；鱼儿知道马大三没有杀人，军乐此刻响起，鱼儿捂住了马大三的耳朵，对马大三说明天不用他给鬼子送饭了。这是一段非常感伤的故事，它的背后藏着很深的历史命题，再配以音乐，将人生的无奈感和命运对于人的捉弄毫无保留地揭露了出来。第四次出现在马大三送花屋小三郎回城的时候。第五次出现在马大三闯入日本战俘营里用斧子砍人时。这一段音乐持续的时间也比较长，近 6 分多钟。这一段安静的音乐配上马大三歇斯底里的乱砍乱杀，使观众悲从中来，因为平静的音乐也可以表现出悲哀的感情。

（三）细节描写可以成为连接情节的巧妙手段

对于细节描写推动情节发展，使得整部作品脉络贯通的例子，在文学艺术作品中屡见不鲜。中国的戏曲艺术中的《十五贯》《红灯记》《双金锭》《落金扇》就是以物件细节为线索来贯穿情节发展的。

影视作品当中，电影《疯狂的石头》的起源就是一块工厂厕所里面发现的宝石。故事一开端，徐峥饰演的老板就想夺得这块宝石，派出了从香港来的杀手；而刘桦、黄渤等人饰演的江湖混混又因为机缘巧合要去抢夺宝石，后来宝石又被谢厂长的儿子调包。后面的情节发展就根据这两块真假宝石，进行了"疯狂"的喜剧演绎。

《小鞋子》和《十七岁的单车》当中的物件十分的平凡，却让我们难以忘怀当中的人物命运，恰恰是因为这些物件细节一直贯穿整部作品，成为线索引领着故事的发展。

我们很难忘记《十七岁的单车》中的单车对于两位少年的重要程度，一位是安身立命的工具，一位是精神上的奖励。我们从细微的细节中理解了这些物件对于主角的得和失之间心情变化，情节发展与整部作品脉络之间的贯通也由此可见。

四、如何使用细节

（一）对物件细节的运用和处理

物件细节：影视作品中出现的物件可起到贯穿情节作用，是推动故事向前发展的重要动力。如《小鞋子》中的鞋子、《魔戒》中具有强大魔力的戒指都是推动剧情发展的动力和故事的主要组成部分。

物件细节有什么作用呢？

（1）作用于情节结构。

物件细节可以起到艺术作品中情节的引线作用，成为结构的支柱，使情节连贯顺畅。《疯狂的石头》中价值不菲的翡翠，就是情节结构中最重要的一部分，影片的情节就是围绕这块翡翠发展起来的。

（2）传达角色的思想和感情。

物件细节可以更加生动地传情达意。《勇敢的心》中手帕的物件细节体现了华莱士对亡妻梅伦的思念。《爱情的牙齿》中钱叶红和丈夫的关系也通过物件细节表现了出来。

（3）物件细节的拟人化和风格化。

《玉观音》中主人公佩戴的玉观音寄托了安心的感情，创作者也以玉观音隐喻善良美丽的女主角。

（二）对人物情绪的刻画和细部动作的描绘，即情绪细节与动作细节

表情和动作的细节往往是最能反映人物性格与情绪的。我们看到《教父》里面白兰度的表演，一些细微的动作和细节反映了他的性格。香港功夫片中，一般武打角色一出场就能知道是什么门派和招式，比如《叶问》中的咏春的开场。《秋菊打官司》里面的秋菊一直挺着一个大肚子，来来回回走路，动作艰难，从中看出秋菊性格的倔强。《马路天使》中小云对陈少平的感情通过细致的动作表现出来。《暗恋桃花源》中林青霞抬起身来回眸一笑，给人一种深深的、纯洁无瑕的怀旧气息，与台湾新电影时期注重远景、客观镜头、冷静视角已有所不同。

我们在日常生活中，也可以对身边的人进行观察，比如有些人喜欢揉鼻子，戴眼镜的人喜欢扶一扶眼镜。长期熬夜的人，眼神往往是迷离的，情绪失落的人身子看上去就是散的……这些情绪和动作的细节，建议大家结合相关的表演理论，结合电影再多做分析。《范进中举》中对胡屠户的性格描写刻画得也很成功。

> 范进即将这银子交与浑家打开看，一封一封雪白的细丝锭子，即便包了两锭，叫胡屠户进来，递与他道："方才费老爹的心，拿了五千钱来。这六两多银子，老爹拿了去。"屠户把银子攥在手里紧紧的，把拳头舒过来，道："这个，你且收着。我原是贺你的，怎好又拿了回去？"范进道："眼见得我这里还有这几两银子，若用

完了，再来问老爹讨来用。"屠户连忙把拳头缩了回去，往腰里揣。

"攥、缩、揣"几个字眼就把胡屠户见钱眼开、虚伪做作的性格做了描绘，我们在影视创作中应该学着如何用较少的镜头来描述人物的性格特征。

（三）服装和场景（造型）细节表现时代特征

贾樟柯的电影《站台》中记录了崔明亮要妈妈照着张军从广州带回的喇叭裤样式，将普通裤子改成喇叭裤的场景，反映了20世纪70年代末80年代初的社会现状。《偷自行车的人》当中当铺货物的累积和场面的火爆则是人民生活困难的体现。《钢的琴》当中，汪工身上的蓝色工作服，一方面符合汪工的身份和人物性格，另一方面也看出东北人民对于当年的工业繁荣景象的怀念。

编剧在写作的时候，对于服装和场景的细节应该有多方面的考量，最为关键的是不能出现"关公战秦琼"的历史错误，也就是说服装和场景要符合时代背景，体现时代特点，这对于现实主义题材的电影格外重要。《归来》这部作品在服装和场景细节方面就做得很好，这一方面得益于美工师的精心运作，同时也是全体工作人员对于那个历史时期的风貌十分熟悉，基本上真实还原了场景造型细节。对于非现实主义题材的作品，服装和场景细节则应该具有一定的象征性和符号性，比如《被嫌弃的松子一生》当中的洛可可风格在电影中的运用，服装与场景的安排十分时尚与华丽，一定程度上是用乐景写哀情，从另一方面来烘托松子一生的悲剧性。

（四）语言细节化

语言的细节处理非常重要。语言应该生动而富有变化，并且能体现人物的个性特征，应该与当时的场景和情况相适应。《鬼子来了》里面的疯七爷在全片中的戏份虽然不多，但是至关重要。第一次出场，是在马大三他们第一次开会时，在这场戏里，"七爷"的作用主要是交代人物关系——我们知道他叫"七爷"，是寡妇"鱼儿"的公公，而且使我们知道了马大三和鱼儿那点事。"七爷"骂道："我崩了你个王八操的！"五舅老爷："你儿媳妇和大三的事儿，也不是一天两天了，我们都知道。"五舅老爷："这在商量正经事。"七爷："你两货有啥正经事呀！"鱼儿把水递给七爷，表面上看起来有些不情愿。七爷："我不是你爹，不要脸的养汉老婆！"就在这里，七爷好像并没有疯，回答五舅老爷和鱼儿的话都是正常的，说得不过比较直白一些，当着马大三的面，骂他"王八操"。鱼儿想堵住七爷的嘴，给他喝水，也被骂了一句"不要脸"。这段疯，其实七爷说出了大家的心声。也许，在平时，在背后，村民都发现马大三和鱼儿的奸情，事不关己也就没有过问（二脖子的妈在后来也嘲笑过他们两个的关系）。

五、案例分析

（一）电影《超完美谋杀》的细节体现

对于细节，下面将这个作品分成三类来说：第一，镜头细节（特写）；第二，道具细节；第三，台词细节。

先说镜头细节，在悬疑片中细节的作用是线索指示，或者让人产生情绪上的变化。

那么就会有很多的特写镜头，从远处推到特写，让人在视觉心理中产生了一种恐惧感。还有就是节奏性的配乐，再直接切入一些特写镜头，自然让人在心理上产生不适感。

再说道具细节，其作用就好比是评书中的"草蛇灰线"，一旦出现了某个特写的道具，一定是线索在电影叙事中"伏之千里"。比如在电影中戒指、项链的出现，是交代妻子的身份是美丽、有钱；而结尾的钥匙的出现，则告诉观众或者说抓住了观众，设下悬念。

最后说说台词的细节。台词的细节在剧中可能体现得不多，比如妻子和他人交流的时候，说到婚前签协议，这样一句台词的交代，也是为了下面妻子逐渐发现了丈夫的问题而埋下伏笔。

（二）川剧《梵王宫》的细节艺术处理

中国传统的戏曲艺术有很多我们在影视剧当中可借鉴的地方，比如说戏曲艺术的虚拟写意对于创作而言，就是很好的艺术技巧。川剧《梵王宫》当中的细节艺术处理就相当成功，巧妙运用了"变脸"技巧来演绎故事、刻画人物。

《梵王宫》里面的女主角是位叫叶含嫣的小姐，她与公子一见钟情。舞台上，一位在左，一位在右，四目相对，不敢上前。丫鬟就站在舞台中央，左右手各牵住他们的"视线"，打了个疙瘩在一起。丫鬟就牵着这根虚拟的线往里面一扯，小姐公子便倒向里面；往外面一送，就倒向外面。

小姐从梵王宫回家的路上，对公子念念在心，已经是神思恍惚，为了表现她对公子的倾心不已，戏中抬轿子的轿夫的"胡子"不见了，轿夫也就变成了公子。小姐看到后十分惊喜，羞涩地赶过去。公子一转身，嘴上的胡子又忽然长出来了，变成了轿夫。其实，轿夫和公子都是一个人表演的，胡子的出现和消失，就是川剧变脸的绝活所演绎的。这个"胡子"的处理，则是一个细节艺术。我们在影视作品中，自然可以用光学技巧——叠化技术来塑造，这一来把叶含嫣一往情深、一见钟情、魂不守舍的样子都能刻画出来，这比大声咆哮我爱你要来得更加具体和深刻，同时也符合故事情境的需要。

尽管剧作家不是教出来的，好故事也没有公式可循，但任何事情发展成体系都会出现规律，都会有一套行之有效的规则。本章节从故事创作的角度总结了一些技巧，希望能够给初学者在日后的故事创作中提供一些思路。关于写作的技巧，《异形》的编剧丹•奥班农在《剧本结构设计》里提道："狗为什么摇尾巴？因为狗更聪明。如果尾巴更聪明，那就是摇尾巴狗了。"所以，即使有规则可循，总还是会有余地留给真正令人惊叹的东西，那就是你的创意。丹•奥班农给出的建议就是：别把尾巴和狗搞混了。所以，技巧的意义在于，了解它并使用它，让它成为你手里的枪，一旦你掌握了它，其他的一切便井井有条了。

思考与练习

1. 细节的作用有哪些？
2. 根据本章所介绍的情节模式，任选其中一种情节模式，创作一部十分钟左右的短片。

3. 任选一部电影或者电视剧,看看它属于哪一类型,是否符合该类型的元素特征,并且尝试对这一作品进行细分和读解。按照本章所介绍的类型原则,完成一篇电影或者电视剧的类型情节分析报告。

第八章　影视剧中的悬念

第一节　什么是悬念

一、悬念的界定

好奇是人类的天性。在古希腊神话中，宙斯命众神合力创造了一个可爱的女性，命名为潘多拉，将其带给普罗米修斯心地淳朴的弟弟埃庇米修斯。埃庇米修斯沉迷于美色，没有听从普罗米修斯劝告他不要接受任何宙斯送的东西的话。在迎娶潘多拉之际，宙斯给了她一个盒子，并告诫她不要打开。但潘多拉受了好奇心的驱使，打开了那个盒子，里面所有的灾难、瘟疫、祸害统统散布到了人间。虽然这只是一则神话故事，但还是道出了人类好奇的天性。但是合理地运用好奇心，会推动人类社会的发展。影视工作者们正是抓住了这一点，在影视剧作中运用悬念，创造了一批生动鲜活的作品。

（一）何为悬念

想必我们对悬念并不陌生。中国古代的小说理论把悬念称为"扣子"，即在作品情节描写的过程中打一个"结"，系一个"扣"。通俗来说，就是在作品的某一个部分去揭示刚刚发生的矛盾时，故意将其悬置起来，暂时不予解答，从而达到扣人心弦、引人入胜的效果。

在日常生活中，也处处可以看见悬念的影子。茶余饭后，闲话家常，"八卦中心"常常这样开场。"特大消息，你们知不知道？"随即停止了叙述，周遭之人便聚拢精神、调动情绪，往往还要催促几句"快说啊"，方可继续。

在叙事性的艺术中，悬念的设置非常普遍，接受者（包括读者、观众、听众）对叙事作品的悬念体验也已经习以为常。正因如此，美国剧作家威·路特不满意仅仅"把可怕的哥特故事、凶残的杀人案件和其他让人毛骨悚然的戏剧性事件叫作'悬念故事'"，他认为"这个定义太狭窄，实际上只是含混不清的无稽之谈"，在他看来"几乎所有的故事都是悬念故事"。

从以上的看法中我们可以看出：

（1）悬念和故事密不可分：故事离不开悬念，悬念也离不开故事。

（2）悬念在戏剧性的事件中体现得最为典型。戏剧性事件的叙述要求叙述者不仅能够将故事中所积蓄的叙事动力充分展开,而且能够有效地控制其展开时间、程度和前进的方向。

(3) 危险的时间极易产生悬念,悬念往往与可怕、凶残、毛骨悚然有关。

(二) 为什么要设置悬念

1. 悬念是维持阅读和观赏兴趣的重要手段

读者和观众的注意力是有限的。根据心理学的研究表明,常人将注意力完全集中在一件事上,专心致志的时长最长为十一秒,超过这个时间就需要主体采取强制措施。这种强制对于篇幅较短的作品自然不成问题,但在阅读或观看篇幅较长的作品时则是一个障碍,因为过多的强制会产生心理疲劳。因此克服欣赏者注意力缺陷问题的重任就落到了作家和导演的手中。悬念的设置和营造便是其最主要的法宝。正如狄德罗所说,任何戏剧都要注意兴趣和惊奇因素。那么什么是兴趣呢?兴趣是人对事物的一种特殊的认知倾向。当一个人对某件事产生浓厚的兴趣后,便会自然而然地对此事抱有长期而持续的关注。随之而来的,是注意力的高度集中,自觉排除各种干扰而全身心地投入其中。1977年,高德哈巴以此为依据,提出了"注意力经济"的概念。

2. 悬念与读者或观众的情感诉求有密切的关联

亚里士多德阐明悲剧的功能是"借引起怜悯与恐惧来使这种情感得到陶冶"。上海大学影视学院教授曲春景也如是说:故事是人生的储备。在深层心理上,人们对故事本源性的需求是一种伦理需求、一种由交往实践产生的焦虑心理转化而来的求知欲,即渴望了解那些与命运相关的交往方式和交往行为所产生的后果,人物的各种命运成为化解焦虑满足求知欲的最好答案。故事的娱乐性正来自观众对主人公命运的深切关注,对他接下来行为的迫切了解——他将会怎么办?他会采用什么态度和行为?故事的悬念即建立在观众对主人公处境的怜悯和恐惧之上。故事的快感是观众的怜悯和恐惧之情得到宣泄后心理上获得的一种平衡。

(三) 何为悬念

亨特说:悬念是戏剧中抓住观众的最大魔力。安得罗斯说:悬念主要是热切的好奇心——当然是感情的——想知道从已知的原因中会得出什么结果,并且从这些结果中又会得出什么样的后果。关于"悬念"一词的含义,无论是《辞海》还是《现代汉语词典》都解释为欣赏戏剧、电影或者其他文艺作品时的一种心理活动,即关切故事发展和人物命运的紧张心情。作家和导演为体现作品中的矛盾冲突,在处理情节结构时常用各种手法引起观众或读者的悬念,以加强作品的思想和艺术感染力。显然,此处指的"悬念"是读者或观众接受虚构作品(戏剧、电影等)时的一种情感反映。

在虚构叙事的范畴内,我们探讨的"悬念"是一种心理活动,即在读者、观众观看和阅读叙事性文本过程中产生的一种心理活动。对于这种心理活动描述较有代表性的范培松在其著作《悬念的技巧》中这样描述:悬念,顾名思义,是悬在心中的思念。那是一定的心理活动,也是一种情绪欲望,就是我们平时说的挂念、牵念、叨念和念念不忘的期待之情。我们现在通常说的悬念是叙事性的文学作品范畴中的一个特定概念。它有两个含义:一是从读者阅读接受心理来看,那是指读者在阅读叙事性文学作品时,看到悬而未决的地方，不由自主地产生迫切要求了解情节发展的心理活动和对作品中的人物命运严重关注的心情，从而激发起产生阅读的强烈欲望，有时甚至会到达"食不甘，睡不安"的地步，这些复杂的心理活动就是悬念。另一层含义是从作者创作的表现角度来看，那就是作者在安排情节和描述人物时，到了某个关头，故意停住，设下卡子，对矛盾不加以解决，让读者对情节、对人物牵肠挂肚，以达到感染读者的目的的各种手段和技巧，这也叫悬念。

由此我们可以总结出悬念的两种特征：

（1）悬念是作品中可以引起观众或读者兴趣的内容。

（2）悬念通过引导观众或读者的情绪变化，推动了作品本身的发展，最终体现出其价值和艺术性。

由此可见，探讨观众的接受心理，成为设置电影悬念的重要一环。

二、悬念的接受心理

（一）好奇心的驱使

好奇心是对于未知的探究，是一种"获得满足"的欲望的驱使下产生的心理。

在这种欲望的驱使下，观众会关注作品中情节的发展，悬念的设置由此开始发挥效果。

（二）对于未知世界的恐惧

恐惧是人类最基本的情绪特征之一，也是人类无法挣脱的本性。每个人都会对未知世界产生恐惧，并且期望通过了解来消除恐惧。悬念设置的前提就是提出一个"未知"，从而引发观众了解未知的期望。

（三）怜悯和同情

怜悯和同情是人类最高尚的情感，如果在悬念的设置中引入了可以引发人们怜悯和同情的因素，作品将更易激起观众的关心。

（四）期待

受期待的影响，观众在接受悬念时通常想得到一个和自己猜测相同的结论。基于这种心理，悬念成为验证人们期待的一种方式，因而受到持续的关注。

（五）升华解脱

在悬念的驱使下，关注主人公的命运，感受到自己生活的优越；关注主人公与困难苦难斗争的历程，而使自己的心灵得到净化。

三、悬念的分类

（一）未知悬念和未来悬念

著名的悬念大师希区柯克举了这样一个生动的例子来阐释这两种悬念类型。假设有一个场景，两个人坐在房间中聊天，突然一个炸弹爆炸，观众会大惊失色，但这种紧张只能持续十五秒。此为未知悬念，即在观众与剧中人毫无准备的情况下，突然爆发，达到震撼人心的效果。另一种场景是这样的，插入一个炸弹的镜头，告诉观众炸弹在哪里，并确认炸弹会在十分钟后爆炸，然后让剧中人聊天。此时，剧中人对危险毫不知情，但观众却开始为剧中人的命运提心吊胆。此为未来悬念。未知悬念可以使观众惊恐地跳起来，但未来悬念则会使观众的心理持续处于紧张、焦虑的状态。

在运用中，二者相辅相成。作者通过未来悬念维持观众的情绪，通过未知悬念起伏戏剧情节和观众心理。

以影片《西北偏北》为例。广告商罗杰在饭店与人商谈，两个间谍向服务员询问这里有没有卡普兰先生，因为这个人是间谍组织要除掉的人。此时观众和间谍都处在对于卡普兰先生不知情的情况下，观众会于此时引发思索：谁是卡普兰先生？为什么间谍要追杀他？这一场景成功建置了一个未知悬念。接下来，剧情继续发展，广告商罗杰想起打电报的事，他起身，正在这时，服务员朝罗杰的方向喊了一声"卡普兰先生"，罗杰先生毫不知情地向前走来。此时，观众已经知道有间谍要干掉卡普兰先生，同时也知道罗杰并不是卡普兰，巧合引起了误认，观众的情绪此时完全被悬念支配。

（二）总悬念和分悬念

总悬念贯穿剧情的始终，并蕴含和激发着剧情的主要冲突和对抗，是全剧的焦点所在。总悬念在剧本的开头就建立了起来，随着冲突的不断扩大，悬念也不断加强，直到高潮，并伴随着结局得以解决。

如在电影《达芬奇密码》中，一开始，漆黑的卢浮宫中一位年迈的老人在吃力地奔跑，他的身后不紧不慢地跟着一个面色煞白、一袭黑衣的年轻人。老人中枪倒在了地上，年轻人让生命正在流逝的老者将"东西"交出来，老者没有答应。这一总悬念贯穿着影片的始终。两人之间有什么矛盾？"东西"到底是什么？

在《垫底辣妹》中，沙耶加在各个学校的学习生活都不得志，因为看见了明兰女子中学的校服很漂亮，于是妈妈鼓励沙耶加考明兰女子中学，并告诉她，只要上了这个学校，只管做开心的事情就可以，也会直升本校的高中和大学。于是，沙耶加按照这个原则，在高中时被分到了成绩最差的班级。为了袒护朋友们吸烟的事实，被学校劝退。沙耶加的妈妈为沙耶加报了青峰私塾。报道第一天，老师帮沙耶加定下了理想的大学——应庆大学。接下来，故事的发展都围绕着这个悬念展开：沙耶加能不能凭借自己的努力从一个垫底的学渣考上应庆大学？

在《烈日灼心》中，一开场，就讲述了一场大案，别墅中的一家人被杀害，画画的女孩被辛小丰强奸。三个兄弟慌乱地从别墅中逃离了出来，辛小丰想回去救这家的孤女，三人发生了争执。在争斗中，陈比觉的脑袋被树杈叉穿。视角来到了当下，三人中一人化身成出租车司机，帮助无数人却从来不接受记者的采访；一人成了协警，除暴安良，却不求升迁入职。另外一人成了渔夫，照料着孤儿的起居。影片在看似风平浪静，实则暗潮汹涌的背景中展开。之后三个人的命运会如何？法网恢恢，会百密一疏还是疏而不漏？这些问题成了悬在观众和剧中人头顶上的达摩克利斯之剑。

总悬念设立起来后，随着剧情的发展，无数的分悬念也会浮出水面。分悬念属于剧

本的每一个发展段落或主要场面中出现的局部紧张局势，起着不断加强和丰富总悬念的作用。如果没有一个个细小的悬念不断激励着主悬念，那么主悬念很有可能在剧情进展的过程中逐步消解，最终使观众丧失兴趣。

在影片《杀人回忆》中，一开始乡村警官发现下水道里发臭的女尸，那么，谁是杀害女尸的凶手？悬念霎时扑面而来。这一悬念成功地抓住了观众的眼球，使观众心理产生了一系列恐怖、紧张、刺激的情绪。小镇的警察和从汉城调来的警察共同负责查办此案。小镇的警察作风粗暴，刑讯逼供，几次使疑犯不得不屈打成招。汉城来的警察则通过冷静的思考和缜密的分析，一次次地排除了嫌疑，接近真相。但是，无辜的人们还是在一个个雨夜被神秘而残忍地杀害了，两个警察都逼近了崩溃的边缘。最后他们抓到了一个所有特征都符合的嫌疑人，美国传来的 DNA 鉴定却再一次否定了他们的判断。十多年后，早已改行的小镇警察再次故地重游，却无意间得知凶手依旧逍遥法外……

正是在总悬念的统领下，小悬念不断丰富和填充，支撑起了这部优秀影片的骨架。

四、悬念的"三 S 原则"

"三 S"即指 Suspence（悬置）、Surprise（惊奇）和 Satisfaction（满足）。这三原则与开端、发展、高潮的叙事格局是相互对应的：在开端部分，应将人物的命运和事件悬置；在发展部分，应不断制造出惊奇的效果；在结局时应使总悬念得到满足的心理预期。

当然，随着观众审美趣味的提高和叙事手段的不断发展，传统悬念的"三 S 原则"不断地受到挑战。

在前面举例的影片《杀人回忆》中，该片显然打破了类型化电影的叙事原则，寻找到了专属于己的叙事策略。以往的悬疑片中，大多承袭"悬念大师"希区柯克的"旁观者清，当局者迷"的造悬方法，在故事一开始埋入一个"炸弹"，然后在故事的结束"炸弹"爆炸，在故事发展中这颗"炸弹"潜藏的能量就是"悬念"。但是此片却反其道而行之，全片一直悬念重重，但却又一直"悬而不决，疑而难解"，真相随着剧情的发展越来越远，在无边的黑暗中我们和故事的主人公一起坠入无底深渊。最终，影片在无果中茫然结束。正是这种极富开创性的叙事策略，打破了观众的心理预期，实现了由戏剧性悬疑转向心理悬疑的现代表达。

五、经典悬念模式

（一）"偷窥"式悬念

这种模式通常是主人公在相对封闭的环境中，以"偷窥"的视角，来展开整个剧情。目的是利用观众的好奇心和求知欲，使他们对剧情发展持续关注。如希区柯克的影片《后窗》中，主人公杰弗瑞摔断双腿终日在家观察邻居，还识破了一起杀妻分尸案。该片成功地制造了恐怖和悬疑的气氛，形象地挖掘出个人内心深处隐藏的偷窥心理与欲望。其不仅让观众看到生活和人性隐秘的一面，也开创了一种悬疑影片叙事手段的先河。

(二)"倒计时"式悬念

此类影片中的主人公要在特定的时间内进行特定的人物动作,限定时间内的行动影响着事情的发展和结局。时间越紧迫,困难也就越大,观众的情绪也就越紧张,对剧情的关注度也就越高。《危情24小时》《引爆摩天大楼》等影片都展现了此种模式。

(三)"俄狄浦斯"式悬念

此模式采用闭锁式结构,不断追溯前史,重复细节,印证结论。古希腊戏剧《俄狄浦斯王》中,大幕一打开,特拜城中正在暴发瘟疫,克瑞昂求得阿波罗神示:若要止住瘟疫,必须杀死杀老国王拉伊奥斯的凶手。俄狄浦斯王下令追查凶手,但随着剧情的进展,真相一步步接近,俄狄浦斯王却用自己的行动印证着自己"杀父娶母"的悲惨命运。最后,王后伊奥卡斯特自缢身亡,俄狄浦斯王刺瞎双眼自我流放。

(四) 章回式悬念

该悬念设置模式常见于文学作品和电视剧中,讲故事讲不完,留下一个意犹未尽的结尾,吸引观众持续关注故事的发展。在《西厢记》中,第一本崔莺莺和张生在佛殿中巧遇,两人坠入爱河。张生向长老说明要在寺中温书,借此机会接近莺莺,但莺莺虽对张生有意,却担心母亲识破后阻拦。第一本演毕,崔、张彼此有情却无计可施,观众却急于得知后事。随即第二本孙飞虎出现了。他得知莺莺美貌,想抢占为妻,于是兵围普救寺。情急之下,老妇人许诺,若有人能解普救寺之围,就将莺莺嫁与此人。张生送信于好友白马将军,擒了孙飞虎,普救寺之围遂解。老妇人请张生赴宴,没想席间竟让两人结为兄妹。二本完结,剧情一波三折,本想两人在解围后可花好月圆人美满,谁想老夫人为首的封建势力横插一刀。第三本张生害了相思病,红娘奉莺莺之名递送书信,在此过程中,崔、张、红娘三人之间,又出现了性格冲突。莺莺一方面要利用红娘,一方面又要表现出小姐的尊严与矜持。红娘已决心帮助小姐,但不能言明,她一方面埋怨小姐对自己耍滑头,另一方面又不得不小心翼翼。张生方面,既执着地追求着爱情,但对莺莺的态度也捉摸不定,愈发六神无主、痴痴迷迷。这本中,戏转到了青年的内部,主要人物间产生了嫌疑,又不由让观众捏了一把汗。在第四本中,张生与莺莺私订终身,红娘在老夫人面前为两人据理力争,逼迫老夫人应允了两人的婚事,但老夫人提出条件,张生考取状元才能迎娶莺莺。观众已经看到了美满团圆的影子,两人却转眼要长亭送别,未来渺茫不可预测。第五本中,老夫人要将莺莺另嫁他人,莺莺原定的夫婿假说张生中状元后被人拉去做了上门女婿。张生、莺莺缘分将尽,正在此时,张生赶来,误会尽除,一对有情人终成了眷属。该剧一环扣着一环,一波接着一波,有起有伏,有开有阖,扣人心弦,引人入胜。作者以其高超的艺术技巧,使观众得到了完美的艺术享受。

(五) 隐喻式悬念

隐喻是一种常用的修辞手法,是在彼类事物的暗示之下感知、体验、想象、理解、谈论此类事物的心理行为、语言行为和文化行为。隐喻作为一种悬念模式,在作品情节的发展中发挥了很重要的作用。在王明军指导的电视剧《墓道》中,宋若虚和秦平安从

小一起长大，但却走向了不同的道路。从小失去父母的宋若虚在舅舅的影响下干起了盗墓的行当，而继承家训的秦平安则成了公安局文物侦查大队的队长。宋若虚在生活中是一个小公务员，懦弱而谦卑，但私下里，摇身一变，则成了盗墓团伙中狠绝凌厉的老大。两人进行着一明一暗的较量，但兄弟情义却未曾改变。

六、电影中悬念的类型

（一）枝干型

顾名思义，这种悬念的设置犹如一棵大树，总悬念是树干，分悬念是树枝。围绕着主悬念的各种小悬念能够增强主线悬念的力量，直到电影的高潮部分。

（二）串联型

这种悬念设置方式也能不断引起观众的注意，但是悬念不是围绕着一个事件进行的，而是围绕着主人公的发展进行的。在整部电影中，悬念变换但主题不变。《哈利·波特》系列电影中，每部电影都有一个结局，但结局又引领着下一步的开始。

（三）交错型

该种悬念主线不突出，但悬念间又互相联系，交错展开。此类型适用于人物众多的群像式影视作品，如电视剧《请回答1988》。

（四）冲突型

相对于电视剧，电影更加讲究人物、情节间的逻辑关系，能够推动剧情不断发展。这是商业电影制胜的法宝。《泰坦尼克号》中，从杰克赢得船票的那一刻起，贫穷与富贵、高尚与粗俗、爱情与身份、人与自然的矛盾冲突就一刻都没有停歇。

（五）视觉型

电影作为一种以试听为灵魂的艺术形式，就要充分发挥其特长，以画面细节、音响、视觉效果丰富悬念设置的手段。

第二节　悬念设置的方法与技巧

一、整体悬念的设置

（一）结果提前法

从最重要的必需场面开场，先透露给观众一些可能引起他们关注的信息。如你将看到最大的高潮可能是什么，主人公面临的最大敌人是谁。主情节的激励事件是一个大钩子。它必须在银幕上发生，因为这是一个激发和捕捉观众好奇心的时间。由于急欲找到戏剧重大问题的答案，观众的兴趣就被牢牢地勾住了，而且能一直保持到最后一幕的高潮。《蝴蝶效应》影片的一开始,在昆虫翼的鼓噪声中,一个中间男子踢开了房屋的门,将入口迅速挡住。他钻到桌子下面,手拿纸笔,写下了这样的话:"如果……任何人找到这封信,那就意味着我的计划不起作用,而且我已经死了。如果我能以某种方式回到这一切的开端,也许我就能挽救她。"然后影片回到了十三年前,开始展开叙述。这就使观众由未来某点的疑问产生了对当下时间的兴趣。到底计划是什么?男主人公付出生命的代价要去完成什么事情?怎样可以回到过去?要拯救的她是谁?

(二)同类比较法

同类比较法即为一种指路标的方法。在剧本开场的时候,设置一个和主人公相似的同类,把将要爆发在主人公身上的危机在他的身上爆发出来,并让观众看到危机的可怕结果。然后主人公步上后尘。

吴宇森指导的影片《变脸》讲述的是 FBI 探员亚瑟追捕恐怖杀手凯斯长达 8 年之久,凯斯曾杀害他的儿子,两人因此结下了不共戴天之仇。一次,为了调查致命炸弹的放置地点,亚瑟自愿取下自己的脸皮,换上昏迷中凯斯的脸,混入监狱与其匪党搭上线,以套出炸弹的放置地点。但是清醒后的凯斯也换上了亚瑟的脸,摇身一变为 FBI 探员,使亚瑟的家庭与事业陷入了危机,一场正邪两方的激战从此点燃。

同样,电视剧《北平无战事》的开场引出了这样一起事件。1948 年 7 月,国统区粮价已飙升至 36 万法币一斤,北平参议会决议强令取消一万五千名东北流亡学生配给粮,引发了学生抗议,爆出了国民党空军勾结北平民食调配委员会徇私舞弊案。与此同时,方步亭的长子,空军上校方孟敖,正在南京接受审判,罪名是违抗军令拒绝轰炸开封,有通共嫌疑。并案受审的还有前国民党空军作战部中将副部长侯俊堂和中共地下党员林大潍。法庭上,方孟敖在庭上见到了受审的林大潍。林大潍在一番慷慨陈词后,英勇就义,这让方孟敖深受触动。《北平无战事》的开场中林大潍这个人物和后来的人物事件都没有直接的联系,从表面来看只是渲染了一下当时紧张的政治氛围,但仔细研究发现,这个人物其实是剧情重要的指路标。他本质是全剧坚守理想信念的共产党员的同类,他的结局给全剧在一开始就蒙上了一层阴霾的影子,他的过去成了悬在剧中人头上的一把利剑,隐含着剧中人所有不确定的命运走向。

(三)预言提示法

还有一种较为古老的设置悬念的方法——预言提示法。预言预示着全剧最大的危机,预示着必然场面的到来。在古代的和现代的浪漫主义的戏剧中,神使、先知、预兆、星占以及诸如此类神奇的穿插,对于安置必要的指路标,提供了一个非常方便的帮助。在莎士比亚著名的悲剧《麦克白》中,女巫预言,英勇爱国的将军麦克白会成为弑君自立的人。随着剧情的进展,麦克白在女巫瘦削手指的指引下,一步步受着野心的驱使,走上了万劫不复的道路。然而此种方法在现代却不常用。因为使用预言方法指示剧情,一个重要的前提就是预言不可逆转,必然实现。要使剧中人和观众都要坚定相信,情节才会顺利展开。在《功夫熊猫2》中那只羊仙姑,她预言能终结沈王爷阴谋的只有熊猫。这个预言在观众的心中埋下一颗种子,随着必需场面的到来,阿宝用太极把炮弹逆转并且摧毁了沈王爷的船只,满足了此前观众的终极期待。

（四）叙事结构法

该方法通过非线性的叙事方式制造悬念，使整个电影的叙事结构发生变化，以此表达悬念。其将电影的结局以预叙的方式呈现出来，引发观众的兴趣。除此之外，还要根据人物的发展不断铺叙悬念，在情节中为了介绍某一人物的出场和铺垫该人物在后续情节发展中的分量，进行插叙悬念设置。如《大话西游之仙履奇缘》中，至尊宝通过月光宝盒数次回到过去，逐渐了解了自己的使命，同时，也向观众解释了"至尊宝"变成"孙悟空"的过程。

二、悬念的切入

悬念的切入常见的有两种类型。

（一）"怎么办型"

该类型在开篇后不久，便给观众展现出一个极其棘手的麻烦或者苦恼，对于这样的苦恼剧中人物无从解决，读者或者观众极其想知道这样的一个问题究竟该如何解决。如希区柯克的电影《化妆杀人》中，女主角布莱克被一个金发女郎追杀，逃到一个地铁车站时又被流氓追赶。此时到站的列车中正好站着一位警察，布莱克向警察叙述了她的困境，两人同时向外看去。他们向左看的时候，金发女郎从他们的右边上了车。他们像右看时，流氓却从他们的左边上了车。接下来的一分半里，没有人物的对白和动作变化，只有布莱克的近景、警察的中景和车厢的全景交互切换。警察怀疑布莱克有问题，心神不宁的布莱克、无动于衷的乘客、心生疑惑的警察，观众产生了兴趣，布莱克的命运会如何发展？警察能否帮她摆脱困境？

（二）"为什么型"

该类型就是在开头把已经发生的事情摆出来，然后在后文解开谜团，也就是说，先果后因。在刘伟强和麦兆辉导演的《伤城》中，电影开场不久，就为观众设置了谜题。男主角丘建邦的女朋友为什么会在床上自杀？总督察刘正熙的岳父又是被谁杀死的？

三、悬念的保持

关于悬念的保持有三种常用手法。

（一）观众知道，电影中的人物不知道

比如希区柯克的电影《电话谋杀案》中汤尼和玛戈是一对夫妻，但是玛戈却与推理小说家马克暧昧不清。马克坐轮船来到了汤尼和玛戈的家中，与汤尼相处得很愉快。但是汤尼此时早已知道了妻子的秘密，他找来无赖列斯，让其帮助自己通过电话信号杀害玛戈。再比如《康熙微服私访记》，私访者是皇帝，每个观众都知道，可是里面的人物不知道，那些小贪官们堂而皇之地在皇帝面前招摇，其实这个时候悬念已经产生了。

（二）剧中人物知道，观众不知道

比如电影《粉红豹》里面，粉红豹钻石被偷了，一个警察在机缘巧合下发现了事情

的真相,可是电影却始终都没有说那个警察到底发现了什么,警察知道可是观众不知道,于是观众不自觉地就产生了期待。

(三)剧中人物和观众都不知道

在电影《狩猎》中,刚刚和妻子离婚的卢卡斯在一家托儿所工作,心地善良个性温和的他很快受到了同事和孩子们的喜爱。其中,一位名叫卡拉的早熟女孩和卢卡斯尤为亲近。但面对小女孩单纯幼稚的示好,卢卡斯也只能拒绝。谁知,卡拉用她报复性的谎言让卢卡斯背负起性侵的罪名,一时间,他成了整个小镇排挤和压迫的对象。好友的愤怒、前妻的不信任、爱犬的死亡和陌生人的恶意让他几乎崩溃。卡拉感到了事态的严重性,她小心翼翼地吐露真相,但却没有人相信她。

四、情节进展中悬念的设置

(一)抑扬转折

此手法是叙事性作品中最常用也是最实用的一个技巧,可以使情节摇曳生姿,产生观众意料不到的发展变化。如《秀才献寿》那个老故事,诗的第一句是"这个老太太不是人",众人哗然,于是第二句出"九天仙女下凡尘",老太太得意而笑。三、四两句依然是先抑后扬,"生儿个个都是贼""偷来蟠桃献母亲"。情节一上一下,一束一放,情绪落差大落大起,令人哭笑不得。

(二)发现和突转

所谓发现,就是柳暗花明,守得云开见月明;而突转,则是迷雾重重、云深不知处。简言之就是,一件没有头绪的事情突然有了重大的发现,然而稍后便是一个一百八十度大转弯,不再按照以往的情节去发展,有了一个重大的改变。在电影《楚门的世界》中,楚门是30年前奥姆尼康电视制作公司收养的一名婴儿,他们刻意培养他使其成为全球最受欢迎的纪实性肥皂剧《楚门的世界》中的主人公,公司为此取得了巨大的成功。然而这一切却只有一人全然不知,他就是该剧的唯一主角——楚门。虽然感觉到每个人似乎都很注意他,而且从小到大所做的每一件事却都有着一些意想不到的戏剧性的效果,但这些都没有使这位天性淳朴的小伙子太过于在意。可节目的制作组由于一时的疏忽,竟让在楚门小时候因他而"死"的"父亲"再次露面,观众认为楚门可以走出摄影棚了,但"父亲"立即被工作人员带走。庆幸的是,楚门开始怀疑他们编织了一个完美的谎言让他们"父子"相见,从而达到他们满意的效果。一位既是《楚门的世界》的忠实观众又是该节目群众演员的年轻姑娘施维亚十分同情楚门,楚门也对她一见钟情。她给了楚门一些善意的暗示,自己却被强行带离片场。观众激动起来的心绪又再次遭遇了失落。剧情继续推进,回忆起施维亚的楚门开始重新认识自己的生活。渐渐地楚门发现他工作的公司每一个人都在他出现后才开始真正的工作,他家附近的路上每天都有相同的人和车在反复来往,更让他不敢相信的是,自称是医生并每天都去医院工作的妻子竟不是医生。楚门开始怀疑他所生活的这个世界,包括他妻子、朋友、父亲等所有的人都在骗他,一种发自内心的恐惧油然而生。该影片创设了四重关注的角度:电视公

司的制作人、影片中的电视观众、楚门身边的人、剧外的观众。所有人的关注视角聚焦在了楚门一个人身上,随着剧情的跌宕起伏,悬念迭起又几欲压制,推动影片直至高潮段落。

（三）张弛

张弛是对于情节的控制而言的,也就是节奏的舒缓。不管小说还是电影,一味地紧张,会对读者造成审美疲劳;而一味地松弛,则难以引人入胜。以《水浒传》中武松的情节为例。武松见宋江,兄弟情深厚,分手时恋恋不舍,节奏舒缓;接下来便是景阳冈打虎,此段惊险紧张、扣人心弦;再接下来,便是会兄嫂,情节又有舒缓;再后来,便是杀西门庆……其艺术张力很大一部分都是来自这种张弛有度的情节安排。

（四）蓄放

蓄放指前面缓,后面急,前面的舒缓部分全为最后的爆发。在由东野圭吾的小说改编的电影《白夜行》中,刑警韩东秀为了证实自己对一起已有定论的杀人案的猜想,致使自己的儿子意外身亡,从此变得意志消沉起来。14年后,一桩杀人案似乎和当年这起案件有着某种联系,当韩东秀再一次开始关注起当年一名被害人的儿子有汉时,意外认识了正在帮助财团老板调查未婚妻柳美皓的私家侦探,从私家侦探那里得知这名叫柳皓美的女人正是当年被认为是畏罪自杀的凶手的女儿李佳。当年这两个韩东秀曾经有怀疑过的小孩子如今长大成人,而且又同样因为凶杀案出现在他的周围。在韩东秀的追查过程中,他发现了当年凶杀案以及近期凶杀案的真相,而真相背后,却是一对永远不能在光天化日之下见面的苦恋情侣。影片有这样一句话作为核心:"太阳达到最高点的时候,影子便消失了。"影片的前段一直是压抑沉闷的情绪基调,但最后,男主人公有汉纵身一跳,在女主人公李佳的面前死亡,用死亡成全了她今后人生的辉煌。悬念消解,情绪也因前面的压抑而得到了迸发性的释放。

（五）跌宕

跌宕就是先使读者产生强烈的期待感,然后情节进程却有意地出现艺术性的延缓,使节奏"拖沓",令观众着急上火的同时,更增加一种观赏渴望。这种手法在我国说书艺人的嘴里运用得十分纯熟。那些说书艺人,总是在讲到要紧关头的时候,戛然而止,开始卖关子,然而听众却已然能"忍气吞声"地继续听下去,因为他们的好奇心已经被调动起来了,你越是不说,他们就越加好奇。其实蓄放跟跌宕是比较相似的手法,都是把你的好奇心钓起来,但就是不告诉你答案,把你的好奇心悬起来,不过蓄放是舒缓的,但跌宕却是紧张的。

（六）伏应（藏露）

伏应其实也就是埋伏笔,就是先设置一个看似无特别意义的情节（一般而言,多是小的、细微的情节）,让观众漫不经心地看过,并不认真觉察,而到后面,情节又出现了重大或奇异的突变时,才让观众感到前面情节已有过铺垫或暗示。这种技法的使用,可以使情节发展新异奇妙,出人意料之外,又让观众觉得实为自然,本在情理之中。在影片《回到未来》的第一个镜头中,摄影机环视四周,展现了一系列的道具。其中有一个被开发商随意展示的两张旧简报,其中一张写着"开发商收购布朗庄园"。观众看到此处不会产生太多的考虑，但是此细节却在后面的剧情中得到了呼应。布朗博士要把他自己的全部财产投入机器的研制中，此前的简报在此处发挥了作用，它记述了布朗博士曾经有一处庄园，但在房子被大火烧光之后卖掉了所有的家产，由此可以推论，他将这一笔钱用于了科研。而且这张简报与后来实验室起火，他人说"不要和博士这种人混在一起"都呼应了起来，体现了博士人物的出身和身份的变化，不仅如此，还暗合了影片的母题——无法阻挡的变迁。

（七）倒钩（反弹）

倒钩指在自然随意的行文的结尾处，猛地产生新的性格体现或情节陡转，结局的意义一下子有了巨大的改变。此种手法在欧·亨利的短篇小说中常见。比如《警察和赞美诗》，冬天来了，流浪汉发愁怎么越冬，他想了一个办法就是进监狱，于是他就不断地做坏事，抢东西、调戏妇女、吃霸王餐，但都没能被送进监狱。当他来到一个教堂，听到了里面的赞美诗，顿时心灵得到了净化，决定重新做人时，他却被警察逮捕了。

（八）巧合

巧合的关键在"巧"字，"合"是基本要求，要"合"得既在情理之中，又出人意料之外。"合"得新颖别致，方见其"巧"。电视剧《金玉良缘》作为一出古装喜剧，就大量运用了巧合的手法。该剧讲述的是明朝年间，玉麒麟带着养母的信物只身来到京城，偶遇金府公子金元宝。两人发生吵闹，玉麒麟无意得知顾母是养母当年被陷害的唯一知情人。江家大小姐江晓萱因太后赐婚要嫁与金元宝，后因混乱逃婚，被顾长风所解救。为了确认金元宝的身份，玉麒麟代嫁到金家，与金元宝成了一对欢喜冤家，最终金元宝身份被证实，玉麒麟代嫁的身份暴露，金夫人当年的恶行也被揭穿。金元宝一时无法接受，离开金府。金家遭遇危机，玉麒麟对金元宝不离不弃，最终事情真相大白，金夫人也幡然悔悟，一家人开始新的生活。

合理运用巧合的方法，还可以暗示主题，传达作者的思想。著名的文学家、思想家鲁迅先生给其小说《药》安排了一个结尾：华大妈前去给儿子华小栓上坟，碰到了一个老女人来给夏瑜上坟。这个巧合很让人回味，华家、夏家相遇，华家、夏家的悲剧，连起来就是华夏。因此，鲁迅先生在这里运用巧合，十分巧妙而又含蓄地表达出自己所要表达的主题思想：这是华夏的悲剧，也就是说这是我们中华民族的悲剧。

（九）误会

2015热播的电视剧《琅琊榜》在构建梅长苏和靖王这一对人物关系时，就使用了误会的技法。赤焰少帅林殊在十七岁时，因遭人陷害而导致军队全军覆灭，他侥幸存活，改头换面后回到金陵帝都，一心一意辅佐儿时伙伴靖王登基。但他为了让靖王心无旁骛成就大业，一直隐瞒着自己的真实身份。靖王一面要为好友和皇兄平反，一面与梅长苏针锋相对，殊不知，自己的好友一直在自己身边，用病弱之躯为自己铺设着每一步涉血之路。

五、悬念的释放

悬念的释放常有两种方式：一是剧情进展中，悬念要似放未放，似乎真相大白却又有百思不得其解之处，或者是放开一个催生更多，"道是无情却有情"。二是戏剧的结尾往往都会让悬念集中释放，在冲突焦点的大博弈、大冲撞中，将全剧推进到最高潮，从而悬念得以尘埃落定。

六、设置悬念时应注意的问题

（1）悬念不等于恐怖。
（2）要有一定的事实依据，不能脱离生活、故弄玄虚。
（3）不能为了悬念而设悬，要有一定的目的性，要在"疑问"或"曲折"中展示人物的性格或推动剧情进展。
（4）要为悬念留余地，给后面悬念的释放有据可循。
（5）关注细节的运用。
（6）情节节奏必须张弛有度。
（7）悬念的最终目标是引起观众对人物命运的强烈牵挂，而不是迅速走向结局。

第三节　案例分析——《盗梦空间》的悬念设置

2010年的电影《盗梦空间》连续三周蝉联北美周末票房冠军，继而又风靡全球，IMDB的分数高达9.3分，影史口碑排名位居第四，仅次于《肖申克的救赎》《教父》和《教父2》。

在影片中，多姆·柯布是一位颇有经验的窃贼，在这一行中算得上是最厉害的，因为他能够潜入人们精神最为脆弱的梦境中，窃取潜意识中有价值的秘密。柯布这一罕见的技能使他成为危险的企业间谍活动中令人垂涎的对象，但这也让他成了一名国际逃犯，失去自己的所爱。如今柯布有了一个赎罪的机会，只要完成最后一项任务，他的生活就会恢复本来面目。与以往不同的是，柯布和他的团队这一次的任务不是窃取思想，而是植入思想。如果他们成功，这就是一次完美犯罪。但是即使提前做好了细致专业的安排，也无法预料到危险的敌人对他们的行动早已了如指掌，而只有柯布能够预料到敌人的行踪。

影片充满了悬念，使观众游走于现实和梦境之间，被称为"发生在意识结构内的当代动作科幻片"。但该片的悬疑设置手法和以往的悬念片大不相同，下面我们就从几个角度逐一剖析，以窥视其创新与发展。

一、核心悬念——梦境

《盗梦空间》的主题是:"你所看到的世界未必都是真实的。"它发挥了电影强大的技术手段,打破了人们心中对于梦的传统理解,朦胧、无逻辑、混沌,诺兰向我们讲述了一个具有严格逻辑的梦。

首先需要阐述一些基本的梦境理论知识。"梦境分层论",指梦境可以分为多个层次,层次越高越接近潜意识,而在潜意识中只有情感作用,理性完全不存在。"梦境时间论",也就是说现实中的5分钟等于第一层梦的1小时,每层梦之间也存在着时间极差。"梦境穿越论",要完成在几重梦境以及梦境与现实之间穿越,你要在所在梦境层中惊吓或被杀。

好的悬念设置,是层层设定或是交叉设定的,一浪高过一浪,一波未平一波又起。《盗梦空间》中每层梦境之间也是相互影响的。

第一层做梦的地点是在飞机上,场景是一个城市。在进入费舍梦境前,亚瑟喝了一杯酒。因此第一层梦境的场景设定是下雨。

第二层做梦的地点是一辆车,场景是酒店。汽车在颠簸中行驶。第二层梦境中的费舍感到手中的水杯在颤动,头顶的天花板也在晃动,雨水溅到车内。第二层梦境中柯布让费舍观察外面的天气,天空立刻下起了雨,这让费舍注意到了梦中的异常,他的潜意识开始寻找梦的主人。

第三层做梦的地点在酒店的房间里,梦中的场景是雪山。第一层梦境车子晃动及急转弯产生的离心力,让第二层梦中打斗的亚瑟和费舍产生倾斜。第一层梦中车子滚动时,亚瑟在第二层梦中处在了失重的状态。

第四层梦境中,第三层的伊姆斯听到了音乐,他电击费舍,处在第四层梦境的柯布和阿德里安看到了天空中划过一道闪电。

在用"梦境时间论"设悬时,导演运用了切换镜头、梦境与现实间的强烈视觉效果、交叉蒙太奇等方法。在第一层梦境中,街道追车和酒店两个时空进行平行剪辑。到了第三层梦境,故事在三个时空展开叙事,第一层翻车,第二层失重,第三层雪崩。在四层梦境中,剪辑速度逐步放缓,但时间愈加紧迫。第一层梦境中汽车在下落。第二层和第三层梦境中取消了自然音响,只有音乐在高唱凯歌。第四层梦境中,潜意识的边缘则是舒缓而放松的。每个阶段叙述重点不同,保证了各个时空关系多而不乱。

在"梦境穿越论"的应用中,随着梦境的深入,让剧中人物回到现实的任务也就更加困难,如果不成功,则会坠入万劫不复的潜意识深渊。随着强力镇静剂的注入,人在梦境中死掉也不会再次苏醒,观众随着梦境的深入,主角命运的悬念力度在心中也逐渐加强。

二、贯穿悬念——情感

柯布和梅尔的情感往事也是本片的一大悬念。柯布为何不能回家?梅尔如何死亡

的？直到影片结束时，谜底才揭晓。悬念压力的强度是随着时间的延长而增加的，这就是悬念的延宕过程，创作者越延迟解密，就越能稳住观众，产生显著的效果。另一个情感悬念则是费舍与父亲的关系。父亲的遗言到底是什么？他和父亲最后能否冰释前嫌？这两条情感线索相互交织，柯布由于警方的通缉和对妻子的愧疚使他无法回到家中，而他要回家的方式就是在费舍的脑中植入父亲对他很失望的想法，以使他放弃对父亲产业的继承权。

三、激励悬念——人物、物件

激励悬念由一个个小悬念构成，它属于每一个发展段落或主要场面中出现的局部紧张局势，起着不断丰富和加强总悬念的作用，在每一幕或每一场结束时，将观众的注意力引向下一幕或下一场。

（一）人物

1. 孩子

孩子的背影在影片中出现了七次，开始时柯布在海边睁开模糊的双眼看到孩子，"他为何会昏倒在海边？他与两个孩子是什么关系？"的悬念呼之欲出。第二次，柯布看到闪回的孩子身影，他告诉孩子他不能回家，并告诉他们妈妈不在这里。第三次阿德里安进入了柯布的梦境，看到了柯布用造梦的方式留住孩子和梅尔的记忆。第四次柯布准备飞往他国，他想叫一声窗外的孩子，但没有做到，于是因为这个原因，柯布在之后情节发展中的动作更加积极，都指向他强烈想回家的意愿。第五次柯布与费舍交谈，孩子玩耍的背影对抗着他的潜意识。第六次柯布面对的还是潜意识映射下的孩子，他闭上了眼睛。最后一次，柯布回到家中，他怀疑自己是在梦境还是现实的时候，孩子迎面向他跑来。

2. 斋藤

影片开始时，出现的是在潜意识边缘老去的斋藤和年轻的柯布，观众于是对两个人的年龄差距产生了疑问，也就是在此处，梦境和时空的理论得以初步建立。

3. 多姆

细心的观众可以觉察，在影片中莱昂纳多饰演的柯布还有另一个名字——多姆。第一次是柯布和梅尔的结婚纪念日上，梅尔称他为多姆。第二次是柯布找到自己的老师，也是他的岳父，老师劝多姆回到现实中来。第三次是柯布和阿德里安进入潜意识边缘寻找费舍，梅尔又称他为多姆。那么一个人为什么要隐姓埋名呢？这个悬念与主悬念相互缠绕，刺激着观众的大脑。

（二）物件

1. 陀螺

陀螺在这里一直是分清现实和梦境的重要道具。在影片最后，柯布和盗梦团队完成了任务，回到了现实。柯布见到了日思夜想的孩子。但最后一个镜头是代表在梦境的旋转——陀螺一直在旋转着。影片以此谜题作为结束，悬而未决，形成了一个开放式的结局。

2. 戒指

柯布的戒指不是一直戴在他的手上的，在梦境中他戴着戒指，而在现实中，他的手上空空如也。这也是导演精心设置的细节悬念，暗合了感情悬念。在梦境中，梅尔没有死亡，他们仍旧是夫妻，但在现实中，他则是孤身一人。这一个简单却容易忽视的细节也帮助我们判断哪些场景是真实的，哪些是想象的。

四、悬念的构筑——非线性的叙事模式

线性的叙事模式是按照单一的时间顺序展现起因、经过、结果的叙事方式，常见的有因果关系顺序式、重复关系交织式。非线性的叙事模式摆脱了时间对时间的束缚，采用了时间的跳跃、快进、重复等方式，改变了单一时间逻辑结构，常见的有回旋式、团块式等。《盗梦空间》中，首先展示的是层叠的梦境，从精神分析的角度来看，梦境是杂乱无章，没有逻辑的，任何一个梦境都可以是一个无因果的全新开始。其次，在"梦"这个介质中，主人公要做的是构建梦境，于是一层一层梦境的递进，一环一环梦境的营造，就不再是杂乱无章的了。导演通过这些梦境的层次结构将水平的叙事方式改变成了垂直的叙事方式。以时间为线索，以空间进行排列组合，数条线索并行推导出真相。

通过对《盗梦空间》悬念设置的分析，想必大家在悬念方面成功构筑了理论支撑和实践经验相结合的知识体系。在自我训练的过程中，要心中有观众，心中有故事，并在大量的练习中创造和提高。

思考与练习

1. 何为悬念？悬念设定有哪些原则？
2. 任选一部电影，分析该电影如何进行悬念的设定。
3. 根据你所分析的电影，选择其中你认为最精彩的悬念设定片段，根据这一片段，翻拍一段约十分钟左右的短片。

附录　参考影视剧

中国电影

序号	电影
1	《西厢记》
2	《神女》
3	《马路天使》
4	《渔光曲》
5	《侠女》
6	《大撒把》
7	《唐伯虎点秋香》
8	《鸿门宴》
9	《花田喜事》
10	《十全九美》
11	《万箭穿心》
12	《警察故事》
13	《烈日灼心》
14	《西风烈》
15	《寒战》
16	《暗算》
17	《大红灯笼高高挂》
18	《小武》
19	《甜蜜蜜》
20	《红高粱》
21	《岁月神偷》
22	《喜宴》
23	《黄土地》
24	《孔雀》

附录　参考影视剧

续表

序号	电影
25	《李米的猜想》
26	《秋菊打官司》
27	《骆驼祥子》
28	《归来》
29	《有一个地方只有我们知道》
30	《那些年我们一起追的女孩》
31	《致我们终将逝去的青春》
32	《姨妈的后现代生活》
33	《饮食男女》
34	《我和爸爸》
35	《落叶归根》
36	《家在水草丰茂的地方》
37	《听风者》
38	《风声》
39	《斗牛》
40	《城南旧事》

外国电影

序号	电影
1	《漂网渔船》
2	《夏伯阳》
3	《大幻灭》
4	《游戏规则》
5	《罗马，不设防的城市》
6	《罗马假日》
7	《卡萨布兰卡》
8	《关山飞渡》
9	《雁南飞》
10	《玛利亚·布劳恩的婚礼》
11	《偷自行车的人》
12	《保持通话》
13	《千与千寻》

续表

序号	电影
14	《偷天情缘》
15	《美国丽人》
16	《拒穿比基尼》
17	《海上钢琴师》
18	《剪刀手爱德华》
19	《莫扎特传》
20	《玩偶之家》
21	《小鞋子》
22	《白气球》
23	《雨人》
24	《杀诫》
25	《狮子王》
26	《哈姆雷特》
27	《麦克白》
28	《蝙蝠侠大战超人：正义黎明》
29	《我的左脚》
30	《这个杀手不太冷》
31	《洛奇》
32	《第五元素》
33	《本杰明·巴顿奇事》
34	《勇敢的心》
35	《超人总动员》
36	《后天》
37	《泰坦尼克号》
38	《2012》
39	《哥斯拉》
40	《素媛》
41	《初恋那件小事》
42	《大白鲨》
43	《乱世佳人》
44	《落水狗》

续表

序号	电影
45	《低俗小说》
46	《海上钢琴师》
47	《三十九级台阶》
48	《伊万的童年》
49	《黑天鹅》
50	《两个人的车站》
51	《被嫌弃松子的一生》
52	《出租汽车司机》
53	《钢琴课》

电视剧

序号	电视剧
1	《甄嬛传》
2	《大宅门》
3	《不要和陌生人说话》
4	《激情燃烧的岁月》
5	《破产姐妹》
6	《渴望》
7	《步步惊心》
8	《美人心计》
9	《汉武大帝》
10	《雍正王朝》
11	《末代皇帝》
12	《红楼梦》
13	《三国演义》
14	《西游记》
15	《水浒传》
16	《戏说乾隆》
17	《戏说慈禧》
18	《还珠格格》
19	《宰相刘罗锅》
20	《铁齿铜牙纪晓岚》

续表

序号	电视剧
21	《战长沙》
22	《杉杉来了》
23	《何以笙箫默》
24	《双面胶》
25	《英雄无泪》
26	《上错花轿嫁对郎》
27	《闲人马大姐》
28	《炊事班的故事》
29	《家有儿女》
30	《宝莲灯》
31	《封神榜》
32	《仙剑奇侠传》
33	《花千骨》
34	《轩辕剑》
35	《媳妇的美好时代》
36	《蜗居》
37	《流星花园》
38	《十六岁的花季》
39	《将爱情进行到底》
40	《与青春有关的日子》
41	《麻辣女兵》
42	《都是天使惹的祸》
43	《匆匆那年》
44	《最好的我们》
45	《恰同学少年》
46	《爱情公寓》
47	《欢乐颂》
48	《小时代》
49	《永不瞑目》
50	《重案六组》
51	《黑洞》

续表

序号	电视剧
52	《誓言无声》
53	《潜伏》
54	《奋斗》
55	《上海滩》
56	《围城》

参考文献

[1] 巴拉兹·贝拉. 电影美学 [M]. 何力, 译. 北京: 中国电影出版社, 2003.
[2] 布莱克·斯奈德. 救猫咪 [M]. 王旭锋, 译. 杭州: 浙江大学出版社, 2011.
[3] E. M. 福斯特. 小说面面观 [M]. 冯涛, 译. 北京: 人民文学出版社, 2009.
[4] 范培松. 悬念的技巧 [M]. 广州: 花城出版社, 1988.
[5] 柯灵. 电影文学丛谈. [M]. 北京: 中国电影出版社, 1979.
[6] 克莉丝汀·汤普森. 好莱坞怎样讲故事 [M]. 李燕, 李慧, 译. 北京: 新星出版社, 2009.
[7] 莱辛. 汉堡剧评 [M]. 张黎, 译. 上海: 上海译文出版社, 1982.
[8] 李渔. 闲情偶寄 [M]. 上海: 上海古籍出版社, 2000.
[9] 刘熙载. 艺概 [M]. 上海: 上海古籍出版社, 1978.
[10] 罗伯特·麦基. 故事 [M]. 周铁东, 译. 天津: 天津人民出版社, 2014.
[11] 乔治·贝克. 戏剧技巧 [M]. 余上沅, 译. 北京: 中国戏剧出版社, 2004.
[12] 亚里士多德. 诗学 [M]. 陈中梅, 译. 北京: 商务印书馆, 1996.